~던전에 최흉 최악의 마인이 강림했지만,

진정한 힘을 해방한 나와 동생이

역습을 시작합니다~

Author

나루사와 아키토

Illustrator

KeG

FINDING AVALON
— The Quest of a Chaosbringer —

CONTENTS

"썩을 뚱땡이가아아아아!"
"뒈져라
망할 꼬맹이이이이!!"

아서
소년의 모습과 엄청난 힘을 가진 마인.
성격은 약간 개성적이지만 마법을 자유자재로
다루는 실력은 진짜다.
미카미 하루카
귀족층의 실력자이며
쿠노이치 레드의
클랜 리더이기도 한 여걸.
쿠스노키 키라라
2학년이며 뚱땡이 일행의 선배 격이다.
미카미 하루카의 조카이며
지는 걸 싫어하는 귀족영애.

나루미 소타(뚱땡이)
평소에는 미움받는 악역 뚱보.
하지만 숨겨진 힘을 해방할 때는
급격하게 마르는데……?
나루미 카노
애교가 많은 미소녀이며
너무나도 가련한 뚱땡이의 동생.
천재적인 전투 자질을 가지고 있다.

저런 무기를 쓴다면――
나도 안 봐줘도
되겠지!!

일러스트 · KeG

『재악의 아발론』

캐릭터 소속 조직도

나루미가

나루미 다이스케
뚱땡이의 아버지. 잡화점을 경영하는 중년 남성.

나루미 사유키
뚱땡이의 어머니. 젊은 외모를 지닌 미녀.

팀 EEE(이쓰리)

나루미 카노
뚱땡이의 동생. 천재적인 자질을 가진 활기찬 미소녀.

나루미 소타(뚱땡이)
이야기의 주인공.
원래 '던익'에서는 악역 뚱보였는데……?

오오미야 사츠키
반장 기질을 가진 올곧은 소녀. 인품이 좋다.

닛타 리사
두 명째 플레이어. 지적이며 짓궂은 타입.

아카기 파티

하야세 카오루
씩씩한 미소녀이며, 뚱땡이와는 소꿉친구.

아카기 유우마
남다른 카리스마를 가진 '던익'의 원래 주인공.

타치기 나오토
두뇌가 우수하며 반의 참모격 인물.

산죠 사쿠라코
'던익'의 인기 히로인이며 핑크색 머리카락이 특징.
통칭 '핑크'.

마지마 히로토
E반의 실력자 중 한 명.

츠키지마 타쿠야
세 명째 플레이어. 성격은 경박.

쿠가 코토네
몸집이 작고 무뚝뚝한 소녀. 사실은 특수부대원.

E 반

카리야 이사무
D반의 리더격 인물. 난폭하고 교활한 성격.

마나카 타다시
형의 연줄로 공략 클랜 '소렐'의 위세를 업은 소년.
본인의 실력은 잔챙이.

D 반

타카무라 마사카도
C반의 리더. 스오우와는 과거의 인연이 있다.

모노노베 메이코
타카무라의 수행원이며 이마가 매력 포인트.

한냐 남자
모노노베 메이코의 오빠이며 가면을 착용.
숨겨진 거물?

C 반

스오우 코우키
귀족 출신 실력자. 사병 궁수대를 거느리고 있다.

B 반

세라 키쿄우
학년 수석이며 용모 단정하고 아름다운 차기
학생회장. '성녀 기관'의 지원을 받는다.

텐마 아키라
전신 갑옷을 입은 천진난만한 소녀.
검은 집사 부대 '블랙 버틀러'가 충성을 다한다.

A 반

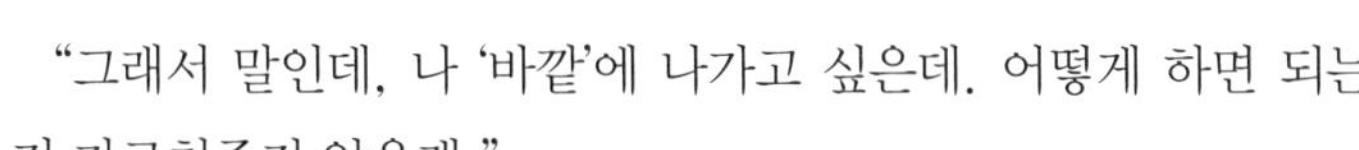

제01장 ✦ 마인의 제약

"그래서 말인데, 나 '바깥'에 나가고 싶은데. 어떻게 하면 되는지 가르쳐주지 않을래."

텐마와 쿠가와 나 세 명이서 레서 데몬과의 격전을 벌여 겨우 끝이 보인다고 생각한 그때—— 마인이 나타났다.

아직 앳된 모습이 남아있는 온화한 얼굴과 상반되는 광기에 찬 새빨갛게 빛나는 눈동자. 내 기억에 있는 어른스러워 보이는 마인의 모습과는 꽤나 동떨어져 있다. 게다가 우리에 대한 것까지 알고 있다면, 플레이어일 가능성을 의심하지 않을 수 없다.

이전에 리사와 한밤중의 공원에서 이야기했을 때, 플레이어가 E반 학생뿐만 아니라 몬스터 측에도 섞여들었을 가능성을 상정한 적이 있었는데 설마 마인일 줄이야. 좀 심하게 사기가 아닌가 싶다고.

"이봐. 입 다물고 있지 말고 가르쳐줘."

"……넌 누구냐. 아까 쓴 스킬은 뭐야."

"상관없는 질문은 안 돼~. 질문은 내가 하고 있어. 네, 감점 1점이야."

쿠가는 맨 처음 말을 걸었을 때와는 전혀 다르게 거리를 두고 경계하면서 질문했다. 정체와 레서 데몬을 끝장낸 스킬이 뭔지 묻고 싶은 모양이다. 한편 마인은 천진난만하게 웃는 얼굴로 '3점

감점되면 벌을 줄 거야'라며 귀엽게 대꾸했는데, 눈이 탁해서 정상적인 상태가 아닌 것처럼 보였다.

그래, 저 눈이다.

뭐랄까, 사람을 죽일지도 모르는 정신 상태로 보이는 눈. 어쩌면 나의 《대식가》나 리사의 《발정기》처럼 플레이어의 고유 스킬이 정신에 부하를 주고 있는 것일지도 모른다. 혹은 마인이라는 특이한 몸에 들어간 부작용이라는 가능성도 생각할 수 있나. 마인은 겉모습은 인간과 같지만, 신체 능력이나 마력 특성, 정신 구조가 사람과 많이 다르다고 들은 적이 있다.

아무튼 이런 녀석 근처에 계속 있는 건 위험하다. 여기선 내가 솔선해서 대답해서 빨리 풀려나는 편이 좋을 것이다.

이 마인은 '바깥'에 나가고 싶다고 말했다. 던전 바깥에 나가고 싶다는 뜻이라면 평범하게 《게이트》를 쓰거나 걸어서 나가면 그만 아닌가.

"바깥이라면 던전 바깥이라는 뜻이지? 왜 평범하게 나갈 수 없는 거야."

"음~ 그러니까. 《이젝트》는 몇 번을 시도해도 쓸 수 없었고, 귀환석도 《게이트》도 못 써. 걸어서 나가려고 하면 길을 헤매거나 지치거나 하는데, 그래도 억지로 가려고 하면 원래 있던 곳으로 멋대로 날려져버려."

탈출 마법(이젝트)과 탈출 아이템은 대강 시험해봤지만 전부 소용없음. 이동도 어떠한 힘으로 저해, 또는 막혀 있다. 망연자실해 있는데 우연히 악마의 가냘픈 비명이 들려서 그쪽으로 날아가 봤더니 기적적으로 여기까지 올 수 있었다고 한다. 마인은 악마의 영혼과 공명이라도 하고 있는 걸까.

"내가 이 세계에 왔을 때부터 매일 줄곧, 계~속 나가려고 노력해왔는데…… 겨우 잡은 기회야. 그러니까 나갈 수 있다는 걸 알 때까지 아무도 돌려보내지 않을 거야. 《디멘션 아이솔레이터》."

마인은 주먹을 위로 들고 허공을 강하게 움켜쥐듯이 스킬을 썼다. 그러자 홀 전체에서 삐걱이는 소리가 나고, 그 직후에 기하학적으로 일그러지기 시작했다. 갑작스러운 스킬 발동에 텐마가 놀라서 주위를 계속해서 둘러봤다.

'뭐, 뭘 한 거야~. 눈이 따끔따끔한데.'

"이 일대의 공간을 닫았어. 귀환석으로 도망칠 수 없도록."

'에엑, 그런 게 가능해?'

레서 데몬과 전투할 때 이 홀의 출입구가 자동으로 봉쇄됐는데, 그것과 비슷한 스킬이다. 하지만 지금 이 마인이 쓴 건 귀환석이나 탈출 마법까지도 봉인하는 **더욱** 수준 높은 공간 봉인 스킬. 주로 심층의 특수 보스 몬스터가 쓰는데, 플레이어도 배울 수 있는 스킬인가.

"하지만…… 네가 나갈 수 있는 수단 같은 걸 알 리가 없잖아."

"그럼 알 때까지 안 내보내줄 거야. 생각해."

홀에 강제로 갇히는 게 결정되어 납득이 안 된다는 표정을 보이는 구가. 겨우 내익마를 쓰러뜨렸는데 당연히 그럴 것이다.

(근데, 이 마인의 말과 행동을 보면…… 역시 이 녀석은 플레이어다.)

탈출할 수 없다는 것에 대한 위화감. 게임에 대한 메타 지식을 가지고 있고, 그 지식이 포함된 발언을 몇 번이나 했다. 게다가 난 이미 리사와 다른 플레이어를 만났기 때문에 알 수 있는 것도 있다…… 이 말과 행동에서 풍겨오는 느낌을 보아 거의 틀림없다.

그래서 탈출 방법도 게임 지식을 병용해서 모색했을 것이다. 그럼에도 불구하고 답이 안 나온다면 아무도…… 아니, **같은 마인**이라면 알고 있을 가능성이 있나?

분명 이전에 블러디 바론 토벌 퀘스트를 받았을 때, 할머니가 '가게에서 자유롭게 떠날 수 없다'고 말한 적이 있었다. 그래서 '그것'의 수집 퀘스트를 모험가(주로 나)에게 발주했는데, 어쩌면 이 마인과 똑같은 상황일 가능성도 있다. 일단 몇 가지 확인을 해보자.

"다른 동료에겐 물어봤어? 그건 마인의 특성일지도 몰라."

'마인?'

텐마가 마인이라는 말을 듣고 고개를 살짝 갸웃했다.

"지금까지 어디에도 못 가서 다른 마인과는 만난 적도 이야기한 적도 없어. 하지만 그건 좋은 생각일지도 모르겠네. 난 다른 층에는 못 가니까, 일단 불러오거나 물어보고 와."

부르는 건 무리지만 할머니의 가게에 가서 푸르푸르에게 물어보고 오는 것쯤은 할 수 있다. 하지만 그 전에 여기서 내보내주지 않으면 어쩔 도리가 없다. 내가 그렇게 전하자 마인은 잠시 생각하는 몸짓을 보였다.

"그럼 일단 봉쇄는 풀어줄 건데, 도망치지 않도록…… 인질로

'너'를 얼려둘까. 꽁꽁~! 《크라이오닉스 프리즌》."

"무슨 짓을……."

'위험해, 나루미 군!'

마인이 내 쪽에 손바닥을 향하며 스킬을 쓰려고 했다. 그걸 본 텐마가 순간적으로 뛰어들어 감싸줬지만, 대신 《크라이오닉스 프리즌》을 맞아 순식간에 얼음에 덮여버렸다.

"어어?! 왜 뚱땡이 같은 녀석을 감싸는 거야!"

안절부절 텐마를 보며 허둥대는 아서. 아까 전에 쓴 건 마법계 상급 직업이 쓰는 행동 저해 마법. 그냥 얼음이 아니라서 《괴력》을 써도 탈출은 불가능할 것이다. 해제하려고 해도 나도 해제할 수단이 없다. 하지만 지금 당장 목숨이 위험한 건 아닐 것이다.

"뭐 됐어. 하지만 빨리 갔다 오지 않으면 이 아이는 얼어 죽을지도 모른다고? 서두르라고…… 어이쿠."

"모든 스킬을 해제해라. 그러지 않으면――."

이대로 마인이 말하는 대로 해도 좋은 미래가 보이지 않았는지 기척을 죽인 쿠가가 배후로 돌아 마인의 목에 나이프를 대고 스킬 해제를 요구했다. 하지만 그 협박은 티끌만큼도 효과가 없었다. 오히려 역효과다.

"소용없어. 그런 걸로는 나한테 상처 하나 입힐 수 없어. 하지만 역시 벌을 줄 필요가 있겠지?"

쿠가는 그 대답을 듣자마자 나이프에 힘을 주고 찌르려고 했지만, 보이지 않는 속도로 목 근처에 있는 칼날을 집혔다. 집힌 것만으로도 칼날이 밀려 내려갔다. 압도적인 STR 차이를 실감한 쿠가는 바로 나이프를 놓고 거리를 벌리더니 메인 무기인 단도를 뽑고 자세를 잡았다.

아마 《감정》을 써서 레벨 차이를 확인하고 승기가 있다고 생각해서 공격했을 것이다. 하지만 레벨 차이가 커지면 감정 결과의 오차가 커진다. 그런 상대는 정신 상태도 보고 신중하게 몇 번 거듭해서 체크해야만 하지만 그걸 깨닫지 못했다…… 아니, 모를 가능성이 높은가.

지금까지 이 정도 레벨의 상대와 만난 적이 없으니 어쩔 수 없다고 할 수도 있다. 하지만 저 마인은 정신 상태가 나쁠 뿐만 아니라, 우리의 목숨을 아무렇지도 않게 생각하는 구석이 있다. 쓸데없이 자극하는 건 좋지 않다.

"일단──."

"잠깐! 진정해!"

마인은 광기의 색으로 물든 눈을 크게 뜨고는 쿠가를 향해 손을 뻗고 뭔가를 잡으려고 했다. 저 마법은 안 좋은 예감이 든다. 반드시 막아야 한다. 서둘러 검을 뽑아 달려들었지만 보지도 않고 한 손으로 칼날을 잡아버렸다.

"코토네는~ 사형…… 《데스》! 하핫."

"……앗……."

마인이 **뭔가**를 쥐어서 으스러뜨렸다. 그것만으로도 그녀는 실이 끊어진 것처럼 쓰러졌고, 꼼짝도 하지 않게 되었다.

"지금 거 어때? 재밌었어?"

"이 자식!! 지금 무슨 짓을…… 커헉!"

전력으로 때리려고 달려들었지만 마인이 쉽게 피했고, 팔을 잡혀 오히려 얻어맞고 날아갔다. 시야가 빙빙 돌았고 오른팔이 기절할 만큼 뜨거웠다. 아프다고!

보니까 팔이 이상한 방향으로 뒤틀려 있었다.

그 한순간에 벽까지 나가떨어진 건가. 팔이 순식간에 부어올랐고, 입 속이 찢어졌는지 피 맛이 번졌다. 무슨 일이 일어난 건지 전혀 안 보였다. 마인은 시시한 것을 보는 듯이 나에게 시선을 던졌다.

"뚱땡이 따위가 나한테 이길 수 있을 리가 없잖아. 다음에 덤벼들면 그 목을 뽑아버릴 거야."

"하아…… 하아…… 아아아아악 붙어라아!《중회복》!"

기절할 정도의 고통을 참으면서 꺾인 팔을 반대 방향으로 비틀며 회복 마법을 썼다. 분명 이렇게 하면 꺾인 뼈도 붙을 것이다…… 손끝은 문제없이 움직였으니 신경과 뼈의 연결은 성공했을 것이지만 아픔과 부기는 그다지 빠지지 않았다. 찢어진 피부에서 피도 계속해서 천천히 흘러나왔다. 하지만 일단은 괜찮다.

"우와. 그 방법 굉장하네. 하지만 역시…… 내가 알고 있는 뚱땡이랑은 달라 보이네. 나루미 소타 맞지? 왠지 생각했던 것보다 날씬한데."

턱에 손을 대고 '그 성희롱남이 이런 층에 올 수 있었던가'라며 머리끝에서 발끝까지 수상하게 여기며 빤히 관찰하는 네다가《감정》까지 했다. 난 진땀을 흘리면서 아픔이 가시는 걸 기다릴 수밖에 없다. 그래도 현 상황을 타파하기 위해 숨을 고르고 필사적으로 생각했다.

(셋이서…… 힘을 합쳐서 악마를 잡고 사이좋게 돌아가려고 했는데…….)

꼼짝도 하지 않는 쿠가를 봤다. 비밀 협정을 맺고 앞으로는 조용히 학교생활을 할 수 있을 줄 알았는데…… 가슴이 찢어질 것만 같다. 한편 마음씨 착한 친구인 텐마는 날 감싸서 얼어버리고 말았다. 저대로 계속 체온을 빼앗기면 체력이 언제까지 버틸 수 있을지 알 수 없다. 빨리 손을 써야 한다…….

순순히 푸르푸르에게 물어보러 가는 게 최선인가. 태연하게 물어본다고 해도 텐마를 풀어준다는 보증은 있는가. 애초에 방해된다며 쿠가를 **즉사**시킨 이 녀석은 약속을 지키는 녀석인가.

역시 이 세계에서 사는 사람들에게 플레이어는 위험하구나. 힘과 지식이 어중간하게 있어서 예상치 못한 짓만 한다. 이 마인이 바깥에 나간다고 해도 아무 짓도 하지 않고 평온하게 살아갈 것 같지는 않다. 그렇다면——.

(아아…… 그런가.)

이 녀석을 쳐죽이면 해결될지도 모르겠네. 공간 봉인 스킬도 빙결 마법도 이 녀석이 죽으면 강제로 해제된다. 쿠가도 시간이 그렇게 지나지 않았으니 소생은 높은 확률로 성공할 것이다. 서둘러 돌아가서 세라 씨에게 이야기하면 [성녀]에게 부탁해줄지도 모른다.

기억대로라면 이 마인의 레벨은 30 후반이었나. 터무니없는 레벨 차이처럼 느껴지지만, 여기서 포기할 바에는 죽는 게 낫다. 물

론 헛되이 죽을 생각 같은 건 없고 어떻게든 이길 생각인데…… 이 녀석을 상대로 장기전 같은 건 할 수 있을 리가 없으니 단기결전, 가능하면 일격에 확실하게 잡고 싶다.

(그런 게 가능할까……?)

일격에 잡기 위해서는 지금 내가 할 수 있는 최고의 버프를 수북하게 걸고 확실하게 맞힐 수 있는 위치에서 스킬을 쓸 필요가 있다. 하지만 저 녀석의 눈앞에서 그렇게 느긋하게 버프 스킬을 거듭해서 걸고 있으면 확실하게 살해당하고 말 것이다. 그렇다면 어떡하면 좋을까…….

"이봐. NPC 주제에 날 무시하다니, 뭐 하는 거야."

어쩔 수 없다는 듯한 말투지만 날 보는 눈에는 많은 살기가 섞여 있었다. 다음에 무시하면 죽인다는 경고일 것이다. 하지만 동시에 완전히 나를 깔보는 눈이었다. 아니…… 그렇다면, 오히려 좋은 상황일지도 모른다. 바로 한 가지 계책을 생각해내고, 굳이 뿜어져 나오는 식은땀을 감추려고 하지도 않고 겁먹은 '최약체 뚱땡이'를 연기하기로 했다.

"그, 그렇게 협박하지 마…… 아, 알았어. 바로 게이트를 써서 할머니가 있는 곳에 갔다 올 테니까…… 자, 잠깐만 시간을 줘, 부탁할게!"

"음~? 엄청 순순해졌네."

의심하는 건가? 좋지 않은데.

"너한테는 이길 수 있을 리가 없으니까. 하지만 플로어 게이트로 가면 금방 돌아올 수 없을 거니까, 가능하면 여기에 《게이트》를 만들어줬으면 좋겠어. 네 힘이라면 가능하지 않아?"

"뭐, 그렇지. 나한테 그런 건 간단하지."

속에서 부글부글 끓어오르는 감정을 억누르고 일부러 불쌍한 목소리로 사정하자 그게 효과가 있었는지 마인은 기분 좋게 응해줬다. 오른손 손바닥을 앞으로 내밀더니 한 호흡 안에 마력을 다듬어 눈앞에 즉석 게이트를 만들었다.

"자, 빨리 갔다 와. 한동안 여기에 열어둔 채로 있을 테니까."

"어…… 어어, 고마워. 그, 금방 돌아올게……."

약간 휘청거리면서 말없이 그 게이트를 지나자 순식간에 시야가 바뀌고 할머니의 가게 앞 광장으로 전이가 완료됐다. 당장이라도 산산이 부서질 것만 같은 정신력을 총동원해서 떨리는 손으로 《사타나키아의 줄기세포》의 마법진을 그려내고 발동. 강렬한 HP리제네 효과로 인해 조잡하게 연결되어 있던 오른팔이 피를 뿜으며 순식간에 수복되었다.

"하아…… 이 레벨이라도 아직 부하는 크네…… 하지만 충분히 허용 범위 안이야."

일어섰을 때 느끼는 현기증 같은 증상을 견디면서 미스릴 장갑과 펄션을 장착하고, 다음으로 내가 쓸 수 있는 스킬 중에서 최강의 버프 스킬인 《오버 드라이브》 마법진을 그릴 준비를 했다. 이걸

TIPS **플로어 게이트:** 던전 구역 내에 설치된 게이트. 1층 이외의 특정 층에 가려면 사전에 그 층에서 마력 등록을 할 필요가 있다. 스킬로 배울 수 있는 《게이드》와 구별할 때 사용되는 단어.

쓰는 것도 그 뼈다귀와의 싸움 이래로 처음이다.

"기다려줘, 텐마, 쿠가…… 금방 구하러 갈 테니까."

제02장 ✦ 얼음 속의 소녀

── 텐마 아키라 시점 ──

머리에 큰 뿔이 자라나 있는 소년이 나타나 나루미 군을 향해 뭔가를 쏘려고 했다. 순간적으로 사이에 끼어들었는데, 정신을 차리고 보니 유리 같은 투명한 결정 속에 갇혀있었다.

처음 보는 마법이다. 보아하니 얼음 같은데…… 차갑지는 않고 숨도 쉬어지니 잘 모르겠다. 그도 그럴게 내가 입고 있는 이 갑옷에는 습도와 온도를 쾌적하게 조절하는 공조 기능이 달려있다. 영하 수십 도에도 견딜 수 있고 산소를 만들어내는 기능도 탑재되어 있어서, 물에 가라앉거나 얼음에 완전히 밀폐됐다고 하더라도 1시간 정도라면 문제없다.

아니, 사실은 있다.

(화장실…… 어떡하지…….)

원래 예정으로는 아름다운 홀을 구경하면서 나루미 군과 지금까지의 여정을 종합하면서 과자를 먹고 즐겁게 담소를 나누는 한때를 보낼 예정이었다. 그런데 그 **바보**가 대악마를 불러내서 예정에 없던 예상 밖의 선두를 하게 되었고, 그 선두가 끝났나 싶었더니 이 꼴이다. 놀라움과 긴장의 연속이라 화장실에 가고 싶어진 것도 자연의 섭리라는 것이다.

사전에 이런 일이 있을 줄 알았으면 중장비용 기저귀를 차고 왔을 텐데…… 방심했다.

어떻게 할지 생각하고 있으니, 신입 집사——이름은 쿠가라고 했던가——가 눈앞에서 이상한 마법을 맞아 실이 끊어진 것처럼 쓰러져버렸다. 한순간 죽은 줄 알고 놀랐지만, 잘 보니 희미하게 숨을 쉬고 있으니 살아있기는 할 것이다. 수면 마법인 걸까.

하지만 착각한 나루미 군은 이성을 잃고 그때의 분위기에 휩쓸려 덤벼들었다. 오히려 벽까지 세차게 나가떨어진 것 같은데 이 각도에서는…… 잘 안 보인다. 그렇게나 강한 나루미 군도 피하지 못하다니, 저 소년은 얼마나 강한 걸까.

나루미 군은 다친 것 같은데, 괜찮은지 상황을 보고 싶으니 한시라도 빨리 이 얼음을 어떻게든 해야 한다…… 오오오오! ……하아. 내《괴력》으로도 꼼짝도 안 하다니. 역시 보통 얼음이 아니다. 이대로는 나루미 군이 위험하고, 여자로서도 끝장나버린다.

얼음 속에서 잠시 발버둥치고 있으니 마인이 보라색 빛을 불러냈고, 나루미 군은 거기에 들어가 사라져버렸다. 어떤 이동 마법인 걸까.

"조금만 참아. 아키라."

문득 정신을 차리고 보니 소년이 눈앞까지 와서 친근하게 말을 걸어왔다. 날 알고 있는 것 같지만 전혀 본 기억이 없다. 친척…… 은 아니겠지. 그보다 머리 옆에 자라나 있는 큰 말린 뿔이 아주 신경 쓰였다. 떼어낼 수 있는 것처럼 보이진 않는데, 역시 진짜일까.

"저 **성희롱범 자식**은 죽지 않을 정도로 벌을 줘서 두 번 다시 접근하지 못하도록 할 테니까 안심해. 난 너의…… 너만의 편이니까."

그렇게 말하면서 얼음을 살짝 만지며 윙크하는 아이. 성희롱범 자식은 대체 누구를 말하는 걸까. 나한테는 꽤나 친근한 시선을 보내지만 나루미 군은 살기를 띤 눈으로 보는 건 왜일까.

신입 집사가 쓰러진 것에 대해서는 '날뛰었으니 어쩔 수 없이 기절시켰을 뿐'이라며 손짓 발짓을 하며 설명했다. 그때 즉사 마법인 것처럼 보여주는 장난을 쳤더니 진짜로 믿고 평정심을 잃어서 반격했다고 한다.

아무래도 성희롱범 자식은 나루미 군을 말하는 것 같다. 그렇게 착한 사람인데 착각에도 정도가 있다고 생각한다.

그 후에도 이래저래 말을 걸어왔다. '난 강하니까 밖에 나가면 보디가드로 고용해줘'라는 둥, '학교에 가고 싶으니까 수속을 부탁하고 싶다'는 둥, '남자 친구 후보로 어떻냐'는 둥, 이래저래 터무니없는 말을 했다. 지금은 그런 건 됐으니까 빨리 얼음에서 꺼내줬으면 한다. 아까부터 큰 소리로 그렇게 말하고 있지만, 내 목소리는 전혀 들리지 않는 모양이다. 저 아이의 목소리는 잘 들리는데, 이 얼음은 어떤 구조로 돼있는 거야.

몸을 꼬거나 이상한 포즈를 취하면서 흥분해서 말하는 아이의 바로 뒤. 보라색 빛에서 나오려는 사람의 모습이 보였다…… 나루미 군이다! 하지만 어째 상태가 이상하다.

"다녀왔습니다. 그리고——."

몸 전체에서 검붉은《오라》를 띠고 손에는 검은 안개를 두른 꺼림칙한 곡검을 든 채 이미 어떤 스킬을 쓸 태세를 보이고 있었다.

그 손에는 눈이 휘둥그레질 정도로 농밀한 마력과《오라》가 수속되어 갔다. 평소에는 온화하고 상냥한 그의 표정은 분노와 살의의 색으로 물들어 있었다.

"——뒈져라아!《아가레스 블레이드》!"

심상치 않은 낌새를 알아차린 아이가 뒤돌아본 순간, 시야가 빛으로 가득 차고 굉음이 울려 퍼졌다. 이건 대악마의 숨통을 끊은 것과 같은 종류의 스킬일까.

"칫, 얕았나."

"크윽……《플라이》."

"놓칠까보냐!"

둥실 뜬 후에 위쪽으로 낙하하듯이 점점 더 빠르게 상승해서 거리를 두려고 하는 아이. 팔을 잡고 날고 있는데, 잘 보니 오른팔이 없다. 아까 전의 스킬에 잘린 것 같다.

그에 비해 나루미 군은 공중을 박차고 지그재그로 뛰어 올라갔다. 둘이서 당연하다는 듯이 공중을 날기 시작했는데, 그런 게 가능하다는 말은 들은 적이 없다고! 무슨 일이 일어나려 하고 있는 거야.

바싹 다가오는 나루미 군을 쏘아 떨어뜨리려고 수백 발은 될 듯한 대량의 마법탄이 동시에 소환되어 즉시 발사되었다. 하였던 홀이 눈부신 오렌지빛으로 물들고 주먹 크기의 마법탄이 소나기처럼 쏟아졌다.

그 탄막 속을 튀듯이 움직여 피하거나 직격할 것 같은 마법탄은 검으로 튕겨내면서 나아가는 나루미 군. 순식간에 아이의 몇 m 앞까지 접근하더니 검은 안개가 낀 곡검을 쳐들었다.

"뒈져라 망할 꼬맹이이이!!"

"썩을 뚱땡이가아아아아!"

아이도 그 자리에서 왼팔을 위로 들어올려 아무것도 없는 곳에서 키를 넘는 길이의 거대한 낫을 꺼내 쳐들었다. 날이 푸르스름하게 빛나고 있는데, 무슨 인챈트가 부여되어 있는지는 불명하다.

상공에서 검붉은 안개와 하얗게 빛나는 빛이 잔상을 남기고 교차하자 눈에 보이지도 않는 속도로 참격전이 펼쳐졌다. 천장 부근, 벽 옆. 그 직후에는 돌바닥을 충격파로 뒤집으면서 둘은 포효와 함께 혼신의 참격을 몇 번이나 맞부딪쳤다.

(뭐, 뭐야~?!)

1분도 지나지 않아 벽과 바닥, 천장에 이르기까지 흠집투성이였다. 저 둘에겐 이렇게나 큰 성당의 홀도 비좁은 건가.

얼음 속에 있어도 무겁게 울릴 정도의 충격과 금속음. 벽과 땅에 남은 자국으로 저 참격 하나하나에 내가 쓰는 스킬과 동등하거나 그 이상의 위력이 담겨있다는 걸 추측할 수 있었다. 중간중간 몇 발이나 되는 빛이 번쩍이고 폭발음도 울리고 있으니 마법 스킬도 동시에 병용해서 싸우고 있을 것이다. 그건 그렇고——.

(너, 너무 대단해!)

상공에서는 마법탄이 뒤섞이는 그 속을 두 사람이 놀라운 속도로 종횡무진 날아다니고 포효하면서 일격필살이라 할 만한 참격을 날렸다. 그 참격도 그냥 날리는 게 아니라, 수없이 페인트를 걸었고, 마법탄이 무기 스킬 발동의 심리전에 사용되었다. 지금까지 본 적 없는 상상을 뛰어넘는 수준 높은 싸움이다.

내가 알고 있는 모험가는 검사라면 검을, 도끼를 쓰는 사람은 도끼를, 마술사는 마법을 한결같이 갈고 닦아 그 길의 극치를 목표로 하는 자들뿐이었다.

그건 당연하다. 근접직과 마법직은 스킬도 장비도 전혀 다르고, 같은 근접직이라도 단검을 쓰는 사람과 양손도끼를 쓰는 사람을 비교하면 입지와 전술이 많이 다르다. 그런 성질이 다른 분야에 손을 대면 모든 것이 어정쩡해지는 것은 명백하다. 야구와 축구를 동시에 할 수 있는 프로가 없는 것과 같은 이치다. 텐마 가문에서 제일가는 실력을 가진 집사장 쿠로사키 역시 단 하나의 무기를 계속 써서 달인이라 부를 수 있는 영역에 들어섰다.

하지만 지금. 상공에서 벌어지고 있는 전투는 근접무기와 마법이라는 전혀 다른 분야가 훌륭하게 융합되어 있다. 무기가 닿는 범위에 유도하기 위해 마법을 쓰거나 연속 공격 수단으로 물 흐르듯이 마법이 사용되었다. 처음 보는 전술이지만 이게 바로 무의 극치라고 할 수 있을지도 모르겠다.

(어떻게 이렇게 싸우는 법을 배웠을까.)

이 정도의 전술은 모험가 학교의 커리큘럼을 소화하기만 해서는 익힐 수 있는 것이 아니다. 천성도 아닐 것이다. 감만으로는 저런 목숨을 건 줄다리기는 할 수 없다. 전술의 완성도가 너무 높다. 분명 방대한 전투 지식을 얻고 엄청난 단련과 전투 경험을 쌓았을 것이다. 그럼 대체 어디서…….

나도 모르게 고도의 전투를 넋을 놓고 봤지만, 따지고 보면 나루미 군의 오해로 인해 서로 죽고 죽이는 싸움이 시작됐다는 게 기억났다. 아이는 이야기를 들어봐도 결코 나쁜 아이로 보이지 않았으니, 저 아이도 나루미 군을 많이 오해하고 있을 것이다. 어떻게든 이 싸움을 막아야만 하지만 이 얼음 때문에 움직일 수 없고 목소리도 전혀 닿지 않아 어쩔 방법이 없다.

(그보다, 빨리…… 화장실에 가지 않으면 나는…….)

그런 고독한 갈등을 하고 있는 동안에도 전황은 빠르게 바뀌어 갔다.

절단되어 있던 아이의 오른팔은 어느샌가 원래대로 돌아와 있었고, 오른손을 써서 연속으로 마법탄을 쏘면서 큰 낫을 든 왼손으로 공중에 거대한 마법진을 그리는 곡예 같은 일을 해냈다. 마법진이 완성에 가까워짐에 따라 급속하게 주위의 마력 밀도가 높아져 가는 걸 알 수 있었다. 대악마가 쓴 마법진의 마력을 아득히 뛰어넘는 규모인데, 설마 저런 걸 여기서 쓸 생각인 걸까.

하지만 마법진이 완성되기 전에 나루미 군이 접근에 성공해서 아이의 머리에 있는 큰 뿔을 잡고 성당의 벽에 처박아버렸다. 그로 인해 마법진은 안개처럼 흩어졌다.

"으깨져라아아!!"

"아야! 아야야야야!"

벽에 머리를 꽉 누른 채로 나루미 군이 힘차게 벽을 달려 나갔다. 무즙을 내듯이 갈아버리려고 하는 것 같은데 아이의 머리는 놀라울 정도로 튼튼해서 오히려 벽과 돌기둥이 분쇄되어 갔다. 아무리 돌머리라도 정도가 있잖아!

수십m 정도 벽을 파괴하면서 나아갔을 때 몸을 비틀어 겨우 벗어난 아이. 머리에 묻은 모래 먼지를 털어내면서 한층 더 크게 분노했다.

"하아 하아…… 《에어리얼》에 《오버 드라이브》…… 게다가 그 짜증 나는 움직임…… 어디 사는 썩을 플레이어인가 싶었는데 너! '재악'이잖아! 던익에서 행패를 부리고 거기에 더해 나의 아키라한테도 손을 대고 말이야! 쳐죽여주마!"

더는 봐주지 않겠다고 말한 마인이 《오라》를 해방해서 큰 파동을 만들어냈다. 《오라》에는 물리적인 효과가 없을 텐데 주위의 잔해가 날아갔고, **섬광**이 구형으로 빠직빠직 용솟음쳤다.

그건 그렇고. 그 정도의 공격을 받았는데도 팔팔하다니, 혹시 몸 전체가 미스릴로 돼있는 걸까. 그리고 나한테 손댔다는 건 무슨 소리야.

"하아…… 너도 이쪽에 와있을 줄이야…… 우연이네. 나도 마침 쳐죽이고 싶었어…… 하아."

휘청거리면서 천천히 곡검을 쥐고 자세를 잡았다. 방금 전의 싸움을 보면 나루미 군이 압도하고 있는 줄 알았는데, 호흡은 거칠어졌고 그야말로 기진맥진한 모습이었다. 그 폭발적인 움직임의 대가로 상응하는 체력을 빼앗긴 걸까. 게다가…… 뭐랄까…… 어라?!

(사, 살이 빠졌어?! 그것도 다른 사람처럼!)

통통했던 사지는 날씬해졌고 트레이드마크라 할 만한 훌륭한 똥배는 어디에도 보이지 않았다. 얼굴도 샤프해져서 뭔가 다른 사람처럼 돼있는데 나른한 듯한 눈매와 얼굴은 지금도 확실하게 남아있었다. 어, 어, 어…… 어떻게 된 거야!

"으…… 으으……."

얼음 속에서 혼자 경악하면서 떨고 있으니 근처에 쓰러져 있던 신입 집사가 정신을 차렸다. 삼시 비몽사몽한 상태로 있었지만 주위가 어질러져 격변한 것을 알아차리자 바로 나이프를 쥐고 두리번거리기 시작했다.

그러고 보니 성당 대부분이 잔해 더미로 변했음에도 불구하고 나와 신입 집사가 있는 곳 주변만 멀쩡한 건 격전을 벌이는 와중에도 잘 피해줬기 때문인 걸까.

신입 집사가 죽었다고 착각하고 있던 나루미 군은 이쪽을 보면서 놀란 나머지 눈을 휘둥그레 뜨고 입을 딱 벌렸다. 그리고 그런 멍청한 표정으로——.

"케헥!"

——아이에게 맞아서 날아갔다.

제03장 ✦ 굶은 눈물

'아아아, 정말! 해제가 오래 걸려~!!'

"아키라, 어디 가는 거야~? 나도——."

'따라오지 마!'

마인이 《크라이오닉스 프리즌》을 해제하자 덮여있던 얼음이 순식간에 작아졌고, 안짱다리로 있던 텐마가 넘어지면서 나오나…… 싶었더니 서둘러 어딘가로 뛰어가 버렸다. 마인이 따라가려고 했지만 매몰차게 거절당해 풀이 죽은 표정을 지었다.

그렇다, 지금은 겨우 나와 마인의 격전이 끝난 참이다. 결국 적당히 치고받고 비기는 기묘한 형태로 끝나고 말았다. 일단 텐마를 얼음에서 해방시키는 것은 성공했고, 죽은 줄 알았던 쿠가도 무사하니 결과적으로 괜찮다고 할 수 있다—— 아니, 내 입장에서는 엉망진창이다.

"어떻게 된 거야, 나루미 소타…… 내가 기절해 있는 동안에 무슨 일이 일어났는지 설명해."

"어쩌고 자시고, 전부 이 자식 때문이야."

"걸리는 네가 바보라고~. 바보~ 멍청이~."

현재 상황을 파악하지 못한 쿠가가 무슨 일이 일어났는지 물었다. 정신을 차렸더니 성당의 홀이 너덜너덜해져 있으니 그야 신경 쓰이겠지만 모든 원흉은 깍깍거리고 날뛰면서 바보라며 연호하는 이 마인(바보) 때문이다.

이런 놈도 '플레이어'이니 정보와 의견 조율은 해야만 하지만, 이 태도를 보고 있으면 의욕이 급격하게 사라진다. 무엇보다 난 이제 배가 고파서 머리가 빙빙 돈다.

아까 전의 전투에서 이상할 정도로 체력을 써서인지 몸이 오그라들고 전신의 근육이 삐걱거렸고 경련도 일어났다. 에너지가 고갈된 상태라서 당장이라도 칼로리를 섭취하고 싶다는 충동에 사로잡혔지만 그건 나중이다.

"그래서 코토네. 아까 전에는 미안해. 이 바보를 좀 놀려주려고 했는데. 그래서 난 아서라고 하는데 친구가――."

"쿠가, 미안. 먼저 이 녀석이랑 얘기 좀 하게 해줘."

"뚱땡이 따위랑 할 얘기는 없다고 생각하는데?"

"……."

머뭇거리며 다가가 쿠가와 친구가 되고 싶다는 말을 지껄이는 수상한 사람 모드에 들어간 마인. 방금 전까지 분위기가 지극히 험악했는데 그렇게 어긋난 태도를 보여 봤자 상대를 기겁하게 만들 뿐이다.

그리고 아서라는 건 던익을 할 때의 플레이어 이름이며 이 마인의 이름이 아니다. 아직 던익 플레이어라는 기분으로 있는 것 같은데…….

"너한테도 중요한 이야기니까 일단 이리로 와."

도라진 마인을 홀 구석까지 끌고 와서 나이프듯이 말했다. 맨 처음 여기서 만났을 때는 말이 안 통하는 놈인줄 알았지만, 던익에서의 이 녀석은 나름대로 말이 통하는 녀석이었다. 그걸 믿고 설득을 시도해보기로 했다.

“이봐. 우리가 있는 이 세계는 던익 그 자체지만 더 이상 게임이 아니야. 우린 피비린내 나는 위험한 세계에 있는 거라고.”

“어. 게임이 아니야? 그야 뭐, 별개의 게임이라 해도 될 정도로 리얼리티는 상승했고 몬스터를 쓰러뜨리는 느낌도 생생했지만. 그래도 어떻게 봐도 던익 그 자체잖아.”

주위를 둘러보고 이 홀도 스킬도, 그리고 나오는 몬스터도 전부 던익 그 자체라고 말하는 아서. 그렇게 말하면서 날 바보 취급하는 눈으로 바라봤다.

시스템이나 설정은 던익 그 자체지만, 그래도 역시 현실이다.

“텐마나 쿠가, 그리고 앞으로 여러 사람들이랑 이야기하면 저들이 결코 NPC가 아니라는 것쯤은 너도 알게 될 거야. 이 세계의 사람들은 원래 있던 세계의 사람들과 마찬가지로 착실하게 필사적으로 살아가고 있어.”

“착실하게?”

이해가 잘 안 되는지 아서는 큰 뿔을 머리와 함께 기울였다. 하지만 이건 나에게 있어서 결코 양보할 수 없는 선이다.

원래 있던 세계에서 난 쭉 혼자 살아왔지만, 나루미가는 처음으로 무조건적인 따뜻함과 사랑이 무엇인지를 가르쳐줬다. 이 몸을 빼앗아버렸다는 부담감도 있어서 뚱땡이가 소중히 여기는 소꿉친구인 카오루도 포함해서 무슨 일이 있어도 지켜나갈 생각이다.

하지만 이 세계에 아주 큰 영향을 주는 플레이어가 ‘이 세계는 게임이고 사람은 모두 NPC’라는 생각을 가지고 있다면 이익을 위해 많은 사람들을 끌어들이는 것을 주저하지 않을 것이다. 그때는 내 목숨보다 더 중한 가족과 소꿉친구도 위험에 노출되게 된다.

그렇기에 그 생각을 바꾸지 않는 한 나와 손을 잡는 건 불가능하며 정체를 들킨 이상 다시 서로 죽어라 싸우는 것도 고려해야만 한다. 그렇게 되지 않기 위해서라도 아서가 조금씩이라도 좋으니 이해해줬으면 한다.

"뭐, 확실히 아키라나 코토네를 보면 NPC로 보이지는 않았지. 정말로 살아있다는 느낌은 들었어."

"그래. 절대로 그 점을 착각하지 마. 그걸 전제로 지금부터 말하는 걸 잘 생각해."

내가 지금까지 알아낸 정보를 단적으로 설명해 나갔다.

이 세계는 던익과 똑같은 것 같지만 현실세계이기도 한 것. 이곳에서 사는 사람들의 일반적인 던전 지식 수준은 던익 서비스 시작 초기 그대로. 업데이트된 내용은 세간에 거의 알려져 있지 않은 것. 때문에 게이트도 쓰지 못하고 일류 모험가조차 레벨 30 정도에 머무르고 있다는 것. 육체 강화로 인해 세계 정세가 혼란스러워지고 불균형해진 것. 플레이어가 나와 너 외에도 몇 명인가 더 와있다는 것. 등등, 깔끔하게 설명해 나갔다.

"게이트도 몰라? 직업도 서비스 시작 때랑 똑같은 그대로야?"

"맞아. 플레이어의 지식의 가치가 어느 정도인지 상상이 가지?"

"여기에 온 이후로 계속 던전 안에 있어서 몰랐어. 88층에 있는 내 '성'에서 계~속 기다리고 있었는데 모험가가 아무도 안 온 건 그 때문인가.”

던전에서 나가기 위해 모험가의 힘을 빌리려고 자신의 성에서 기다리고 있었지만 찾아오는 사람은 아무도 없었다. 왜 그런지 이해했다며 어깨를 떨구면서 의기소침해지는 마인.

“그리고 플레이어는, 재악…… 너만 있는 게 아닌가.”

“플레이어는 나 외에도 있지만 지금은 말할 수 없어. 총 몇 명이 왔는지는 아직 파악하지 못했어.”

“일단 이것만 가르쳐줘. 아키라는 플레이어 아니지?”

“……아마도.”

그렇게 말하니 턱에 손을 대고 깊이 생각하는 아서. 이 녀석은 이래 봬도 게임을 하던 시절에 던익에서 1, 2위를 다투는 ‘AKK’라는 대규모 공략 클랜을 이끌며 신나게 날뛴 경력이 있다. 던익 업계에서는 상당히 유명한 플레이어이며 ‘섬광’이라는 별명으로 불렸을 정도다.

나도 던익을 할 때 몇 번인가 싸운 적이 있어서 알지만, 개인으로서의 실력도 클랜을 이끌며 세워온 공적을 봐도 일류 플레이어라고 인정하지 않을 수 없다. 하지만 이 AKK라는 클랜에는 **다른 얼굴**도 있다.

“……아키라는 플레이어도 NPC도 아니다. 그 말은 너 혹시, 그건가?”

그렇게 말하면서 흥분을 억누르지 못하고 갑자기 빙빙 돌기 시작하는 아서.

참고로 AKK는 ‘Akira · Kudos · Knights’의 이니셜을 딴 것

이다. '텐마 아키라를 칭송하고 사랑하기 위한 기사단'이라는 의미였던가.

요컨대 텐마의 팬이 모여서 만든 클랜이다.

텐마 관련 이벤트가 있을 때는 공략 클랜으로서의 활동도 운영 공식 이벤트도 전부 내팽개치고 클랜 멤버 전원이 특수한 유니폼을 입고 미친 듯이 돌격했던 게 생각났다. 그리고 아서는 텐마 친위대장이라는 직책도 가지고 있었고, 열광적인 걸 넘어서 광신적이라고도 할 수 있는 그 팬 활동을 보고 던익 플레이어들은 두려움에 떨었다.

"우효~~! 실제 아키라가 정말로 살아있다니! 이건 기회가 아닐까?! 내가 반드시 지켜줄게~!"

"진정해. 텐마는 아직 '저주'가 안 풀렸으니까 너무 거리를 좁히면 이미지가 나빠지기만 할 거라고."

"에엣, 아직 저주를 안 풀었어? 내가 어떻게든…… 해주고 싶지만, 여기에 온 것만 해도 기적이었으니."

현재 텐마는 저주 때문에 모습이 변해 전신갑옷으로 숨기고 있는 상황. 부주의하게 다가가는 건 피하는 편이 좋을 것이다. 게다가 나도 텐마의 저주 해제를 도와주고 싶은 마음은 굴뚝같지만 아직 레벨이 부족하고, 원래라면 텐마를 구해주는 사람은 아카기이니 그 균형도 생각해야만 한다.

"아카기이? 그 마음에 안 드는 비님 주인공인가. 근데 딱히 조심할 필요는 없잖아."

"어쨌든 당장 할 수 있는 일은 아니야. 그러니까 나중에 얘기하기로 하고…… 그보다. 쿠가랑 텐마, 그 외 사람들에게 '다른 세계에서 왔다'거나 '미래에 일어날 일을 알고 있다'는 등 쓸데없는 말을 하면 걔들이 위험해질지도 몰라. 이건 알겠지?"

"던전 정보를 노리는 놈이 잔뜩 있는 건가. 그렇구나. 밖은 그렇게 위험하구나."

아서는 턱에 손을 대고 '아키라는 내가 반드시 구해줄 거니까 뭐 됐고……'라고 말하고 생각에 잠겼다. 머리가 그렇게 잘 안 돌아가는 녀석은 아니니 어느 정도의 정보만 넘기면 이후에는 나름대로 움직여줄 것이라 믿고 싶다. 그리고 이것도 중요하니 물어봐 두자.

"아서. 넌 이상한 스킬 없었어? 디버프 효과가 달려 있고 지울 수 없는 스킬이야."

"……있어. 전혀 발동하지 않아서 잊고 있었지만 맨 처음 아키라랑 같이 있는 널 봤을 때 처음으로 발동했어. 엄청 《질투》가 나서 폭발할 뻔했지. 나도 그때 끓어오른 감정에는 놀랐어."

역시 처음 나타났을 때 본 광기에 찬 눈은 디버프 스킬로 인한 것이었나. 이 디버프 효과는 스스로의 정신력으로 컨트롤하는 것이 어렵다. 그건 나도 몸소 체험하고 있어서 어쩔 수 없다고 할 수 있지만…….

만약 아서가 밖에 나왔는데 텐마가 누군가와 있는 모습을 목격할 때마다 살의를 흩뿌리면 문제가 생길 것은 불 보듯 뻔하다. 빨리 대처법을 가르쳐두는 편이 좋을지도 모르겠다.

"이거, 《플렉시블 오라》 같은 걸로 억누를 수 있어?"

"방법은 나중에 설명할게. 다음에 만날 때까지 그 스킬을 배워둬. 그러지 않으면 위험해서 밖에 꺼내줄 수 없으니까."

"다음이라니…… 잠깐만. 날 던전에 버려두고 갈 생각이야?!"

아서는 울상을 지으면서 일렁이는 고밀도 《오라》를 방출하려고 했다. 하지만 나도 준비를 해야만 하고 조사하고 싶은 것도 있고 사정도 있다. 딱하지만 잠깐 참아줬으면 한다.

"통신수단으로 이걸 줄게. 여기 20층에도 마력 등록을 해둘 테니까 만나고자 하면 언제든지 만날 수 있을 거야."

"이게 뭐야. 손목시계?"

"뭐, 스마트폰 같은 거야. 여길 누르면 앱이 켜져서 나랑 연결돼. 내 쪽에서도 연락은 할 테니까 몸에서 떼지 말고 차고 있어줘. 할머니한테도 나갈 방법을 꼭 물어볼 테니까."

"잠깐만. 적어도 아키라랑 이야기를——."

그런 이야기를 하고 있으니 텐마가 메이드복 차림의 집사장 쿠로사키 씨를 데리고 돌아왔다. 집사장은 들어오자마자 폐허가 된 성당 홀을 보고 눈을 휘둥그레 뜨고 놀랐다.

"아니, 왜 이렇게 된 겁니까! 무슨 일이 있었던 겁니까."

'여러 일이 있어서~. 그치만 그건 나루미 군이랑 상의하지 않으면 말할 수 없을 것 같은데~. 아, 재인데.'

무엇을 하는지 보고 있으니, 텐마가 아서를 가리키며 집사장에게 소개하고 있었다. 텐마가에 모니가는도 고용하고 싶다는 모양이다. 어느새 그런 이야기를 하고 있었구나.

'이 아이는 정말 강하고, 그리고 있지? 착한 아이라고 생각하는

데. 어떨까~.'

"뭔가 사정이 있는 것 같습니다만…… 어이, 거기 꼬맹이. 이야기는 나중에 제대로 듣도록 하지."

나를 날카롭게 째려보면서도 아서가 있는 쪽을 돌아보며 갑자기 부드러운 표정을 짓는 집사장.

"나도 길거리에 나앉았을 때 아가씨께서 거둬주셔서 구원받은 몸이다. 혹시 너도 갈 곳이 없다면 언제든지 환영하지."

'그러니까 먼저 나루미 군이랑 화해해~.'

"아…… 아앗."

굵은 눈물을 흘리며 몇 번이나 '고마워'라고 연호하는 아서의 머리를 부드럽게 쓰다듬는 텐마. 그는 이쪽 세계에 온 이후 계속 던전 속에 갇혀있었다. 영문도 모르고 정신상태도 불안정한 채로 누구도 만나지 못했으니 분명 괴로웠을 것이다. 지금 당장 도와줄 수 있다면 그렇게 하고 싶지만, 나도 준비가 필요하고 상담하고 싶은 사람도 있다. 그러니 조금만 더 참아줬으면 한다.

"고마워, 아키라. 하지만 나, 아직 던전에서 나갈 수 없어서 따라갈 수 없을 것 같아. 언젠가 나가면…… 그때 다시 부탁해도 될까."

'물론. 탈출 방법을 찾으면 나도 같이 마중 나갈게~.'

"아가씨에게 어울리는 집사가 될 수 있도록 우리 블랙 버틀러의 방식을 처음부터 끝까지 주입해주지."

아서는 다부지게 텐마와 집사장 앞에서 웃는 얼굴을 보여주며 허세를 부리고 있지만, 또 혼자가 되면 쓸쓸해질 것이다. 그때는 말동무가 되어줄 테니 나한테 전화라도 하라고 말해두자.

(자 그럼. 돌아갈까.)

이로써 나의 반 대항전은 일단락되었다. 예상 밖의 일이 연속으로 일어나서 몸의 각 부위가 비명을 지르고 있다. 한시라도 빨리 휴식을 취하고 싶지만 조사할 것과 생각할 것이 산더미다. 이만한 노력을 하게 됐으니 아서는 이자까지 쳐서 갚아줬으면 한다.

옆에서는 눈도 깜빡이지 않는 쿠가가 '여기서 일어난 일을 전부 설명해'라며 몇 번이고 옷을 잡아당기고, 뒤에서는 메이드복을 입은 집사장이 눈을 부라리며 째려보는 가운데. 나는 드디어 긴 싸움이 이어진 큰 홀을 뒤로했다.

제04장 ✦ 금사자 훈장

—— 하야세 카오루 시점 ——

“와르그 한 마리, 들어갑니다.”

“컹! 컹!”

멀리서 오오미야가 한층 더 큰 마랑을 데리고 달려왔다.

마랑을 그냥 데려오려고 하면 발이 빨라서 도중에 따라잡히기 때문에 멀리서 유인하기 위해서 원격 공격을 해야만 한다. 하지만 오오미야는 활을 정말 능숙하게 다루는 데다가 정찰이나 어태커까지 수많은 역할을 해줘서 우리의 사냥 효율이 비약적으로 향상됐다.

여기저기서 높은 신체 능력이 엿보여서 레벨로 밀어붙인다는 느낌이 안 드는 것도 아니지만, 지금은 그게 정말 믿음직했다.

“하야세, 부탁할게!”

“그래, 맡겨둬.”

그녀의 능력에 감탄하고 있으니 마랑이 숨소리가 들려올 정도로 가까이까지 접근해 왔다. 이번에는 내가 탱커로서 첫 공격을 받아 어그로를 유지해야만 한다. 방패를 들면서 그룹 멤버에게 신호를 주고 지시를 내렸다.

“다들 정해진 위치로. 어그로를 너무 끌지 않도록 해.”

“알았어!” “그래!”

방패는 그다지 써본 적이 없었지만, 이번 반 대항전을 위해 연습을 많이 해와서 어떻게든 되고 있다. 2m가 넘는 마랑의 육탄 돌격은 묵직하지만 오는 타이밍이 보이면 버틸 수 있다.

주무기로는 오른손만으로도 다루기 쉬운 세검. 공격력은 약하지만 방패를 든 채로 어그로를 끄는 수단으로 최적인 무기다. 빈틈없이 공격을 연결해 타겟을 나에게 고정시켜 나간다. 사실은 탱커도 오오미야가 더 잘하지만 우리의 경험과 경험치 벌이를 생각해서 관여하지 않고 멀리서 지켜봐 주고 있다.

한편 그룹 멤버들은 타게팅이 나한테서 벗어나지 않도록 상황을 보면서 신중하게 공격을 가했다. 오늘 처음으로 와르그를 사냥하는데 불안정해지지 않았고, 집단으로서의 움직임도 안정돼 있다. 시험도 후반전에 접어들었는데 몸도 잘 움직이니 컨디션 관리는 순조로운 것 같다.

(큰맘 먹고 여기까지 오길 잘했어.)

6층에서의 사냥은 큰 도박이라 생각했지만, 오오미야의 예상 이상의 능력에 더해 그룹 멤버도 전직을 해서 충분히 할 수 있을 것이라 생각하긴 했다.

이 상태로 마랑을 계속 사냥할 수 있다면, 어쩌면 마석량으로 D반에게 이길 수 있을지도 모른다. 오후에는 정예 팀인 마지마 일행이 합류할 예정이니 흐름은 확실하게 왔다. 이후의 학교생활을 헤쳐 나가기 위해서라도 마랑을 얼마나 안정적으로 사냥할 수 있는지가 승부처가 될 것이다.

"아자~. 이걸로 세 마리째!"

"느낌 좋네. 잠깐 쉬면 점심때까지 조금만 더 힘내자."

"그래!" "힘내자~!"

"오오, 너희들. 얼굴이 몰라보게 달라졌네…… 그와는 반대로 우리는 한심한 성적을 내버렸어. 정말 미안하다."

"아냐, 마지마와 다른 사람들 모두 열심히 했다고 들었어."

"마지마, 여기서 우리랑 심기일전해서 열심히 하자."

점심을 먹고 있으니 합류하기 위해 마지마 일행이 찾아왔고, 인사를 하자마자 머리를 숙였다. E반의 정예를 모았는데 최하위를 해버렸다며 괴로워하고 있는데, D반도 고레벨을 모은 정예들이었으니 어쩔 수 없는 결과라고 생각한다. 불평하지 않고 우리를 도와주는 것만으로도 고맙다.

"하야세. 우린 뭘 하면 될까."

"마랑을 잡을 수 있다는 건 확인했지만 주변에 고블린 라이더가 나오는 경우가 있어. 마랑을 잡는 김에 그것도 같이 잡아주면 우리의 효율이 올라갈 거야."

"그래. 6층에 막 왔으면 저거에 대처하는 건 성가시겠지. 알았어, 우리가 맡지."

마랑을 길들여 타는 고블린 라이더는 무리를 짓고 있는 경우가 많으며, 혼자 있어도 불리해지면 도망가 버리기 때문에 잡기 어렵다. 여기서 사냥한 경험이 풍부한 마지마라면 문제없이 계속 잡을 수 있을 것이다.

그 후에도 몇 가지 작전을 확인하고 있으니 갑자기 작은 소리로 물었다.

"그러고 보니 하야세…… 조력자 이야기는 사실인가."

"맞아, 오오미야가 데려와 줬어. 오늘은 와줄지 모르겠지만."

"오오미야가 아는 사람인가. 타치기한테서는 무슨 지시라도 있었나?"

나오토한테서는 조력자에게 기대는 작전은 세울 수 없다는 통지가 왔다. 이번 반 대항전은 스스로의 힘으로 이겨 자신감으로 연결하고 싶다는 취지가 적혀있었는데, 이미 미래를 생각한 반의 전략을 생각하고 있을지도 모른다.

"그런가. 타치기 나름대로 생각이…… 왜 그래?"

망을 보던 반 친구가 당황한 듯이 달려왔다. 무슨 일이 일어난 걸까.

"야, 마지마! 저쪽에서 마랑이 난입하고 있어. 몹몰이야!"

"수는? 다들 전투 준비를 해라!"

"응, 다들 서둘러!"

몹몰이라는 말을 듣고 소렐이라는 클랜의 이름이 머리를 스쳤다. 다만 이번에는 몇 마리라서 대처할 수 없는 수는 아니다. 바로 방어구를 착용하고 방패를 들고 일어섰다.

"나도 앞에 나갈까."

"오오미야는 몹몰이를 한 범인을 잡아줬으면 좋겠어. 부탁할 수 있을까."

"그랬지, 그때는 놓쳤으니까. 알았어."

"온다! 마랑…… 다섯!"

모두와 숨을 죽이고 태세를 갖추고 있으니 우리 앞 10m까지 달려오는 남자가 있었다. 복면을 쓰고 있어서 얼굴은 보이지 않지만 텁수룩한 머리를 보니 오크 로드를 끌고 온 범인과 동일인물이라는 걸 추측할 수 있었다.

남자의 손에는 어떤 마도구 같은 것이 쥐어져 있었고, 마력을 통하게 하자 갑자기 기척이 사라지고 모습도 눈으로 확인하기 어려워졌다. 이 눈앞에서 사라지는 듯한 느낌은 가면을 쓴 모험가와 비슷했다.

마랑의 타겟이었던 남자가 사라져 어그로가 리셋되어 으르렁거리면서 일제히 이쪽으로 덤벼들었다. 마도구를 악용해서 떠넘긴 것이다.

우리가 마랑 한 마리, 마지마 그룹은 세 마리를 담당. 오오미야는 남은 한 마리를 스쳐 지나가면서 일격에 죽이고 아직 가까이에 있을 남자를 잡기 위해 달렸다.

"다들, 당황하지 마! 우리라면 괜찮아."

◤//////////////////////////////

마지막 마랑을 잡고 한숨 돌리고 있으니 오오미야가 우리 앞에 붙잡은 남자를 끌고 왔다.

"하아 하아…… 그러니까 나도 휘말려서 도망쳤을 뿐이라고."

복면이 벗겨져 수염과 귀밑머리가 이어진 특징적인 풍모가 드러났다. 구차한 변명을 하고 있는데 오크 로드 때의 사진은 가지고 있으니 발뺌하지 못하게 할 것이다.

"거짓말이야. 네 사진은 이미 나돌고 있으니까."

"……아앙? 내가 어디 소속의 누구인 줄 알고 트집을 잡으려고…… 아니, 뭐 하는 짓이야!"

"더러운 짓이나 하고 말이야. 길드에 넘겨주지."

그런 변명은 듣지 않는다며 마랑을 다 잡은 반 친구들이 둘러싸고 붙잡았다. 남자는 날뛰면서 몇 번이나 소렐의 이름을 말했는데, 내버려 두면 또 똑같은 짓을 할 것이다. 마시바의 말대로 빨리 모험가 길드에 넘겨버리는 게 현명할 것이다.

그때 타이밍을 잰 것처럼 저쪽에서 집단이 떼 지어 다가왔다. D반의 전체 마석량 그룹이다. 가까이에서 대기하고 있었던 걸까.

"열등반 쓰레기들! 형님을 건드리고 말이야, 가만 안 둘 거다!"

"고마워, 타다시. 이 자식들이 트집을 잡는다고."

D반의 그룹 리더, 마나카 타다시. 항상 우리 반을 눈엣가시로 여기고 전에는 소타에게 폭력을 휘두른 남자다. 이번에도 대화 같은 걸 할 생각은 전혀 없는지 묻지도 따지지도 않고 《오라》를 써서 위협해왔다. 이번 일을 흐지부지 넘기려는 의도일 텐데, 마나카의 시선에서는 그 이상으로 꺼림칙한 느낌이 들었다.

"D반 놈들이. 이쪽엔 증거도 있으니까 폭력 사태도 끌고 가려고 해도 소용없다고."

"이상한 트집이나 잡고 자빠졌어. 때려 부숴주마!"

마지마가 증거 영상이 있고 나쁜 놈은 이 녀석이라고 대꾸했지만 마나카를 필두로 D반 몇 명은 옳고 그름을 따지지도 않고 무기를 뽑아 우리에게 칼끝을 겨눴다.

저들이 들고 있는 무기는 몬스터뿐만 아니라 사람도 살상할 수 있는 물건이다. 설령 살의가 없다고 하더라도 맞으면 팔 하나쯤은 간단히 자를 수 있고 자칫 잘못하면 죽을 수도 있다. 그런 일은 일어나지 않을 거라 생각하지만 만일을 생각해서 빨리 길드에 전화를 해야――.

“이 년이, 뭘 하려는 거냐!”

“꺅.”

“잠깐!”

머리카락을 잡혀 휘둘렸는데 오오미야가 손을 잡으며 끼어들었다. 그게 신호가 되어 전투가 벌어질 뻔했지만, D반이 한 발 내딛기 전에 오오미야가 순식간에 절반을 제압해버렸다. 정말 대단하다.

“악은 용서하지 않아!”

“이…… 이 자식, 그 힘은 뭐냐…….”

그녀의 예상 밖의 힘에 놀라서 당황한 D반. 데이터베이스를 보면 D반의 전체 마석량 그룹의 레벨은 7이나 8 정도가 많았을 텐데 오오미야의 속도에 대응할 수 있는 학생은 아무도 없었다. 그렇다는 것은 레벨이 확실하게 10 이상이라고 생각할 수 있다.

나와 마지마 일행은 놀라면서도 바로 전화를 꺼내 학교와 길드에 구조를 요청했다. 이런 사건을 일으킨 소렐이라는 남자도, 우리에게 무기를 들이대고 폭력으로 봉쇄하려고 한 D반도 결코 용서해서는 안 된다.

하지만 그렇게 할 수도 없게 되고 말았다.

바람과 함께 누군가가 보이지 않는 속도로 방에 들어왔다.

"커헉……."

"뭐 하는 짓이야, 우리 아기 고양이."

누구인지 확인할 틈도 없이 오오미야의 옆구리를 걷어차 날려버렸다. 갑작스러운 침입자의 등장에 무슨 일이 일어났는지 머리가 따라가지 못했다.

거기에 서 있는 사람은 몸집이 크고 근육질이지만 상소에 어울리지 않을 정도로 화려한 남자였다. 손이나 귀 등에는 천박할 정도로 액세서리를 주렁주렁 달고 있고 등에는 금색으로 장식된 커다란 대검, 가슴에는 태양 배지와…… 금사자 훈장이 반짝이고 있었다.

(저 훈장은, '지정 공략 클랜'의…… 큰일이야)

일본 정부에 좋은 실력과 공적을 인정받은 클랜만이 수여받을 수 있는 칭호, 지정 공략 클랜. 공략 클랜을 자칭하는 집단은 많지만 지정 공략 클랜이라고 이름을 대는 건 그렇게 쉽게 허용되지 않는다. 금사자 훈장은 그 클랜의 멤버만이 가질 수 있는 명예의 증표다. 지길 최종 목표로 삼은 모험가도 많다고 들었다.

하지만 소렐은 지정 공략 클랜이 아니다. 아마도 더 위에 있는 유명 공략 클랜에 소속돼있을 가능성이 높다.

한편 오오미야는 몇 미터 정도 구르고 쓰러진 채로 움직이지 않았다. 저 남자의 발차기에 전혀 반응하지 못하고 정통으로 맞아 기절해버린 것 같다. 나와 마지마가 상태를 확인하기 위해 다가가려고 한 발 내딛었을 때 울렁이는 듯한 강렬한 《오라》가 덮쳤다.

"꼬맹이들아, 우리 애를 건드리고 무사할 줄 알았냐?"

농밀하고 엄청난 양의 《오라》에 나를 포함한 이곳에 있는 모든 사람이 공포에 질려 넙죽 엎드리듯이 몸을 웅크리고 말았다. 얼마나 강한지는 가늠할 수 없지만 우리가 한꺼번에 덤빈다고 해도 승산이 눈곱만큼도 없다는 것만큼은 이해됐다.

반의 미래를 위해서라도 협박 따위에 굴해서는 안 된다. 그건 알고 있다. 하지만 이 정도의 오라 앞에서 내가 뭘 할 수 있단 말인가.

앞이 보이지 않는 암울한 상황에 마음이 꺾이지 않도록 필사적으로 비는 수밖에 없었다.

——소렐이란.

공략 클랜 컬러즈는 광왕 리치 토벌이라는 어느 클랜도 해내지 못한 위업을 달성하고 현재 일본에서 가장 기세가 오른 클랜이라는 평을 받고 있다.

원래는 다섯 개의 공략 클랜이 합병된 조직이며, 그 클랜들은 지금도 하부 조직으로서 컬러즈를 지탱하고 있다. 그 하부 조직 중 하나인 금란회에 소렐이 소속돼있다. 소위 3차 단체다.

아무리 천하의 컬러즈 계열이라고 해도 3차 단체쯤 되면 그렇게 힘이 센 것도 아니다. 계속 활약하고 승격해 나가면 정상인 컬러즈에 들어갈 가능성이 없는 것도 아니라 꿈꾸는 젊은 모험가들에게는 동경하는 클랜 중 하나이긴 하지만, 소렐 자체는 아직 생긴 지 몇 년 안 되어 역사가 짧고 공적을 세우려고 기를 쓰는 젊고 작은 클랜에 불과하다. 금란회 안에서의 서열도 아래에서 세는 편이 빠를 정도다.

하지만 그것도 한 달 전까지의 이야기. 소렐은 미지의 구역 발견이라는 엄청난 공적을 세운 것이다.

거기엔 골렘이라는 레벨업 효율이 좋은 신종 몬스터가 있으며, 게다가 얕은 층인데도 불구하고 매직 아이템이 든 보물 상자가 나타나는 거대 건축물까지 있었다. 미지의 구역을 독점한 컬러즈는 전력 향상이 용이해지고 재정적으로도 강화되었고, 컬러즈 내에서 소렐이라는 이름은 유명해졌다.

그 결과, 당시의 소렐의 클랜 리더는 금란회의 간부로 승격. 새로운 클랜 리더로는 금란회의 멤버가 직접 소렐에 파견되어 총괄하는 이례적인 인사가 이루어졌다. 그리고 파견된 금란회의 멤버가——.

"이분이~ 카가 다이고 님이시다!"

기세등등해져서 소렐의 역사를 자랑하면서 카가에게 알랑거리는 봅몰이범. 그리고 자신은 미지의 구역을 발견한 장본인이라고 했지만 그렇게 대단한 인물로 보이진 않았다.

"금란회…… 그런 거물이 왜 우리 시험에 개입하는 거지……."

강렬한 《오라》를 맞고도 꿋꿋하게 고개를 들어 카가를 노려보는 마지마. 마나카의 형이 한 이야기가 사실이라면 당연한 의문이다. 금란회는 최상위에 있는 컬러즈 정도는 아니더라도 우수한 전사가 많이 재적해 있는 알 만한 사람은 다 아는 유명한 지정 공략 클랜. 그런 곳에 재적해 있던 인물이 왜 고등학생의 시험에 개입하는 것인가.

"일부러 꼬맹이들의 놀이에 나온 이유는 말이다, 쓸 만한 놈이 있는지 없는지 보기 위해서다."

소렐을 무투파로 유명한 금란회의 직속 조직으로 어울리는 강한 클랜으로 만들고 싶다. 하지만 현재로서는 그에 맞는 인재가 부족하다. 미지의 구역을 발견해서 명성이 높아져 막대한 구역 사용료가 들어온 지금이라면 좋은 조건으로 우수한 인재를 스카우트 할 수 있지 않을까 싶어 모험가 학교까지 영입 계약을 미리 맺으러 왔다고 한다.

하지만 실제로 보니 우수한 학생은 귀족이나 다른 클랜 관계자뿐이라 건드리지 못하고, 소속된 곳이 없는 학생은 기대에 못 미치는 자들뿐. 이만 돌아갈까 생각하고 있었다고 한다.

"하지만…… 설마 E반에 쓸 만한 녀석이 있을 줄이야."

기절한 오오미야를 곁눈질로 보면서 말했다. 근래에는 흉작이 이어져 열등반이라 야유당하는 E반은 스카우트 대상에서 제외했었지만, 이 정도의 실력자가 있다면 이야기가 다르다. 게다가 E반이라면 우수하다고 해도 어떤 조직에 관련되어 있을 가능성은

적을 것이다. 학생의 정보가 적힌 리스트를 넘기라며 위협했다.

(역시, 마랑 몹몰이 때부터 멀리서 보고 있었구나)

오오미야의 그 움직임을 보면 보통이 아니라는 것쯤은 나도 알 수 있다. 하지만 E반에 똑같은 수준으로 강한 학생이 이외에도 있을 것 같지는 않고, 있다고 하더라도 학교의 데이터베이스에 진짜 레벨은 게재하지 않았으니 리스트를 봐도 소용없을 것이다. 그 전에…… 몹몰이 따위를 하는 사악한 자들에게 동료를 팔아넘길 수 없다.

"너희에게 거부권은 없다. 우리 조직 사람을 건드렸으니 배상도 받아야 하고…… 그리고, 이 꼬맹이는 데리고 갈까."

"그런 짓을 마음대로 하게 두겠냐!"

마지마가 일어나서 덤벼들었다— 하지만 카가는 그 공격을 보지도 않고 사뿐히 피하고 돌아보면서 명치에 주먹을 꽂았다. 아까 전의 《오라》를 보고 알고는 있었지만 오오미야조차 피하지 못할 정도의 속도로 발차기를 날린 실력은 진짜다. 우리 정도 되는 사람이 주먹을 휘둘러도 스치지도 않을 것이다.

마지마가 쓰러지는 걸 보고 소렐의 멤버와 D반이 코웃음 쳤다. 열등반 주제에. 잔챙이가 까불지 말라면서. 확실히 우리의 실력은 좋지 않다. 그래도 양보할 수 없는 것은 있다.

(누가 뭐라고 해도 오오미야는 생명의 은인이자 소중한 동료. 절대로 넘겨줄 순 없어!)

오오미야를 데려가려고 하는 이유는 그녀의 배후를 확인한 후에 협박해서 복종시키기 위해서일 것이다. 귀족이나 사족이 아닌 일반인이 금란회라는 무력에 저항하는 것은 불가능하다. 협박당했다고 법에 호소해도 울며 겨자 먹기로 단념하는 수밖에 없다. 그렇게 하게 둘까보냐.

오오미야의 앞까지 달려가 양팔을 벌리고 막아섰다. 상대가 강하다고 떨면서 보기만 하는 사람에게 바라는 미래가 찾아올 리가 없다. 그 정도로 약한 마음으로는 아무것도 얻지 못하고 꺾이고 부러져 썩어빠진 학교생활을 하게 될 뿐이다. 반 대항전이나 그 이후의 성장 같은 소리를 할 때가 아니다.

“어엉? 무슨 생각이냐. 아직 실력 차이가 이해가 안 됐나?”

“저한테 맡겨주세요, 카가 씨. 이 녀석은 전부터 노리고 있었어요.”

“잔챙이한테 볼일은 없다. 마음대로 해라. 어이, 끌고 가자!”

마나카가 상스러운 얼굴로 내 온몸을 구석구석 핥듯이 보면서 맡기라고 말했다. 예전의 소타와 비교해도 몇십, 몇백 배나 불쾌한 시선이다. 무엇을 하는지 경계하면서 보고 있으니, 방심해서 자세도 잡지 않고 손을 뻗길래 잡아서 내동댕이쳤다.

“아야…… 이 자식! 살살 해주려고 했는데 이젠 안 봐준다!”

메이스 같은 것을 꺼내 땅을 치면서 위협했다. 레벨은 나보다 높을 것이다. 그렇다고 해도 절대로 질 수 없다!

내 기개를 느꼈는지 반 친구들도 속속 내 옆에 서줬다. 마나카에게 이긴다고 하더라도 뒤에는 더 뛰어난 소렐의 멤버가 몇 명이나 대기하고 있다. 우리가 한꺼번에 덤빈다고 해도 패색이 짙은 상황은 변하지 않을 것이다. 그래도 함께 맞서주는 동료가 있

어 얼마나 든든한가.

"이거 이거 귀찮게 구네. 저놈들한테는 소렐의 무서움을 철저하게 가르쳐두라고. 난 저 꼬맹이를 데리고 돌아가지. 잘 있어라."

"컥…… 하아…… 너희들, 오오미야를 건드리면…… 우리의 조력자가 가만히 안 있을 거라고."

"아앙?"

쓰러져 있던 마지마가 기침하면서 내뱉듯이 말했다. 오오미야를 데리고 가려고 했던 카가는 걸음을 멈추고 아까 들은 말에 대해 생각했다.

"그건 어디의 어떤 놈이냐."

"으음…… 그런 놈이 있었나? 열등반 놈들, 대답해라!"

"불러라. 그 조력자인지 뭔가 하는 놈이 나에게 이기면 지금까지의 일을 전부 없었던 걸로 해주지. 다들 진을 쳐라!"

오오미야에게 배후가 있을 줄은 몰랐던 건가, 아니면 E반에 조력자가 있다는 것에 의문을 품은 것인가. 무엇에 흥미를 끌렸는지는 모르겠지만 소렐 패거리는 캠프용품을 꺼내 이곳에 진을 치기 시작했다. 우리가 도망치지 못하도록 출구에 눌러앉을 생각이다.

하지만 반 친구들을 구해준 은인을 이런 위험한 곳에 불러내는 건 망설여졌다. 게다가 오오미야와 상담도 하지 않고 정할 수 없다.

"(마지마, 그런 소릴 해도 괜찮은 거야……?)"

"(조력자도 오오미야가 끌려가는 것보단 낫다고 생각하겠지…… 애초에 우리만으로는 무슨 수를 써도 지킬 수 없었어. 그 방법밖에 없었어.)"

"(그건…… 오오미야도 정신을 차린 것 같으니까 의논해보자.)"

반 친구들이 기절한 오오미야의 머리를 안고 돌봐주니 겨우 정신을 차려줬다. 옆구리를 차였는데 뼈나 내장에 이상은 없는 것처럼 보였다.

"나, 배를 차였었지. 못 알아챘어."

아직 조금 아프지만 가벼운 타박상에 그쳤다고 한다. 날아갈 정도로 세게 차였는데 그 정도로 끝나는 튼튼함에는 놀랐지만…… 그래도 정말 다행이다.

바로 무슨 일이 있었는지 설명했다. 가면을 쓴 모험가의 연락처는 오오미야만 알고 있으며 부르느냐 안 부르느냐에 대한 주도권도 그녀에게 있다. 어떻게 할지 물어보니, 원래 이후에 합류해서 사냥을 도와줄 예정이었다고 한다.

"하지만 그 아이는 정말 소중한 사람이야. 그렇게 위험한 일에 말려들게 할 순 없어."

"하지만 널 끌고 가겠다고 했어. 그뿐만 아니라 우리에게 전체 마석량 시험에서 사퇴하라는 요구까지 했어. 저놈들은 뭐든 폭력으로 밀어붙이려 하고 있다고."

"그, 그런 짓까지…… 하지만……."

D반은 처음부터 우리 전체 마석량 그룹에게 몬스터를 몰아왔고, 안 되면 협박해서 사퇴시키는 작전을 썼다. 소렐은 오오미야를 데리고 가겠다는 말까지 하고 있다. 그런 불합리한 요구를 들어줄 순 없다. 그렇다고 해서 이 상황에서 벗어날 아이디어도 없다. 그럼 어떻게 할 거냐며 마지마가 물었다.

"그럼 내가 쓰러뜨려줄게. 아까 전에는 방심했지만 더 이상 지지 않을 테니까!"

"무리야. 저 녀석의 《오라》는 이상할 정도였어. 네가 강하다는 건 인정하지만 금란회라는 이름은 장식이 아니야."

"안 해보면 몰라."

"좋다. 너희 조력자가 올 때까지 한가하니까 실력을 좀 봐주지."

우리의 상황을 보고 있던 카가가 '주먹으로 상대해주지'라며 금색으로 반짝이는 대검을 내던지고 대담한 웃음을 지으며 다가왔다. 아무리 오오미야가 강하다고 해도 저 《오라》를 체감한 자로서 승기가 있다고 볼 수는 없었다. 말리려고 했지만 '괜찮아'라고 웃으면서 말해서 아무 말도 할 수 없게 돼버렸다.

"악은…… 용서하지 않으니까!"

"흐하하핫, 정의를 관철하는 것도 실력이 필요하다고?"

오오미야는 주먹을 딱 맞대고 기합을 넣고는 중심을 낮춰 리듬을 타면서 자세를 잡았다. 이에 맞서는 카가는 팔을 축 늘어뜨린 자연스러운 자세였다. 열등하다며 멸시당하는 E반의 동료가 금란회라는 유명 클랜 출신 모험가에게 맞서고 있다. 그 모습에 위화감과 고양감이 뒤섞인 이상한 감각을 느꼈다.

D반과 소렐의 멤버들은 질 리가 없다며 얕보고 웃으면서 보고 있었지만, 그것도 전투가 시작될 때까지의 이야기였다.

오오미야가 땅을 박차 순식간에 거리를 좁혀 정권지르기를 하자 카가는 팔을 교차시켜 정면으로 막아냈다. 그 속도와 풍압에 소렐 진영에서 놀라는 목소리가 터져 나왔다. 그때부터 눈에 보이지도 않을 정도로 빠른 속도로 앞차기, 손등치기, 돌려차기 고속 콤보를 날렸…… 지만, 카가는 여유로운 표정으로 전부 막아버렸다.

"속도는 그럭저럭 좋지만 공격이 너무 정직하군."

"큭."

카가는 방어하면서도 오오미야의 소매를 잡고 균형을 무너뜨려 피하지 못하도록 한 후에 등에 발차기를 날렸다. 상당히 무거운 일격이었는지 비틀거리며 기침을 했다. 오오미야는 그래도 다운되지 않고 꿋꿋하게 자세를 잡으려고 했다.

(대단한 싸움이야…… 하지만.)

지금 본 모든 공격은 빠르고 날카로워 똑똑히 말하자면 E반의 수준에서 크게 벗어나 있었다. C반의 대련을 딱 한 번 본 적이 있는데, 그와 비교해도 전혀 뒤지지 않는 공격이었다. 그런데도 이렇게까지 통하지 않는 건 레벨 차이가 나서인가, 대인전 경험의 차이인가. 분명 둘 다일 것이다.

예상 이상의 격투전에 두 진영 모두 고요해졌다. 열등반이라며 깔보던 D반은 입을 딱 벌리고 무슨 일이 일어났는지 뚫어져라 보고 있었고, 소렐의 멤버는 눈빛을 바꾸고 흥미진진하게 관찰했다. 우리도 물론 놀랐지만 절망적인 상황은 무엇 하나 바뀌지 않아 험악한 표정을 지을 수밖에 없었다. 가능하다면 도와주고 싶지만, 저 수준 높은 싸움 앞에서는 걸림돌이 될 뿐이다.

——그런 긴박한 싸움이 한창인 와중에 이상한 콧노래가 들려

왔다.

"흥흥흥~, 돈~ 돈~, 흥흥♪"

참으로 얼빠진 멜로디와 가사…… 상황에 안 맞는 콧노래가 들려온 방향을 바라보니, 누군가가 통통 뛰면서 이쪽으로 오는 게 보였다.

얼핏 보면 평범하게 통통 뛰는 것 같지만 상당한 속도로 빙글빙글 돌거나 지그재그로 뛰는 등 불규칙적으로 움직이는데 발소리가 전혀 안 났다. 왜일까.

이 자리에 있는 모두가 눈을 깜빡이며 그 이상한 인물이 접근하는 걸 보고 있었다.

제05장 ✦ 페이커

—— 하야세 카오루 시점 ——

"흥 흐흥…… 흥?"

고속에 불규칙적으로 깡충깡충 뛰면서 다가온 사람은 역시 가면을 쓴 모험가였다. 오늘도 조력자로서 와줬을 것이다.

하지만 우리와 같은 방에 D반과 낯선 남자들이 잔뜩 있는 것을 알아차리자 방 입구에 멈춰 서서 격렬하게 고개를 갸웃거리기 시작했다. 상황이 파악되지 않는 것도 당연하다.

"아앙…… 누구냐?"

"카…… 가, 가면아! 오면 안 돼!"

오오미야가 있다는 걸 알아차린 가면을 쓴 모험가는 똑바로 달려와 안겼다. 하지만 머리카락과 호흡이 흐트러져 있고 얼굴이 빨개진 것을 보고 다시 고개를 갸웃거렸다.

"조력자…… 로는 안 보이는데. 어떻게 생각하냐, 타다시."

"약해 보이는데, 다른 사람 아닐까."

마나카 형제는 가면을 쓴 모험가를 보면서 자기보다 약해 보인다고 말하면서도, 발이 빠른 마랑이 리젠되는 6층에서 솔로로 행동하는 것은 보통은 하지 않을 거라며 수상하게 여겼다.

"하야세, 저게 그 사람이냐."

"그래. 우릴 도와준 모험가야."

마지마가 험악한 표정을 지으면서 작은 소리로 물었다. 난 가면을 쓴 모험가가 오크 로드 무리를 1분도 안 돼서 궤멸시키는 현장에 있었고, 그 후에 오크를 일격에 베어버리거나 한 손으로 내던지는 모습을 목격했다. 몸집이 작다고 해도 저 가는 팔에는 놀라운 힘이 숨겨져 있다.

하지만 그녀의 힘을 본 적이 없는 마지마 일행은 실망한 태도를 숨기지 못했다. 어깨를 축 늘어뜨리고 한탄하는 반 친구도 있었다. 아마 그녀의 외모만 보고 판단했을 것이다.

일류 모험가는 장비도 일류인 것이 상식. 강해 보이게 하는 것은 다른 모험가에게 인정받고 길드와 클랜에게 후한 대접을 받는 것과도 이어진다. 카가처럼 강한 모험가일수록 화려한 모습을 좋아하는 경향이 있는 것도 그러한 이유 때문이다.

그런데 그녀의 장비는 추레해 보이는 너덜너덜한 로브와 낡아서 거뭇거뭇해진 목제 가면. 게다가 무기는 장식 하나 없는 심플한 대거를 허리에 차고 있을 뿐. 작은 체격과 맞물려 그 모습에서는 강인함이 조금도 느껴지지 않았다.

(하지만 저건 단순한 장비가 아닐 거야.)

난 어떠한 마법이 부여된 매직 아이템이라 보고 있다. 존재감을 지우거나 약해 보이게 하는 효과가 있을지도 모른다.

"아아…… 미안해. 위험한 일에 말려들게 해서."

오오미야가 부드럽게 안고 재회의 인사를 했다. 가면을 쓴 모험가는 상황이 왜 이렇게 됐는지 알고 싶은지 말없이 자꾸만 나를 보며 상황 설명을 요구했다. 내가 앞에 나서려고 하자 소렐의 남자들이 소란스럽게 끼어들었다.

"이 쪼만한 게 너희의 조력자라고?"

"카가 씨가 기대하는 실력에는 크게 못 미칠 것 같은데. 어떡할래."

"만일이라는 게 있지. 《간이감정》으로 볼까."

소렐 중 한 사람이 가면을 쓴 모험가에게 염치없이 감정 스킬을 썼다. 대체 얼마나 강한지, 그 결과를 들으려고 모두가 귀를 기울였다. 하지만 남자의 표정을 보니 그다지 좋지 않은 결과가 나온 모양이다.

"어라…… '약함'이라고 나왔는데."

"약함? 너 레벨 10이었지…… 그렇다는 건 레벨 8이냐."

"아아~, 이거 카가 씨가 화낼 거라고."

《간이감정》은 사용자 입장에서 봤을 때 상대적인 강약감정밖에 못한다. 레벨 10이 봤을 때 '약함' 표시는 스킬 사용자보다 레벨이 2 낮다는 뜻. 다시 말해서 가면을 쓴 모험가는 레벨이 8이라는 뜻이 된다. 하지만.

(저 정도의 강자가 레벨 8일 리가 없어…….)

눈으로 쫓는 게 어려울 정도의 스피드로 뛰어다니고 100kg에 가까운 오크를 한 손으로 던지는 힘. 오크 로드조차 전혀 상대가 안 됐다. 도저히 레벨 8이 할 수 있는 일이 아니다. 감정 저해, 혹은 스탯 위장이라도 하고 있는 걸까. 그렇다면 왜 그런 짓을…….

"레벨 8이냐, 겁나게 하고 자빠졌어! 카가 씨를 귀찮게 할 정도도 아니다. 이런 놈은 내가 쓰러뜨려주지."

"음~ 어쩌면…… 뭐, 됐다. 해봐라."

자기보다 레벨이 낮다는 걸 알자 가면을 쓴 모험가를 도발하기 시작한 마나카의 형. 째려보면서 덤비라며 노골적으로 도발하는 포즈를 취했다. 아까 전에 오오미야에게 내동댕이쳐진 것에 앙심을 품고 있는 건지, 아니면 동생에게 좋은 모습을 보이고 싶을 뿐인 건지, 아까 전과는 전혀 다르게 꽤나 의욕을 보였다. 카가는 뭔가 걸리는 듯한 애매한 태도를 보였지만 결투 허가를 내렸다.

"한 방이다. 이런 꼬마는 한 방에 해치워주지."

"……."

검지를 머리 위로 높이 들고 동생에게 한 방 KO선언을 하는 마나카의 형. 한편 가면을 쓴 모험가는 받아들일 생각인지 천천히 다가가 마나카의 형의 얼굴을…… 찬찬히 봤다. 마주 노려보는 줄 알았는데 몇 번이나 고개를 갸웃거리는 걸 보니 아는 얼굴인지 아닌지 조사하는 것처럼 보이기도 했다.

"가, 가면아, 위험한 짓은 하면 안 돼."

"하지만 오오미야. 저런 놈 정도는 괜찮잖아?"

"그치만. 저 아이는……."

오오미야는 무슨 일이 있어도 가면을 쓴 모험가가 싸우지 않았으면 하는 모양이다. 지는 걸 우려한다기보다는 순수하게 위험한 것에서 멀리 떼어놓고 싶어 하는 보호자 같은 행동을 보여줬다.

"좋은 구경거리를 기대하고 있다고, 마나카 군."

"그럼 규칙은 항상 하던 걸로 갈까."

소렐의 멤버가 멋대로 결투 규칙을 정해 나갔다. 모험가끼리의 결투는 자주 있는 일인 듯하며 무기는 금지, 어느 한 쪽이 전투불능, 또는 항복할 때까지 싸우는 규칙으로 진행한다고 한다.

사적인 싸움은 위법이지만 남의 눈에 띄지 않는 곳에서 치고받기만 한다면 모험가 길드도 보고도 못 본 척 한다. 기질이 거칠고 자존심 센 모험가의 불만과 스트레스 해소도 되기 때문이다. 그렇다고는 해도 육체가 강화된 자들끼리 싸우게 되면 죽는 경우도 흔히 있으니 나름의 리스크는 생긴다.

가면을 쓴 모험가에게 이런 하찮은 도발에 응할 이유는 없다고 생각했지만, 아까부터 섀도복싱을 하며 놀라울 정도로 의욕을 보였다. 그렇게까지 그녀의 의욕을 불러일으키는 이유라도 있었던 걸까.

"그럼 입회인 역할을 해줄까. 양측, 앞으로 나와라."

"오우오우오우, 내가 전력을 다하게 해보라고, 꼬맹이."

"그런 놈은 가볍게 날려버려서 소렐의 힘을 보여주라고, 형!"

"……."

소렐과 D반 진영에는 '이대로 하면 내기도 안 되겠다'며 웃으면서 보는 자가 있는가 하면 '한 방에 쓰러뜨리지 말고 두드려 패서 본보기로 삼아라'고 하는 과격한 자까지 있다. 카가는 아까 전과는 달리 얌전히 보고 있었다.

한편 오오비야는 허둥거리고 침착하지 못했다. 항상 긍정적이고 어지간한 일로는 동요하지 않는 성격이라 생각하고 있었는데, 이런 그녀를 보는 건 처음이다. 하지만 이 결투에는 틀림없이 이길 수 있을 것이다. 저 남자는 한 방에 쓰러뜨리겠다고 말하고 있지만 가면을 쓴 모험가에게 펀치를 맞히는 것조차 어렵지 않을까.

"(이건 기회일지도 몰라.)"

"(무슨 뜻이야?)"

마지마가 살짝 귓속말을 했다. 지금까지 어쩔 도리가 없었던 절망적인 상황에 가면을 쓴 모험가가 이기면 '두 가지 의미'로 교섭 카드로 쓸 수 있을지도 모른다고 한다.

하나는 E반의 근성을 보여줄 수 있다는 것. 멋대로 한 도발로 인해 생긴 사사로운 싸움이라고는 해도 조력자끼리 벌인 승부에는 조금이나마 의미가 생긴다. 가면을 쓴 모험가의 승리는 우리의 승리라고 할 수 있기 때문에 여기서 물러나라고 교섭할 수 있을지도 모른다.

또 하나는 이 결투로 인해 카가의 관심의 대상이 가면을 쓴 모험가로 바뀌는 것이다. 지금도 카가는 이 결투의 행방을 주시하고 있다. 이대로 E반과 오오미야에 대한 흥미를 잃으면 이 상황을 극복할 수 있을지도 모른다고 한다. 하지만 그건 자기들만 살고 싶어 하는 너무나도 이기적인 생각이다.

"(네가 무슨 말을 하고 싶은지도 알아. 하지만 카가의 힘은 격이 달라. 우리가 어떻게 할 수 있는 게 아니야. 그렇다면 관심의 대상만이라도 딴 데로 돌리는 수밖에 없어.)"

확실히 가면을 쓴 모험가라도 그만한 《오라》를 방출하는 카가에게 이기는 건 어려울 것이다. 달리 방법이 없다는 것도 알고 있다. 하지만 마지마의 생각에 응할 수는――.

"좋아, 그럼 시작!"

이래저래 고민하고 생각하는 사이에 결투기 시작돼버렸다. 서로 마주 보고 자세를 잡고 있었는데 시작 신호와 동시에 마나카의 형이 맨 먼저 움직였다.

"슈~ 퍼~ 토네이도오오!"

그는 어떤 기술 이름을 말하면서 발을 내딛고 목제 가면을 향해 일직선으로 주먹을 내려찍었다. 그 속도는 레벨 10이라 해도 이상하지 않을 정도로 빠르고 날카로웠다. 직후에 그 운동 에너지에 걸맞은 '퍼엉!' 하는 큰 소리가 울려 퍼졌다.

하시만 그건 맞힌 세 아니라 손바닥으로 주먹을 잡아서 막은 소리였다.

고개를 살짝 갸웃하는 가면을 쓴 모험가. 마나카의 형은 자기보다 레벨이 2나 낮은 모험가에게, 게다가 한 손에 막힐 줄은 몰랐는지 너무 놀라서 눈을 크게 뜨고 굳었다. 상당히 동요하고 있는 것 같다.

"어어…… 어이쿠. 나도 모르는 사이에 힘 조절을 해버렸군…… 이거 봐라!"

"흡."

"오? 오오…… 캬."

손을 빼려고 했지만 가면을 쓴 모험가는 붙잡은 주먹을 놓지 않았다. 그래도 휘둘러 띵에 내팽개쳐비렸다. 그때 찌익 하는 큰 소리가 났지만 역시 레벨 10. 그 속도로 내던져져도 아직 의식은 있는 듯했고, 결투는 멈추지 않았다.

"오…… 오…… 져, 졌……."

"흡."

뭔가를 말하려고 했지만 그 전에 들어 올려져 다시 빙빙 휘둘린 뒤에 반대쪽 땅바닥에 쩌억 하고 내동댕이쳐졌다. 그게 결정타가 되어 마나카의 형은 바닥에 딱 붙은 채로 움직이지 않게 돼 버렸다…….

압도적인 힘을 보여주며 승리해서 어안이 벙벙했지만, 정신을 차린 반 친구들이 소리치며 폭발적으로 기뻐했다.

"우, 웃기지 마, 형이 저런 꼬맹이한테 질 리가 없잖아! 뭔가 했구나!"

승리의 포즈를 취하거나 서로 안고 기뻐하고 있으니 마나카가 얼굴을 새빨갛게 물들이고 트집을 잡았다. 칼을 뽑아 당장이라도 가면을 쓴 모험가에게 덤벼들려고 하는 것처럼 보였지만, 한 발짝도 움직이지 않고 위협만 하는 걸로 그쳤다. 레벨이 10인 형이라도 전혀 상대가 안 될 정도로 강한 상대라는 걸 속으로는 알고 있을 것이다.

"역시 '페이커'였나…… 네놈의 소속 클랜은 어디냐? 뭐, 어디든 상관없나. 페이커라면 옛 귀족의 개나 다름없지."

뒤에서 지켜보던 카가가 발을 구르며 화내는 마나카를 밀어내고 앞으로 나왔다. 페이커라는 건 대체 뭘 뜻하는 말일까.

뒤에 있는 멤버에게 '저기 뻗어있는 놈을 치워라'라고 지시하고는 지금까지 보여준 느슨한 표정이 아닌 살기마저 서린 날카로운 눈빛으로 가면을 쓴 모험가를 째려봤다. 그 직후에 엄청난《오라》가 방사형으로 휘몰아쳤다.

"우리 두목이 전쟁을 하고 싶어 했다고. 일단 그 가면을 벗겨 창피를 주지."

(윽…… 또 이 《오라》…….)

가슴속에서 솟구치는 공포가 '이 남자에게 복종해'라고 호소했다. 저항하고 싶어도 본능이 그걸 허용하지 않았다. 그건 모두 마찬가지라서 마치 왕에게 굴복하는 것처럼 머리를 숙이고 몸을 웅크리는 게 보였다. 이 정도의 격을 가진 모험가라면 우리 정도의 상대와는 싸울 필요조차 없는 것이다.

그런 남자의 적의와 《오라》를 한 몸에 받고 있는 가면을 쓴 모험가는 그저 고개를 갸웃거리기만 했다.

제06장 ✦ 아직 크게 못 미치지만

── 나루미 카노 시점 ──

"우리 두목이 전쟁을 하고 싶어 했다고. 일단 그 가면을 벗겨내서 창피를 주지."

금과 보석을 대량으로 주렁주렁 몸에 단 화려한 남자가 날 노려보면서 알 수 없는 말을 했다. 왜 이런 상황이 됐는지는 전혀 모르겠지만, 가면이 벗겨지면 '그 여자'에게 정체를 들키니 저지해야만 한다.

"가면아…… 도망쳐!"

사츠키 언니가 뒤에서 숨이 끊어질 듯이 말했다. 멋대로 《오라》를 흩뿌려서 이 방에 있는 사람들이 몸을 웅크리고 괴로워하고 있잖아.

레벨 차가 나는 수준 높은 상대의 《오라》는 나도 몸소 체감한 적이 있는데, 정말 순식간에 마음이 꺾인다. 그저 포기할 수밖에 없다. 그런 상황에 빠져도 맞서는 건…… 오빠를 제외하면 무리일 것이다.

이대로 내버려 두면 심신에 큰 부담이 되니 빨리 어떻게 하는 게 좋은데, 어떻게 막을까.

눈앞에 있는 화려한 남자의 가슴에는 내가 아까 날려버린 **바보**

랑 똑같은 태양 배지를 달고 있으니 소렐이라는 클랜일 것이다. 사츠키 언니의 몸을 멍투성이로 만든 것도 분명 이 남자의 짓일 것이다. 엄마도 소렐은 어쩔 도리가 없는 악당 집단이라고 했으니 마음껏 두들겨 패도 될지도 모른다.

"왜 그러나. 내 《오라》에 겁먹었나?"

그는 어지간히 자신이 있는지 나와 거리가 몇 m도 안 되는 위치에서 무기도 안 쥐고 우두커니 선 채로 도발했다. 《오라》의 양으로 헤아려보면 나보다 레벨이 1이나 2 높을지도 모르지만, 이 거리에서 우두커니 서 있을 수 있는 정도의 여유는 없을 것이다.

내 레벨과 속도를 과소평가하고 있는 건가. 아니면 대항할 수 있을 정도로 강력한 매직 아이템을 가지고 있는 건가. 일단 감정 완드를 써서 조사해보자.

마석이 끄트머리에 달린 15cm 정도 길이의 막대기. 그 막대기가 들어있는 주머니에 손을 찔러넣고 마력을 흘렸다. 그러자――.

〈이름〉 카가 다이고

〈레벨〉 Lv22

〈직업&직업 레벨〉 워리어 레벨 10

〈스탯〉

최대HP : 68

최대MP : 53

STR : 43+6

INT : 49

VIT : 58+8

AGI : 39

MND : 41

〈스킬 4/4〉

〈위장확률〉 극소

항목이 몇 개나 뇌리에 떠올랐다. 이 감정 완드는 《간이감정》보다 정밀도가 높아 《페이크》 등의 위장 스킬도 돌파할 수 있다. 위장 확률도 '극소'라고 나와있으니 믿어도 될 것이다.

레벨은 1 높지만 스탯 자체는 전체적으로 나보다 낮아서 레벨 차이는 딱히 고려할 필요는 없다.

직업은 중급 직업인 워리어. 스킬이 네 개뿐이라는 건 스킬 칸을 하나도 확장하지 않은 것이다. 소렐은 컬러즈 계열 클랜이라 들었는데 말단 클랜에선 정보가 제한되는 걸까. 아니면 오빠의 던전 지식이 대단할 뿐인 걸까. 분명 둘 다일 것이다.

――이상의 감정 결과에서는 불안 요소가 아무것도 발견되지 않았다. 이 결투도 아까 전과 마찬가지로 무기 없이 싸우는 규칙인 것 같고, 나도 꼭 싸워보고 싶다고 생각하고 있었다. 실전 형식으로 확인해보고 싶은 게 산더미처럼 있다.

게다가 나에게는 **비장의 수단**이 몇 개나 있으니 그렇게 신중해지지 않아도 괜찮을지도 모른다. 질 리가 없으니까.

"《간이감정》이냐? 그딴 스킬을 넣어두다니 기본이 안 되어 있네~…… 뭐 됐어. 좀 놀아주지."

《간이감정》은 귀중한 스킬 칸 하나를 차지해서 전투직이 가지고 있으면 얕보이는 요인이 된다고 들었다. 하지만 난 감정 완드를 휴대하고 있으니 감정 스킬은 이미 지웠다. 참고로 이 완드의 존재는 나루미가 기밀 랭킹 상위에 기재되어 있어서 누구에게도 말해서는 안 되고 들켜서도 안 된다.

남자는 흉한 웃음을 짓고 자세를 잡았다. 팔의 위치는 약간 낮고 뒤쪽 발에 중심이 있는 정석적인 수비적인 자세. 내가 감정 스킬을 가지고 있다고 착각해서인지 아까보다 더 여유로운 표정이었다. 상대가 오지 않는다면 내가 가자.

(자, 가보자. 《액셀러레이터》.)

발치에 가속 마법의 푸르스름한 이펙트가 나타남과 동시에 땅을 박차 수 m의 거리를 눈 한 번 깜빡하는 시간에 좁혔다. 완전히 빈 왼쪽 볼에 주먹을 꽂으려고 했지만, 그는 내 속도에 놀라면서도 바로 반응해서 팔을 들어 제때 가드를 했다.

그 가드를 전력으로 때렸다. 바로 옆으로 날아가는 사이에 측면으로 돌아 이번에는 돌려차기를 날렸다── 하지만 이것도 보였는지 그는 순식간에 양팔을 교차시켜 가드했다. 그래도 상관없다. 주도권은 나한테 있다.

걷어차서 벽 근처까지 몰아넣자 내 진행 방향을 예측하고 펀치를 날렸다. 하지만 그 펀치는 보여서 몸을 약간 굽혀 더킹으로 피하고 카운터를 날렸다. 하지만 상대는 이것도 목만 움직여 피하고 바로 거리를 벌려버렸다.

(어라. 혹시 이 사람…… 강한 걸까?)

스탯과 《액셀러레이터》 덕분에 AGI는 내가 두 배 가까이 높을 것이다. 선수도 쳤는데 전부 가드하고, 거기에 반격까지 할 줄이야. 속도가 빠른 상대와의 싸움에 익숙한 걸지도 모른다.

"하아…… 이거, 어처구니없구만~. 얕보고 있었어…… 하아…… 하지만 이걸로 네놈의 소속은 확정됐다."

또 이상한 말을 하기 시작했다. 근데 소속은 뭘 말하는 걸까. 혹시 오빠와 모두가 만든 비밀결사(EEE)를 들킨 걸까. 들켜도 딱히 별것 없지만.

"페이커라서 '쿠노이치 레드' 산하일 거라 의심했는데, 설마 '오보로'였을 줄이야…… 두들겨 패는 정도로 끝내줄까 했는데, 오보로만큼은 안 봐줘."

쿠노이치 레드? 거기의 유니폼은 노출이 많은 쿠노이치 슈트다. 이렇게 누렇고 수수한 차림인데 어떻게 그런 파렴치한 집단이랑 착각한단 말인가.

그리고 오보로라고 하면 '나쁜 아이는 오보로한테 잡혀간다'면서 아이를 혼낼 때 쓰는 가공의 악의 조직이다. 그런 옛날이야기를 어른이 되어서도 믿고 있다니, 의외로 꿈이 많은 사람일지도 모르겠다.

하지만 나의 어떤 점을 보고 오보로의 멤버라고 확신하자 태도가 싹 바뀌고 눈동자 속에 증오에 찬 불꽃이 피어올랐다. 무기 금지 규칙인데 뒤에 뒀던 금딱지 대검을 꺼내오는 게 아닌가. 태도가 이러면 오보로는 정말로 실재하고 과거에 소렐과 클랜 항쟁을 했을지도 모른다. 그건 그렇고——.

아까 전의 격투전을 겪고도 왜 이길 수 있다고 생각하고 있는 걸까. 전투 경험이 풍부하다는 건 알았지만, 그래도 내 스피드는 따라오지 못했다. 내가 유리하다는 사실은 변함없을 것이다. 혹시 나처럼 전황을 뒤집을 **비장의 수단**을 가지고 있는 걸까.

"네놈들에게 우리 사람이 몇 명이나 당했어. 네 목을 가져가면 컬러즈로 승격할 수 있을지도 몰라. 여기서 내 먹이가 돼라!"

"크, 큰일이다. 카가 씨가 저 검을 쓴다!"

나에게 살의를 드러내면서 금딱지 칼집에서 도신을 뽑으려고 했다. 그 검은 어슴푸레한 연두색으로 빛났고 뜨뜻미지근한 바람을 부드럽게 날렸다. 바람 계열 인챈트 웨펀일 것이다. 오빠에게 배운 지식을 떠올려봤다.

(바람 인챈트는 절단력 업이랑…… 또 뭐였지?)

같은 바람 인챈트라도 절단력 업은 고주파음이 난다고 했었다. 이 바람을 흩뿌리는 타입은 공격 속도 부여…… 도 아니다. 충격 부여다.

저 대검은 벤다기보다는 쳐서 으깨는 것. 거기에 충격 부여까지 더해지면 제대로 된 장비로도 방어하는 게 어려워진다. 저런 무기를 쓴다면—— 나도 안 봐줘도 되겠지.

뒤에 둔 30cm 정도 크기의 주머니까지 한 번에 뒤이 안에서 1m 정도의 부스트 해머 두 자루를 꺼냈다. 주기적으로 빨갛게 빛나는 망치에는 파이어 인챈트, 머리 부분에 빠직빠직 전기가 흐르는 보라색 망치에는 라이트닝 인챈트가 부여되어 있다.

이 무기들을 쓰면 충격 부여 대검이든 뭐든 충분히 맞붙을 수 있다. 그보다 저런 반짝거리는 겉모습만 화려한 무기에 질 리가 없다.

"저, 저건 뭐냐아! 저런 작은 주머니에서 뭐 저런 걸 꺼내냐."

"저런 무기는 본 적 없어! 불과 번개를 두르고 있어. 게다가 두 자루라고?!"

"괴물들의 싸움이다, 위험해! 도망쳐라아!"

"우린 감당할 수 없어. 오오미야, 빨리 도망치자."

"그, 그치만."

소렐로 보이는 남자들이 내 무기를 보고 놀라 동요해서 쏜살같이 도망치기 시작했다. 그러자 거기에 이끌려 모험가 학교의 학생도 공포에 질린 표정을 짓고 도망치기 시작했다. 눈앞에 있는 남자가 어떻게 하느냐에 따라서는 사츠키 언니와 모두가 말려들 수도 있으니, 고개를 끄덕여 도망치라고 신호를 보내뒀다. 그건 그렇고.

(이렇게 순진하고 가련한 여자애한테 괴물이라니 실례잖아!)

짜증을 내듯이 하나에 약 60kg인 해머를 각 손에 쥐고 휘두르니 붕붕 하고 시원하게 바람을 가르는 소리가 연주되었다.

레벨이 21쯤 되면 내 체중 이상의 무게라도 한 손으로 어렵지 않게 들 수 있게 되지만 생각 없이 휘두르면 내가 엉뚱한 방향으로 날아가 버린다. 처음엔 그걸로 고생했다.

그래도 블러드 뭐시기를 매일 몇 시간이나 마구 때린 덕분에 중심을 잡으면서 휘두르는 요령은 터득했다. 오늘은 그 성과를 똑똑히 보여주자.

"양손무기 두 개를 동시에 다룬다고오? 얕보고 자빠졌어."

그렇게 말하고 분노하면서 금딱지 검에 더한 바람을 감돌게 했다. 딱히 얕보는 게 아닌데. 그러고 보니 나랑 오빠 외에 이도류를 쓰는 모험가는 본 적이 없는데, 어쩌면 희귀할지도 모르겠다.

나도 무기에 마력을 통하게 해서 부스트 해머를 기동시켰다. 그러자 보터음과 동시에 머리 한쪽이 딱 열리고 로켓 부스터처럼 전개되어 빛을 뿜기 시작했다. 이 상태로 힘차게 휘두르면 폭발적인 불꽃이 나와 가속을 지원해주는 재밌는 장치가 달린 무기다.

부스트 해머를 빙글 돌리면서 자세를 잡고 그때의 오빠를 강하게, 강하게 이미지했다. 자유자재의 칼 놀림, 신속한 움직임, 결코 꺾이지 않는 불굴의 투지. 그러한 것들이 지금도 색이 바래지 않고 선명하게 내 뇌리에서 재생되었다. 응, 최상의 상태야.

아직 오빠한테는 크게 못 미치지만, 그래도 조금씩 가까워지고 있을 것이다. 그렇게 생각하자 기분이 고양되고 차차 용기가 솟아났다.

(사아, 가자!)

제07장 ✦ 진정한 용사의 힘

—— 하야세 카오루 시점 ——

눈에 보이지도 않는 속도로 펀치가 날아갔고, 그때마다 공기가 터지듯이 진동했다. 그만한 《오라》를 내뿜는 카가를 마치 탁구공처럼 날려서 벽 앞까지 몰아넣다니. 작은 체구에서 나오는 것이라 상상도 할 수 없을 정도의 스피드와 파워에 이곳에 있는 모두가 눈을 휘둥그레 뜨고 말을 못했다.

(이 정도일 줄이야…… 대체 실력을 얼마나 숨기고 있었던 거야.)

오크 로드를 포함한 거대 몹몰이를 1분 만에 진압한 그때보다 더 빠르고 강했다. 수수한 외견과 실력의 갭이 그녀를 한층 더 알 수 없는 인물로 비치게 했다.

그래도 역시 금란회의 멤버다. 속도에서 지고 있어도 카가는 제대로 가드를 성공시키고 거리를 벌려 다시 태세를 정비했다. 그런 10초도 안 되는 격투전 와중에 가면을 쓴 모험가의 정체에 대해 짐작 가는 데가 있다고 했다.

"페이커라서 '쿠노이치 레드' 산하일 거라 의심했는데, 설마 '오보로'였을 줄이야……."

(오보로?! 소문으로는 들은 적이 있지만…….)

그 말을 들은 반 친구들도 술렁거리기 시작했다.

비밀결사, 오보로. 그에 대한 소문은 다양하다. 수많은 괴담과 음모의 배후에는 이 조직의 이름이 자주 등장하며 일본 국민이라면 모두가 알고 있는 악명 높은 조직이다. 소속 멤버는 누구도 알려져 있지 않으며 일설에 의하면 목에는 엄청난 현상금이 걸려있다고 한다. 텔레비전이나 잡지에서도 재미있고도 우습게 특집으로 다룬 걸 몇 번이나 본 적이 있다.

난 그런 조직이 존재한다는 것에 회의적…… 아니, 전혀 믿지 않았지만, 카가는 확신하고 있는 것 같다. 맨손으로 싸운다는 결투 규칙도 무시하고 뒤에 둔 화려한 장식이 돼있는 대검을 들고 와서 마력을 통하게 하면서 칼집에서 뽑으려고 했다.

(저건, 인챈트 웨펀!)

도신이 어렴풋이 녹색으로 빛났고 마력의 바람이 불어왔다. 인챈트 웨펀은 희귀하고 비싸며 제일선에서 활약하는 모험가라도 그렇게 쉽게 입수할 수 있는 물건이 아니라고 들었다. 저 무기에 어떤 효과가 부여되어 있는지 모르겠지만, 소렐의 멤버들이 당황한 모습을 보면 상당히 강력한 물건인 것 같다.

그걸 본 가면을 쓴 모험가도 뒤로 달려가 작은 가죽 주머니에서 거대한 무기를 꺼내왔다. 저 가죽 주머니가 매직 백이라는 사실에 놀라면서도 주머니에서 꺼낸 너무나도 이색적인 무기에 두 번 놀랐다.

자기보다 무거워 보이는 망치 형태의 무기가 두 자루. 게다가 양쪽 다 인챈트 웨펀인 듯했다. 빨갛게 빛나는 쪽은 아마 파이어 인챈트겠지. 유명한 인챈트라서 그건 알고 있지만…… 다른 한쪽은 빠직거리는 번개를 두르고 있었다. 저건 무엇인가. 보기만 해도 불안에 사로잡혔다.

아무래도 더 이상은 위험하다. 저 두 사람이 전력으로 싸우게 되면 이 방에 안전한 곳은 사라져 버린다. 마지마와 주위에 있는 반 친구들도 위험하다는 걸 알아차리고 황급히 피난하기 시작했다.

"괴물들의 싸움이다, 위험해! 도망쳐라아!"

"여기 있으면 위험해. 오오미야, 빨리 도망치자."

"그, 그치만."

지금부터 시작되는 것은 규칙이 쓸모없는 목숨을 건 사투. 견학한다고 해도 이 방에서는 나가는 편이 좋을 것이다. 주저하는 오오미야의 손을 잡아끌고 방의 입구까지 같이 피난했다.

똑같이 피난한 D반과 소렐 무리도 이 초일류의 결투에 흥미가 있는지 좁은 방 입구에 빽빽하게 모여 견학하려고 했다.

그래서 '야, 밀지 말라고' '잠깐! 어딜 만지는 거야!'라며 접촉으로 인한 혼란이 생기는 건 필연이었다. 누가 내 엉덩이를 만진 것 같지만 이런 비상시에 그런 짓을 할 것 같진 않으니 기분 탓인 걸로 생각하기로 했다.

가면을 쓴 모험가가 두 자루의 해머를 각 손에 들고 빙글 돌리고 자세를 잡았다. 저건 이도류라는 스타일이다. 그걸 본 카가가 화를 냈는데 그도 그럴 것이다. 일반적으로 모험가가 쓰는 이도류는 **약하다**고 여겨지고 있기 때문이다.

이도류 스타일 자체는 드물지 않으며 미야모토 무사시가 창시

한 니텐이치류 등, 현대에도 이도류 고무술이 적잖이 계승되고 있다. 실제 전장에서도 이도류 사용자는 비길 데 없는 실력을 자랑했다고 하며 나도 검도를 하면서 몇 번인가 싸운 적이 있는데 정말 만만치 않은 상대였다. 하지만 모험가끼리의 싸움에서는 이야기가 달라진다.

모험가 최대의 공격이자 핵심이기도 한 무기 스킬. 그걸 이도류 상태로 쓰면 어떻게 되는가 하면, 주로 쓰는 손에서만 발동되는 데다가 위력은 반감. 스킬에 따라서는 발동조차 안 된다는 치명적인 문제를 안게 된다. 그렇게까지 하면서 이도류 스타일을 밀고 나갈 메리트가 없다는 게 모험가의 상식이다.

(그런데도 이도류를 쓸 이유가 있다는 거야?)

저 가면을 쓴 모험가가 정말로 오보로 소속인지는 모르겠지만, 보통 사람이 아니라는 건 확실하다. 무기 스킬 약체화라는 디메리트를 알고도 이도류를 쓴다면 어떠한 이유가 있어도 이상할 것이 없다.

그런 내 생각은 상관하지 않고 가면을 쓴 모험가는 해머를 가볍게 휘두르며 마력을 통하게 했다. 그러자 두 자루의 해머가 묘한 소리를 내면서 변형되고 빛을 뿜기 시작했다. 초일류 모험가에겐 이렇게나 미지의 요소가 많단 말인가.

몇 초 정도 서로 노려보고 두 사람이 앞으로 기운 자세를 취했다.

(시작된다!)

첫 한 걸음을 내딛었나 싶었는데 순식간에 거리가 좁혀졌고, 그 직후에 쾅 하고 육중한 소리가 울려 퍼졌다. 그 충격으로 인해 날린 흙먼지가 둥근 고리 모양으로 피어올랐다. 해머와 대검이 부딪치는 소리라기보다는 무기에 부여된 인챈트끼리 부딪치는 소리인 걸까.

가면을 쓴 모험가는 바로 또 하나의 해머도 내려찍으며 잇따라 연타를 퍼부었다. 해머가 휘둘러질 때마다 강렬한 섬광이 나왔고 가공할 만한 속도로 타격이 이루어졌다.

마치 오른손과 왼손의 해머가 독립적으로 덮치는 듯한, 그러면서도 서로의 빈틈을 보완하는 듯한 기묘하기까지 할 정도로 완성된 움직임. 자신의 체중보다 더 무거운 무기를 저렇게 자유롭게 휘두르면 아무리 힘이 있다고 하더라도 자신이 휘둘리고 말 것…… 같지만 어째서인지 그렇게 되지는 않았다.

(두 자루의 해머를 휘두르는 타이밍에 균형을 잘 잡는 걸까…… 하지만 어떻게? 너무 빨라서 잘 안 보여.)

한편 카가는 그 폭풍 같은 연타를 대검으로 전부 막아내고 있었다. 검의 기울기를 바꾸거나 한 발 물러나면서. 받는 충격도 상당할 텐데 기세를 잘 죽여 한 대도 맞지 않았다. 역시 카가의 동체시력과 전투 경험은 보통이 아닌 것 같다. 역시 지정 공략 클랜의 멤버라 할 만하다.

그래도 밀려서 힘겨운 처지인 건 변함없다. 카가는 반격하기 위해 이때 스킬을 발동했다.

"금란회를 얕보지 마라! 《플레임 암즈》!!"

양팔에 불타는 듯한 이펙트가 휘감겼다. STR을 상승시키는 스킬이다. 그는 처음으로 막아내기만 하던 해머를 튕겨내더니, 방금까지의 복수를 하듯이 몇 번의 참격 후에 상단 자세로 크게 한 발 내딛으며 무기 스킬을 썼다.

"터져라아아!! 《내려치기》!!"

눈앞에 있는 모든 것을 절단하는 듯한 엄청난 속도의 내려치기. 전방 수 m에 충격파가 휘몰아쳤고 꿍 하고 낮은 땅울림이 울려 퍼졌다. 저걸 제대로 맞으면 중장갑을 입고 있다고 해도 심각한 피해는 면치 못할 것이다. 하지만 가면을 쓴 모험가는 스킬 모션을 본 시점에 스킬 효과 범위에서 벗어나 있었다. 게다가 해머를 높이 쳐들고 카운터를 노리고 질주했다.

"그렇게는 안 되지!"

카가는 뭔가를 기동시켜 다리에 푸르스름하게 빛나는 이펙트를 두르고 급선회해서 해머를 받아넘겼다. 그리고 받아내기만 하지 않고 참격을 몇 대나 때려 박으며 반격했다. 가면을 쓴 모험가와 위치를 어지럽게 바꾸면서 펼치는 공방전이었다.

(카가의 움직임이 빨라졌어?!)

저 발치가 푸르스름하게 빛나는 스킬을 쓴 직후부터 속도가 몰라보게 상승했다. 가면을 쓴 모험가도 같은 종류의 스킬을 썼는데 분명 속도 업 계통의 스킬일 것이다. 발동 직전에 손목이 빛났는데 소지 스킬이 아니라 벌써 마도구로 발동한 걸까.

그건 그렇고 상당히 아슬아슬한 공방전이다. 속도는 이제 호각까지는 아니더라도 가면을 쓴 모험가의 명확한 우세함은 없어지

것처럼 보였다. 오히려 대인전 경험이 더 풍부한 카가가 더 유리할지도 모른다.

"뒈져라!!"

리치가 긴 대검을 이용한 혼신의 힘을 다한 날카로운 찌르기. 게다가 한 발 들어서며 지근거리에서 되받아치면서 사선 베기 후 수평 베기. 물 흐르는 듯한 연속 공격이다. 진입도 공격 속도도 굉장히 빨라 모든 참격이 거의 동시에 들이닥치는 것처럼 보였다. 대검의 극치라고도 할 수 있는 움직임이다.

버티지 못하고 뒤로 뛰어 거리를 벌리고 태세를 재정비하려는 가면을 쓴 모험가. 아슬아슬하게 피했다고 해도 저 일련의 공격을 피해낸 것만 봐도 대단한 실력의 소유자일 것이다. 하지만――.

"이걸로…… 《액셀러레이터》의 우위는 없어졌다고? 네놈들은 속도가 통하지 않으면 그냥 잔챙이에 불과하니 말이야…… 각오하라고."

승리를 확신한 듯이 씨익 웃고 대검 끝을 겨누며 도발했다. 그 말을 들은 소렐과 D반 일당의 분위기는 크게 달아올랐다. '화려하게 쳐죽여줘'라는 둥 '결국엔 E반의 조력자다'라는 둥, 방금 전까지 떨떠름하게 굳은 표정을 지었던 게 거짓말이었던 것처럼 떠들었다.

하지만…… 그 말대로일지도 모른다. 저 《액셀러레이터》라는 속도 버프 스킬 덕분에 가면을 쓴 모험가는 큰 이점을 얻고 있었다. 그 스킬을 전투 경험 면에서 우세한 카가도 쓸 수 있다면 입장은 역전될 수밖에 없다.

반 친구들은 침통한 표정을 숨기지 못했다. 자기들의 조력자가 이렇게까지 강했다는 사실에 놀라면서, 그래도 카가를 상대로 승산이 없다는 비정한 현실에 고통받았다. 이대로 가면 그녀는 죽을지도 모른다. 어떻게든 막고 싶긴 하지만 우리 정도 수준의 사람이 저기에 끼어들면 오히려 방해만 될 것이다. 스스로의 무력함에 의기소침하며 문득 옆을 보니── 오오미야의 아직 뭔가를 믿는 듯한 얼굴이 신경 쓰였다.

"속도가 더 이상 통하지 않는다는 걸 알고 그 가면 뒤에서 어떤 표정을 지었지? 초조함인가. 아니면 두려움인가. 지금 바로 그 꾀죄죄한 가면을 벗겨서 맨얼굴을 드러내주마."

다시 대검을 내미는 듯이 쥐고 중심을 낮추는 카가. 궁지에 몰려있을 터인 가면을 쓴 모험가는…… 그저 고개를 갸웃거리고 있을 뿐이었다.

'내…… 속도? **진짜 속도**는…… 이렇지 않아…….'

처음으로 듣는 사랑스러운 목소리. 가냘프고 작은 목소리인데 맑게 울렸다. 그 목소리에 초조함이나 두려움과 같은 것은 보이지 않았다. 오히려 자신감이 넘쳐흐르는 것처럼 느껴지는 건 왜일까.

카가도 똑같이 느꼈는지 미소를 지우고 의아해하는 표정으로 되물었다.

"아앙? 진짜 속도라니…… 무슨 바보 같은 소리를."

'그럼…… 보여줄게. 마왕을 격멸한…… 진정한 용사의…… 힘을.'

가면을 쓴 모험가는 그렇게 작은 목소리로 중얼거린 뒤 헤머를 쥔 양팔을 벌리고 사뿐사뿐 가볍게 춤췄다. 그리고——.

'《섀도…… 스텝》.'

——세계가, 어둠에 물들었다.

제08장 ✦ 검은 그림자

── 하야세 카오루 시점 ──

아플 정도의 긴장감과 정적에 휩싸인 가운데, 스킬명이 노래하듯이 흘러나왔다.

사그라지는 듯한 작은 목소리가 희미하게 울리자 나름대로 밝았던 방이 갑자기 어두워지고 그녀의 발치에 흐릿한 안개가 꼈다. 원래부터 희박했던 존재감이 좀 더 희미해진 느낌이 들었다. 하지만 바뀐 점은 그뿐이었다. 어둑어둑하게 해서 잘 안 보이게 하는 '시각 저해 계열' 스킬일지도 모른다.

"처음 보는 스킬인 것 같은데…… 마도구로 발동한 게 아니네."

카가가 가면을 쓴 모험가를 위에서부터 아래까지 뚫어져라 노려보면서 말했다. 아까 전에 쓴 스킬을 상당히 경계하고 있는 것 같은데, 모습이 잘 안 보이게 됐다고 해서 카가의 우위가 무너질 것 같진 않았다. 주위에서 보고 있는 소렐의 멤버도 똑같이 생각했는지 잇따라 야유하기 시작했다.

"허세다!"

"난처하다고 뭔가 해봤자 카가 씨한테는 안 통한다고!"

"약삭빠른 꼬맹이! 빨리 죽어라!"

D반 학생도 같이 크게 소리를 지르며 야유했다. 하지만 그 목

소리 속에는 어딘지 괴로움이 섞여있는 것처럼 느껴지기도 했다. 압승할 것이라 예상한 카가와 이렇게까지 겨뤘다는 사실이 분명 그들에게도 상당한 압박이 됐을 것이다.

그렇다고 해도 우리의 입장이 난처하다는 것도 변함없다. 만약 지게 되면 우리 E반은 두 반 더시 떠오를 수 없도록 철저하게 공격당해 미래가 없어질 가능성이 있다. 최악의 경우 그녀는 목숨을 빼앗길 것이다.

(하지만 이대로 아무 일도 없이 당할 것 같진 않아.)

카가가 발산하는 농밀한 살기 앞에서도 가면을 쓴 모험가는 도망칠 기미도 보이지 않고 표표하게 있어서 도저히 궁지에 몰린 것처럼 보이지 않았다. 게다가 전설의 클랜에 소속되어 있다는 게 사실이라면 특별한 뭔가를 숨기고 있어도 이상하지 않다. 그래, 예를 들면 그 스킬도――

"오오미야. 저게 어떤 효과가 있는지 알고 있어?"

"엄청 빨라지는 스킬이야. 역시 쟤도 배웠구나."

"……뭐야?"

오오미야의 말에 의하면 주위를 어둡게 하는 시각 저해 계열 스킬이 아니라 속도 버프 스킬이라고 한다. 하지만 아까 전의 말투를 보면 그 외에도――.

"시작한다."

미지미의 목소리에 정신을 차리고 앞을 보니 중심을 크게 낮추고 대검의 칼끝을 가면을 쓴 모험가에게 겨누고 자세를 잡고 있는 카가가 있었다. 아까 전처럼 비웃는 얼굴이 아니라 안광은 날카로웠고 표정은 상당히 험악해져 있었다. 혹시 저 스킬이 허세가 아니라고 느낀 걸까.

이에 맞서는 가면을 쓴 모험가는 자세를 잡는다기보다는 둥실둥실 날아다니듯이 춤추고 있었다. 두 개의 무기를 합치면 중량이 상당한데 저렇게 가볍게 움직이는 모습을 보면 실력이 뛰어나다고 느낄 수밖에 없다. 그때 카가가 크게 한 발 내딛으며 땅을 박찼다.

"우오오오오오오오!!"

그는 폭발적인 가속력으로 거리를 좁혀 가면을 쓴 모험가의 목에 대검의 칼끝을 박으려고 팔을 뻗었다. 질풍과 같은 속도에 주변 사람들의 환호성이 터져 나왔다.

가면을 쓴 모험가는 그런 고속 찌르기를 춤추며 반회전 정도를 하면서 사뿐히 피하고는 그 자리에서 사라져버렸다── 아니다, 카가의 바로 뒤에 해머를 높이 쳐들고 나타났다!

카가는 필사적인 얼굴로 돌아보며 가드했지만, 무시무시한 속도로 때려 박힌 해머의 충격을 다 죽이지 못해 기세 좋게 날아가버렸다. 착지한 곳에 순간이동을 한 것처럼 다시 나타난 가면을 쓴 모험가.

"……저건 뭐냐. 워프라도 하고 있는 건가?"

"너무 빨라서 안 보일 뿐이야. 저 스킬은 정말 대단해."

너무 빠른 속도에 마지마가 물어보자 주먹을 쥐고 붕붕 휘두르면서 엄청 빨라진다고 역설하는 오오미야. 조금 전까지 겨우 보였던 움직임이 이미 내 눈으로는 쫓는 것이 불가능한 영역에 있었다. 주의 깊게 보면 겨우 검은 그림자가 있다는 걸 알아차리는 정도일까.

가면을 쓴 모험가는 보이지 않는 그림자가 되어 날아가면서도 몸을 뒤집어 자세를 잡는 카가를 종횡무진 공격했다. 대검과 해머가 힘차게 부딪쳐 큰 금속음이 울려 퍼지고 주위에 수많은 불꽃이 튀었다. 그때마다 가면을 쓴 모험가의 위치가 바뀌어서 반 친구들은 눈을 깜빡이며 봤다.

해머에서 강렬한 빛이 분사되어 공격 속도가 더욱 올라갔다. 대검에 부딪치는 소리로 헤아려보면 한 방의 위력도 상당히 상승한 것 같았다.

사방에서 가해지는 무수한 공격에 대처하느라 꼼짝 못하고 있던 카가는 괴로워진 나머지 무리한 자세로 스킬 모션에 들어가려고 했다.

"썩을 놈이이이이 터져라! 《딜레이 슬래시》!!"

"더블…… 《풀스윙》!"

강력한 참격을 두 번 날리는 큰 기술, 《딜레이 슬래시》. 최전선 공략 클랜에서도 메인 화력으로 취급되는 전위 최강격 무기 스킬이다. 가면을 쓴 모험가는 이에 맞춰 해머를 옆으로 크게 휘두르며 《풀스윙》 스킬 모션에 들어갔다.

《풀스윙》은 **단발 기술**이다. 단발로는 화력이 높은 스킬이긴 하지만 《딜레이 슬래시》의 화력에는 못 미친다.

하지만 가면을 쓴 모험가가 쥐든 오른손과 왼손 양쪽에는 무기 스킬의 오라 이펙트가 생겨나 있었다. 저러면 마치 두 방의 《풀스윙》을 동시에 쓰는 것 같지 않은가——.

굽이치는 듯한 바람을 두른 두 방의 참격이 거의 동시에 나가 빨간색과 보라색 인챈트를 두른 두 방의 《풀스윙》과 정면으로 부딪쳤다. 방 전체에 찢어지는 듯한 충격파가 휘몰아치고—— 싹 사라졌다.

카가가 너무 놀란 나머지 눈을 휘둥그레 떴다. 그건 두 방의 참격이 싹 사라진 것에 놀란 것인가. 아니면 《풀스윙》을 좌우 양쪽의 해머로 쓴 것에 놀란 것인가.

스킬 경직 때문에 움직이지 못하는 약간의 시간. 먼저 움직인 건 가면을 쓴 모험가다. 번개를 내뿜는 해머가 폭발적인 속도로 카가의 왼발에 박혀 마침내 균형이 깨졌다.

"크악……."

카가의 하반신은 합금 경장갑으로 덮여있지만, 저만한 속도로 해머가 박히면 장갑이 다소 있다고 해도 의미가 없다. 그 일격에 다리는 엉뚱한 방향으로 꺾였고, 추가로 전기 같은 것이 몸을 타고 흘렀다. 비틀거리면서 신음 소리를 내는데 이미 쓰러지기 직전이다.

그래도 대검을 지팡이 삼아 어떻게든 쓰러지는 걸 피하고 거리를 벌리려고 했지만, 가면을 쓴 모험가는 그걸 허용하지 않고 이미 해머를 치켜들고 추격에 들어가 있었다.

몇 번 치고받았으나 좌우의 해머가 강하게 박혀 대검이 날아갔고, 다음으로 주로 쓰는 팔이 꺾였다. 결국 카가는 기절해서 움직이지 못하게 돼버렸다…….

(너…… 너무 세…….)

금사자 훈장의 소유자를 일방적으로 압도하다니…… 상상을 아득히 뛰어넘는 힘에 전율하여 몸이 떨렸다. 격투전을 벌일 때도, 카가가 《액셀러레이터》라는 스킬을 쓰고 도발했을 때도, 온 힘을 다하지 않았다. 저 상태의 그녀를 막기 위해서는 금란회보다 더 상위에 있는 컬러즈를 부르는 수밖에 없다.

스킬을 해제했는지 발치의 안개가 한 곳에 모여 방 전체의 광량이 원래대로 돌아왔다. 그 방의 중앙에 우두커니 서 있던 소녀는 무슨 생각인지 매직 백에서 와이어 같은 것을 꺼내 카가를 칭칭 묶기 시작했다.

오른손과 왼발은 부러져서 못 쓸 테지만 그런 상태라도 우리 정도라면 충분히 죽일 수 있는 힘이 있다. 정신을 차려도 날뛰지 못하게 묶어주고 있는 것이리라.

한편 그 모습을 본 소렐의 멤버들은 공황 상태에 빠졌다.

"말도 안 돼! 그 대단한 카가 씨가 당하다니!"

"저 자식 카가 씨를 어떻게 할 생각이지? 거미가 포식하듯이 묶고 있는데……."

"포, 포식? 으으아~, 우리도 먹힌다!"

"괴…… 괴물이나아아아아! 빨리 노망쳐!" "사, 살산난 기나려~!!"

자기들이 다음 타겟이 될 것이라 생각했는지 소렐의 멤버가 두려워하는 모습을 보이며 쏜살같이 이탈했고, 그 후에 D반의 학생들이 패닉에 빠져 황급히 도망치기 시작했다. 하지만 만약 그녀가 진심으로 쫓을 생각이라면 누구도 도망칠 수 없을 것이다…… 그럴 생각은 없는 것 같지만.

그렇게 혼란스러운 와중에 오오미야가 곧장 달려 나갔다.

"정말, 위험한 짓 하면 안 되잖아."

"……."

작은 몸을 부드럽게 안았고, 가면을 쓴 모험가도 안아줬다. 그 모습은 사이좋은 자매 같았다. 한창 무기를 꺼내 싸울 때는 애가 탔을 것이다. 둘에겐 묻고 싶은 게 산더미처럼 있지만, 지금은 가만히 두자.

"설마 공략 클랜까지 나왔을 줄이야. 곤란하네."

마지마가 불쾌한 표정을 지으면서 말을 걸어왔다. 그는 소렐 남자들에게 빼앗긴 팔 단말기를 되찾아 반 대항전 운영본부에 연락을 하고 있었다. 가볍게 지금까지의 상황을 설명하니, 선생님이 여기까지 직접 오신다고 한다. 다행히 이 층과 가까운 곳에 있었는지 20분 있으면 도착하신다고 한다.

"선생님은 뭐라고 하셨어?"

"여기 있는 전원은 활동을 멈추고 대기하래. 뭐, 이렇게까지 일이 커지면 선생님도 직접 와서 판단할 수밖에 없겠지. 저기 쓰러져 있는 남자의 처우도 정해야 하고."

마지마의 시선 너머에는 엎드려서 묶여있는 카가가 있었다. 가면을 쓴 모험가가 있어준 덕분에 화를 면할 수 있었지만, 원래라면 그 정도의 강자가 개입한 시점부터 우리만으로는 어떻게 할 수 있는 문제가 아니었다. 학교 측은 이번 일을 어떻게 받아들이려는 것인가.

"뭐, 근데. D반 놈들의 당황한 얼굴을 봐서 후련하네."

"후훗. 그렇네."

여러 일이 있었지만 언제까지고 주저앉아 있을 수는 없다. 잠시 휴식을 한 후에는 마음을 다잡고 마지막까지 싸워나갈 방법을 생각하자.

그리고 오오미야와 바시마, 나 셋이서 앞으로 어떻게 할지 이야기하자. 시간을 많이 잃어서 계획을 수정할 필요가 있기 때문이다. E반은 다른 종목의 성적이 좋지 않아 지금부터 만회하려면 우리 전체 마석량 그룹의 득점이 중요해진다. 실패는 절대로 해서는 안 되니 남은 시간에 마랑을 얼마나 사냥할 수 있는지 꼼꼼하게 계산해나갈 필요가 있다.

그래도 이번 일은 나쁜 일만 있는 게 아니다. 오오미야가 예상했던 것보다 강하다는 건 알았고, 뒤에는 금란회 멤버마저 쓰러뜨린 가면을 쓴 모험가까지 있다. 안전성이 더 커진 지금은 더욱 적극적으로 사냥할 수 있을 것이고 열심히 하면 충분히 D반을 따라잡을 수 있을 것이다.

서로 의견을 내며 상세한 사냥 계획을 세우고 있으니 카가가 눈을 떴다. 이미 무구는 빼앗았고 와이어로 단단히 묶어서 괜찮다…… 무섭기는 하지만.

"큭…… 날, 죽이지 않는 건가?"

이런 상황에도 날카로운 눈빛으로 째려보다니, 놀라운 정신력이다. 그 시선으로부터 가면을 쓴 모험가를 지키듯이 앞에 서는 오오미야.

"넌 선생님들한테 넘길 거야. 얘는 오보로 같은 게 아니니까 더 이상 엮이지 마."

"훗, 그런 걸로 해라…… 누가 왔군."

뒤를 돌아보니 멀리서 엄청난 속도로 달려오는 사람들이 보였다. 선두에 있는 건…… E반의 담임인 무라이 선생님이다. 손에 길고 가느다란 검을 들고 덤벼드는 마랑을 일격에 베어서 죽이고 있었다.

선생님은 그 기세를 그대로 유지하며 눈 깜짝할 사이에 방에 들어와 묶여있는 카가와 가면을 쓴 모험가가 있는 쪽으로 걸어갔다. 저 속도로 여기까지 계속 달려왔음에도 불구하고 숨을 전혀 헐떡이지 않았다.

"모험가 학교의 교사인 무라이라고 합니다. 금란회의 카가 다이고 님이군요. 서둘러 구급반으로 옮길 준비를 하겠습니다. 그리고 가면을 쓴 당신은…… E반의 보조 요원으로 **등록**이 안 되어 있는데, 모험가 ID는 가지고 계십니까?"

무라이 선생님이 팔 단말기에서 나온 화면을 조작하면서 카가와 감면을 쓴 모험가의 신원을 조사하려고 했다. 평소의 지도하는 듯한 말투가 아니라 귀한 손님을 대하는 듯한 정중한 말투다. 위화감을 느끼면서도 **등록**이라는 말이 신경 쓰였다.

"아아. 깜빡했습니다. 입장이라는 게 있을 테니 무리하게 제시하지 않으셔도 괜찮습니다…… 하지만, 너희들."

이쪽을 돌아보니 낮고 냉철한 목소리로 바뀌었다.

"보조 요원 명부에 기재되어 있지 않은 외부의 도움을 받은 경우에는…… 바로 실격된다는 건 알고 있나?"

"잠깐만요. 그런 규칙은 못 들었습니다. 그게 뭔가요."

"우린 조력자를 구하는 게 허용된다는 말도 못 들었다고요!"

등록되지 않은 사람의 도움을 받는 건 실격 대상…… 그 말에 오오미야와 마지마가 맹렬하게 항의했다. 조력자를 구하는 게 허용된다는 말도 못 들었는데 그게 등록제라는 걸 알 리가 없다. 너무 불합리하지 않냐며 불고 늘어졌지만 선생님의 태도는 여전히 차가웠다.

"전체 마석량 그룹의 처우에 대해서는 지금부터 심의에 들어간다. 하지만 결과는 기대하지 마라. 이곳에 있는 학생 전원, 길드 앞 광장에 있는 운영 본부로 신속히 이동하고 거기서 대기할 것을 명한다."

"마, 말도 안 돼."

반 대항전은 오늘을 포함해서 이틀밖에 남지 않았다. 이곳은 던전 6층. 지금부터 바깥에 갔다가 돌아오면 사냥할 수 있는 시간은 거의 남지 않는다. D반의 방해가 사라지고 이제부터 시작인데…… 우리가 멈춰버리면 역전할 가능성은 완전히 사라져 버린다.

그런데 무라이 선생님은 왜 조력자 규칙을 가르쳐주지 않은 것인가. 가르쳐줘도 대단한 조력자를 부르는 건 불가능하다고 생각한 걸까. 그리고 실격이라니…… 이러면 마치 우리가 이기지 못하도록 짠 것 같지 않은가.

뼛속까지 차가워질 것 같은 눈으로 내려다보는 무라이 선생님. 전체 마석량 그룹 일행은 의심을 품으면서도 그곳을 뒤로 하는 수밖에 없었다.

제09장 ✦ 타치기의 결의

—— 타치기 나오토 시점 ——

"실격이라고?! 어째서냐."

카오루한테서 '전체 마석 그룹이 심의를 받게 되었다'는 메시지가 왔다. 그래서 급하게 나와 카오루, 마지마 셋이서 단말기를 써서 그룹 채팅을 했는데…… 심의를 받게 된 이유를 물어보니 '허가 받지 않은 조력자의 도움을 받아서' 실격 대상이 되었다고 한다.

"다른 반의 조력자는 전부 등록하기라도 했다는 거냐."

'그런 것 같아. 명부를 봤는데 금란회의 카가와 소렐의 이름도 제대로 기재되어 있었어.'

눈을 내리뜨면서 긍정하는 카오루. 확실히 가면을 쓴 조력자의 도움을 받긴 했지만, 그건 몹몰이에 당했을 때와 오오미야가 납치당할 뻔했을 때의 폭력에 대항해서 받은 도움이다. 그걸 물리쳤다고 도움을 받은 게 되는 건가. 애초에 조력자 규칙 같은 게 있는 시점부터 공평한 시험 같은 건 바랄 수 없다.

"무슨 말을 해도 반 대항전 운영 본부는 들어주지 않은 것이군."

'그래. 그 모양이면 실격은 거의 확실하겠지. 설령 기적적으로 실격을 피했다고 해도 더 이상 마당을 사냥할 시간 같은 건 거의 안 남아있어. 다시 말해서…… 우리의 반 대항전은 사실상 끝이다.'

언짢은 표정을 더욱 찡그리는 반 리더 마지마. 우리 지정 퀘스트 그룹은 나름대로 잘 하고 있었지만, 이 한 종목만 성적이 좋다고 해도 D반에는 크게 못 미친다. 남은 시간이 조금밖에 없는 이 상황에는 더는 쓸 방법이 없다.

'어쩌면 가능할지도 모른다는 지점까지 갔는데, 안타깝네…….'

'확실히 조력자 규칙은 부조리하긴 했지만 이번 반 대항전은 수확도 있었어.'

분해하는 카오루에 비해 마지마는 의외로 긍정적이다. 그도 그럴게 오오미야 같은 아주 우수한 전력이 있다는 것도 알았고 E반의 사기도 높고 장시간의 집단행동에서도 생각 이상으로 단결해서 잘 움직였다. 최소한의 감은 잡았으니 다음 반 대항전에선 더 잘 싸울 수 있다는 자신감도 생겼다고 한다.

(하지만, 진 건 진 거다…….)

그 사실은 움직일 수 없다. 분한 나머지 나도 모르게 주먹에 힘이 들어갔다. 하지만 생각하는 게 일인 내가 뜨거워져서는 안 된다. 어떤 상황이라도 냉정하게 역전의 가능성을 계속 찾아야만 한다.

"……일단 지금은 느긋하게 휴식해줘. 우린 다음 반 대항전을 상정하고 마지막까지 하기로 하지."

'알았어. 결과는 엉망이었지만 다음엔 안 져.'

'뭔가 정보가 들어오면 또 보고할게.'

팔 단말기의 통신을 끊고 한숨 돌린 후에 뒤에서 보고 있던 닛타를 돌아봤다. 그녀에게도 아까 전의 그룹 채팅은 들렸을 테니,

생각을 정리하기 위해서라도 이야기를 들어두고 싶다.

"조력자 규칙. 선생님은 일부러 말하지 않았다고 봐야 할까."

"일개 교사의 판단이라고 생각하긴 어려우니까 그런 지시를 받았다고 생각하는 편이 자연스럽지~."

우린 경험을 쌓아 착실하게 강해지고 있다. 하지만 조력자 규칙 같은 게 있으면 학생끼리의 공평한 경쟁이 한순간에 파괴될지도 모른다. 이 규칙은 원래 중요한 후계자인 아들이나 딸에게 예측할 수 없는 사태가 일어나지 않도록 도입된 시스템일 테지만, 이걸 E반 때리기에 악용하고 있는 것이다.

다음 반 대항전을 생각하면 반 친구들의 강화는 물론이고 이 조력자 규칙을 어떻게든 해야 하지만…… 우리에게 향하고 있는 악의는 딱히 조력자 규칙에만 국한된 게 아니다. 지난달의 부활동 권유식이나 결투 소동도 그랬고, 앞으로도 사사건건 악의를 품을 것이다.

이 모든 것에 대처해 나가려면 어떻게 하면 좋은가——.

"그렇네~. 예를 들자면, 우리도 악의에 대항할 수 있는 뒷배를 마련한다던가?"

"……상대가 '팔룡'이라 해도 말인가."

현재는 D반과의 다툼이 많아 D반만 어떻게든 하면 악의는 멎는다고 착각할 것만 같지만…… 진짜 적은 그들이 아니다. 그 배후의 배후, 훨씬 더 깊숙한 곳에 있는 근본적인 원흉은 팔룡이다.

팔룡이란 모험가 학교를 관리하는 8개의 큰 파벌이다. 8개 전부는 모르지만 현재 내가 알고 있는 건 '제1검술부', '제1마술부',

'제1궁술부', 'A반 동맹', '시프 연구부', 그리고 '학생회' 6개다.

이들 파벌의 배후에는 관료나 대귀족, 대기업이 줄지어 있어서 학교 운영에도 큰 영향을 끼친다. 학교 상층부를 움직여 무라이 선생님이 조력자 규칙을 알리지 못하게 입을 막은 것도 이 팔룡일 것이다. 그런 강대한 상대로 대항할 수 있는 뒷배란 무엇인가. 그걸 우리가 마련한다는 건 일반적으로 생각하면 불가능하다.

하지만 닛타는 미소를 잃지 않았다. 이 모습을 보면 상대가 팔룡이라는 걸 짐작하고 있었을 것이다. 그리고 그 수단도. 그렇다면 이 기회에 내 생각을 들려주자.

"곧 학생회장 선거가 있다. 그래서 차기 학생회장 자리를 두고 후보자끼리 싸우게 되는데……."

학생회장 선거는 학생들의 투표로 학생회장을 정하는 선거 이벤트다. 하지만 투표라는 건 겉으로 보여주기 위한 구실이고 실제로는 팔룡의 세력 균형으로 학생회장이 정해진다.

모험가 학교의 학생회장은 학생이면서 거액의 자금을 움직이고 학교의 운영진과 다른 파벌에게도 강한 영향력을 행사할 수 있는 특히 이익이 되는 자리다. 만약 자기 파벌에서 학생회장을 배출하면 '학생회'를 자기들에게 유리하도록 움직여 다른 팔룡에게 호령하는 것도 가능해진다.

그렇다고 해서 차기 학생회장 자리는 그렇게 쉽게 손에 넣을 수 있는 것이 아니다. 그건 팔룡의 힘을 가지고 있다고 해도 어렵다. 어떤 파벌이 앞질러가지 못하도록 팔룡끼리 눈을 번뜩이며 서로 견제하고 있기 때문이다.

지금쯤 배후에서는 팔룡끼리 다수파 공작이나 교섭이 활발하게 이루어지고 있을 것이다. 그리고 조만간 후보가 정해지고 누구누구에게 투표하라고 우리 E반에 통지할 것이다.

"그러니 미리 E반의 표를 선물로 주고 팔룡 중 한 곳에 접근해 교섭…… 하는 건 어때."

"만만치 않을걸~? 상대는 귀족님이고 E반을 멸시하고 있기도 하지. 어설프게 실패하면 그냥 안 넘어갈지도 몰라~."

"그렇지…… 하지만 그 정도의 각오가 없으면 우린 밑바닥에서 벗어날 수 없어. 이번 반 대항전에서 뼈저리게 느꼈어."

지금까지 몇 번이나 절망의 구렁텅이에 떠밀려 왔다. 악의는 더더욱 그 정도가 심해져 앞으로도 우릴 덮쳐올 것은 확실하다. 그렇기에 모든 것을 끝내기 위해 결사의 각오로 임하는 수밖에 없다고 생각하고 있다. E반이 앞으로 나아가기 위해서는 팔룡은 피해갈 수 없는 상대다.

어디의 누구에게 접근할 것인가. 표를 준다고 해서 그것만으로 끝나진 않을 것이다. 그렇다면 요구를 어디까지 들어줄 수 있는가. 만약 교섭이 실패해서 찍히면 철저하게 깨질 가능성도 있다. 바늘구멍을 통과할 만한 행동과 결단력이 요구되며 실수는 결코 허용되지 않는다. 그런 중압 속에서 과연 나는 최적의 답을 움켜쥘 수 있을 것인가.

하지만 과거의 학생회장 선거를 보면 팔룡은 결코 단결력이 강하지 않다는 것도 알고 있다. 돌파구는 분명 있을 것이다. 철저하게 연구하고 분석해서 무엇을 할 수 있는지 대책을 정리해야 하는데, 혼자서 그 모든 것을 하는 건 어렵다. 그러니——.

"나 혼자서는 힘이 부족해. 하지만 닛타. 그리고 오오미야도 있으면 맞설 수 있을 거야. 힘을 빌려줄 수 없을까."

유우마와 모두라면 흔쾌히 승낙하고 힘을 빌려줄 것이고, 물론 의지도 할 생각이다. 하지만 발을 들여놓는 곳은 권모술수가 난무하는 귀족사회, 팔룡. 그런 자들을 상대로도 겁먹지 않고 적절한 기지와 지략으로 대처할 수 있는 닛타와 오오미야의 힘은 꼭 빌리고 싶다.

귀여운 안경 너머에 있는 아름다우면서도 이지적인 눈동자를 바라보며 손을 내밀었다. 하지만 닛타는 손을 잡지 않고 생글생글 미소 짓고 있을 뿐이었다. 안 되는 걸까…….

"음~. 나랑 사츠키가 도와주는 건 괜찮은데~, 그러면 '소타'도 끼워줬으면 하는데~."

"……뭐?"

닛타는 시원스럽게 힘을 빌려주겠다고 했지만 그와 동시에 누군가의 이름도 꺼냈다. 상당히 신뢰하고 있는 것 같고 친밀감이 담긴 말투인데, 소…… 타는 대체 누구지.

그 이름은 나와 닛타 사이에 가로놓인 최대의 장벽인 듯이 들리기도 했다.

◤////////////////////////

—— 나루미 소타 시점 ——

'이런 일이 있었어. 실격이라니 너무해.'

'조력자가 등록제라는 건 나도 몰랐어~.'

팔 단말기의 화면 너머에서는 불만스러운 표정을 지은 사츠키와 곤란한 표정을 지은 리사가 비치고 있었다. 아서와 헤어지고 텐마와 집사들 사이에 끼어서 집단으로 돌아가고 있는데, 사츠키한테서 메시지가 와서 임시 회의를 하게 되었다. 지금은 12층의 어느 쇠퇴한 안전지대에서 혼자 화면을 보고 이야기하는 중이었다.

(……플레이어도 모르는 정보인가.)

카노가 조력자로 참가한 건 알고 있었지만, 설마 등록이 필요할 줄이야. 그건 플레이어인 나와 리사도 몰랐던 정보다. 물론 게임을 할 때는 멋대로 조력자 같은 걸 부를 수 없었으니 알 수 있을 리가 없지만.

'하지만 카노를 무리하게 만들어서…… 소타한테는 정말 뭐라 사과하면 좋을지…….'

"아냐, 괜찮아. 카노한테는 어지간히 우위에 있는 상대가 아니면 문제없이 도망칠 수 있는 수단을 쥐여줬으니까."

반 대항전의 조력자로 가기 전에 무슨 일이 있어도 [섀도 워커]가 되고 싶다고 떼를 쓴 동생. 어쩔 수 없으니 밤을 새며 전직 아이템 모으기를 같이 해준 적이 있었다. 지금의 카노를 잡으려면 꽤나 고생할 것이다. 아이템을 모으는 김에 이탈 아이템 취득 퀘스트도 해서 쥐어줬으니 강적이 상대라고 해도 도망치기만 하는 것이라면 문제없이 할 수 있을 것이다.

그런데 사츠키의 말에 의하면 싸운 상대는 금란회의 멤버였다고 한다. 금란회는 게임의 사이드 스토리 중반쯤에 등장하는 '그럭저럭 강한 상대'인데 이런 초반에 등장하다니…… 뭔가 이상하다. 1학년 최초의 반 대항전에서 등장하는 D반의 조력자는 소렐뿐이었을 텐데.

'금란회가 나온 것도 신경 쓰이지만~, 소타가 그렇게 날씬해진 것도 신경 쓰이네~.'

'그래 맞아. 나도 깜짝 놀랐어.'

"……많은 일이 있었어."

그 '많은 일'을 떠올리고 나도 모르게 눈빛이 아련해졌다. 그 때문에 체중이 격감하고 무서울 정도의 공복감에 시달리는 상황이 지금도 이어지고 있다.

근데 아서 녀석…… 설마 장난을 칠 줄이야. 게다가 그 후에는 반성도 안 하고 텐마가 뭘 하고 있는지 밤낮 가리지 않고 몇 시간마다 전화를 걸어댄다. 나를 텐마 관찰 담당이나 뭐 그런 걸로 착각하고 있을 가능성이 높다. 그건 그렇고.

"내가 20층까지 가서 무슨 일이 일어났고 누굴 만났는지 나중에 천천히 이야기하고 싶으니까 시간을 만들어줬으면 좋겠어. 이후의 지침을 정해두고 싶어."

'물론이지. 근데 20층이라니 대단하네! 도달 심도 점수가 꽤 많이 들어올 것 같은데.'

'동률 1위인 것 같으니, 그렇게 되려나~?'

레서 데몬의 마석은 억지로 텐마에게 줬으니 괜찮은데, 20층까지 따라가 버린 건 뭐라 변명하면 좋을까. 뭐, 호위에 둘러싸여서 따라갔을 뿐이라고 밀어붙이면 어떻게든 되겠지.

'하지만 그것만으로는 점수를 버는 건 어렵지…… 역시 지는 걸까.'

'조력자 규칙이 문제야~. 그거 때문에 타치기 군도 각오를 다진 것 같은데.'

"뭔가 할 생각인가."

7월에 있는 학생회장 선거를 앞두고 팔룡 중 한 곳에 E반의 표를 선물로 주며 뒷배가 되어줄 수 없는지 교섭하러 간다고 한다. 그때 도와달라는 부탁을 받았다고 한다. 확실히 머리가 잘 돌아가는 리사와 사츠키가 도와주면 잘 될 가능성은 높아진다…… 하지만 나도 도우라니 무슨 소리지.

그 이전에 불안 요소도 있다.

"팔룡이랑 싸우려면 나름대로 레벨이 필요해질 거라 생각하는데 괜찮은가?"

'타치기 군 일행은 아직 레벨 6이었던가~. 레벨업이 늦어지고 있는 건 신경 쓰이지.'

'게이트에 대해 가르쳐줄 수 없다면 적어도 쩔 정도는 해주고 싶을지도. 물론 내가 솔선해서 할게.'

팔룡을 상대로 투표권이라는 무기를 들고 언변을 뽐내는 건 좋다. 하지만 그것만으로는 밀고 나갈 수 없을 것이다. 왜냐하면 팔룡과 그 주변에는 아무튼 호전적이고 단순무식한 녀석이 많아 설득하려면 교섭술뿐만 아니라 완력도 시험받는 경우가 많기 때문이다. 권장 레벨은 15에서 20 가까이 됐을 것이다. 게임을 할 때도 1학년이 이 단계에 상대하기에는 무리가 있었다.

그럼에도 불구하고 제일 중요한 타치기와 카오루 일행의 레벨은 낮은 그대로다. 게이트를 쓸 수 없어서 사냥터까지 가는 이동시간이 길어져 앞으로 레벨 상승 속도가 더더욱 둔화되는 건 불 보듯 뻔하다. 주인공 팀만 대처할 수 있는 이벤트도 많아서 우리가 평화롭게 지내기 위해서라도 사츠키의 말대로 다소의 쩔 정도는 시키는 편이 좋을지도 모른다.

'그럼 나도 도와주는 편이 좋으려나~. 항상 사츠키랑 같이 있으니까 내 레벨도 분명 타치기 군한테 들켰을 테니까~.'

'그것도 그럴지도. 리사, 같이 힘내자. 아, 슬슬 '발표' 시간이야.'

"미안해. 나도 뭔가 할 수 있는 게 있으면 도와줄게."

나중에 또 이야기하기로 약속하고 통신을 끊었다.

반 대항전이 끝나도 학생회장 선거라는 귀찮은 이벤트가 시작된다. 던익의 스토리대로 가면 앞으로도 머리를 싸매야 하는 문제가 줄줄이 있다. 하지만 그 전에. 반 대항전이 끝날 무렵에 귀찮은 이벤트가 또 하나 있었던 것 같기도 하고 없었던 것 같기도 하고. 뭐, 기억이 안 나면 별 일은 아니려나.

시계를 보니 반 대항전 종료 시각이 되어 있었다. 분명 지금쯤 모험가 길드 광장에서는 결과를 발표하기 시작했을 것이다. 팔 단말기로도 라이브 영상을 볼 수 있지만 피곤해서 볼 생각은 안

들었다. 도중 경과 점수도 그다지 좋지 않아서 기대는 전혀 안 한다.

"하아, 배고프다……."

천천히 누워서 피로한 팔다리를 뻗었다. 여긴 언데드가 출몰하는 구역이라 하늘은 흐릿하고 으스스한 구름이 소용돌이쳤다. 상쾌한 것과는 거리가 멀지만 그래도 동굴 구역과는 달리 개방감이 느껴져서 좋다. 근처에스는 B반이 스켈레톤을 상대로 검을 뽑아서 놀기 시작한 것 같은데, 참 기운이 넘친다.

"뭐, 해야 할 일은 짐 나르기 정도니까. 천천히 갈까…… 아니, 뭐야?!"

팔 단말기에 몇십 개나 되는 알림이 일제히 뜨기 시작한 게 아닌가. 알림음이 연속으로 울렸고, 카오루와 마지마한테서는 전화까지 오고 있었다. 무슨 일이 일어난 것 같다.

――하지만 어차피 귀찮은 일일 테니 전원을 끄고 무시하기로 했다.

제10장 ✦ 반 대항전 결과 발표

—— **하야세 카오루 시점** ——

시험 종료 시각이 되어 각 학생의 팔 단말기에 종료를 알리는 통지가 일제히 발신되었다. 반 대항전 운영 본부가 설치된 모험가 길드 앞 광장에서는 순위나 점수 등의 결과 발표를 하기로 되어 있어서 각 반의 학생들이 그 결과를 보러 속속 모여들었고, 상위 반에서는 어디가 이길지 이야기꽃을 피우고 있었다.

한편 우리는 처참했다. 순위도 최하위일 게 확실하다. 그래도 다음번에 활용하기 위해 아쉬움을 눈에 새기려고 E반이 다 같이 왔다. 다른 반도 뻔한 결과를 왜 들으러 왔냐는 싸늘한 눈으로 보고 있는데 그럴 것도 충분히 알고 온 것이다.

그런 시선을 무시하듯이 시계를 확인했다. 슬슬 결과 발표를 시작할 시간이 될 무렵. 앞을 보니 운영 본부 안에서 선생님과 스태프 분들이 분주하게 돌아다니고 있었다.

'그럼 집계가 끝났으니 반 대항전 결과 발표를 하고자 합니다. 영상은…… 괜찮은 것 같군요.'

30대 정도의 정장을 입은 여자가 광장에 특설된 단상에서 마이크를 들고 뒤에 있는 큰 스크린을 확인하면서 설명했다. 모험가 학교 1학년의 학년 주임이다.

약간 떨어진 곳에서는 몇 명이 큰 카메라를 들고 있었다. 저 카메라로 찍고 있는 영상은 지정된 주소를 입력하면 팔 단말기로도 접속해서 볼 수 있게 돼있다. 아직 던전 안에 있는 학생도 라이브 영상을 확인할 수 있다.

"하아…… 제때 왔네. 생각보다 애먹었어."

뒤에서 나에게 말을 건 사람은 '커다란 마석을 가져오겠다'며 호언장담하고 멋대로 그룹에서 이탈한 츠키시마다. 약속한 마석은 이미 가져와서 등록을 끝냈다고 하는데 정말일까.

"뭐, A반이라도 못 가져올 만한 마석을 가져왔으니까 기대해달라고."

윙크하면서 자신 있다는 듯이 가슴을 펴는 츠키시마. 기대해달라고 해도…… 가능하면 마지막까지 전체 마석량 그룹을 도와줬으면 했는데. 만약 그가 하는 말이 사실이라면 어떻게 그런 일이 가능한지 신경 쓰이지만, 일단 지금은 결과 발표를 듣는 데 주력하자.

'그럼 발표합니다. 1위는 A반. 846점. 내역은──.'

뒤에 있는 스크린에는 1위인 A반과 점수, 점수 내역이 표시되었다. 오늘 아침 9시에 발표된 도중 경과에서 수많은 종목에서 리드해서 놀랍진 않았다.

"아싸~!"

"해냈어요, 세라 님!"

"여러분, 열심히 해줬군요."

앞에 있는 A반 집단에서 환성이 터져나왔다. '지정 포인트 도달', '도달 심도', '지정 퀘스트' 세 종목에서 1위. 특히 지정 포인트 도달에서는 다른 반을 압도하는 점수를 냈다. 유우마도 이 종목에서는 마지막까지 열심히 했지만 경험과 레벨, 그리고 조력자 유무의 차이는 커서 뒤집을 수가 없었다.

"저 반은 인재층이 너무 두터워. 우리 반과는 달리 잔챙이는 한 명도 없으니까 신경 쓰지 마."

츠키시마가 진저리치면서 중얼거렸다. A반에는 낙오자 따위는 없어서 누가 나와도 나름대로 전력이 된다는 강점이 있다. 그리고 수석으로 입학한 세라 키쿄우나 차석인 텐마 아키라 등 특출난 학생이 있기 때문에 다소 무리도 할 수 있다. 어떤 종목이든, 사람을 어떻게 배분한다고 해도 빈틈이 없는 학년 최강의 반이 A반이다.

줄곧 저기를 목표로 삼고 지금까지 노력해왔지만 지금의 내게는 아득히 멀리 아른거렸다. 나약해지기 시작한 생각을 떨쳐내고자 머리를 흔들고 다음 발표에 귀를 기울였다.

'다음. 2위는 B반. 828점.'

근소한 차이로 A반에 졌다는 사실을 알고 B반 쪽에서 한숨과 아쉬워하는 소리가 들려왔다. A반에 강한 라이벌 의식을 가지고 있는 학생이 많은지 몇 명은 서로 노려보고 있는 모습이 보였다.

"젠장, 겨우 18점 차이냐."

"스오우…… 미안하다."

"다들 열심히 했어요. 다음에야말로 이깁시다."

1위를 한 종목은 '지정 몬스터 토벌', '도달 심도', '전체 마석량'이며 그 외는 2위. A반과는 나름대로 실력 차이가 날 줄 알았는데 이렇게 점수 내역을 보면 거의 호각. 실력자도 많이 재적해 있는 것 같다. 도달 심도 동률 1위라는 건 A반과 협정이라도 맺은 걸까.

집단의 중앙에서는 반의 리더로 보이는 긴 흑발을 가진 남학생——스오우라고 했던가——이 주위에 있는 반 친구들을 달랬다. 어쩌면 이만큼 건투한 것도 그의 인망과 통솔력이 높기 때문이라는 가능성도 생각할 수 있다. 나중에 나오토나 다른 사람들과 정보를 분석해서 공유하고 싶다.

'다음. 3위는 C반. 438점.'

2위인 B반과 차이가 크게 벌어진 C반. A반과 B반이 거의 모든 종목에서 2위 이내의 순위를 독점해서 점수 차이가 이렇게 벌어진 것이다. 하지만 레벨과 장비를 보면 그렇게 뒤떨어지는 것처럼 보이진 않았다. 개개인을 봐도 저 일본식 갑옷을 입은 남학생 등 우수한 학생도 있다. 왜 이렇게까지 점수 차이가 벌어지고 만 것일까.

"C반은 조력자가 안 오니까. 뒤에는 강력한 조직이 있겠지만 귀족놈들처럼 과보호하진 않아. 학생끼리 치르는 시험 따위에 일일이 개입하지 않는 거지."

스기시마가 C반의 배후 관계를 설명해줬다. 확실히 조력자가 없으면 싸움이 어려워진다는 건 몸소 체험했다. 결국 상위 반과 싸워나가기 위해서는 그들에 대항해서 조력자를 구하거나 조력자 규칙 자체를 배제해야만 한다. 어쨌든 현재의 우리에겐 어려운 문제다.

다음은 4위를 발표해야 하는데…… 어째 선생님들이 혼란스러워하고 있다. 무슨 일이 일어난 것 같다. 학생 주임의 모습을 보고 있으니 마지마가 상황을 가르쳐줬다.

"하야세. 집계 직전에 점수 가산이 있었던 모양이야."

"점수 가산? D반인가."

"내가 가져온 마석 때문일지도 모르지."

우리 반에 점수가 가산될 요소 같은 건 짚이는 구석이 없어서 D반인가 싶었는데 옆에서 '나한테 기대해라'며 엄지로 가슴팍을 가리키며 히죽거리는 얼굴로 말하는 츠키시마. 설령 그럭저럭 고레벨 마석을 가져왔다고 해도 그것만으로는 D반의 점수에는 못 미친다. 다시 말해서 순위 변동은 일어날 수 없다.

――그렇게 생각했는데.

'실례했습니다. 그럼 4위. E반. 349점.'

아무 일도 없었다는 듯이 지면의 수치를 읽는 학년 주임. 지금 E반이라고 했나.

"뭐?!"

"어, 어떻게 된 거야?"

"내역이 나온다."

E반뿐만 아니라 상위 반마저 일제히 술렁이며 놀라서 소리쳤

다. 그도 그럴 것이다. 오늘 아침의 점수 발표 때까지 4위인 D반과 100점 이상의 차이로 독보적인 꼴찌였으니까. 나도, 그리고 반 친구들도 이해가 안 됐다. 무슨 일이 일어난 건지, 모두가 스크린에 비치는 점수 내역을 뚫어져라 봤다.

나오토가 이끄는 '지정 퀘스트'가 3위라는 사실에 놀라진 않았다. 도중 경과로 잘 되어가고 있었다는 건 알고 있었다. 하지만 '지정 포인트 도달'과 '지정 몬스터 토벌'은 최하위라서 점수는 거의 들어오지 않았으며 '전체 마석량'은 실격이라 0점.

그렇다, 여기까지는 오늘 아침에 본 것과 마찬가지로 절망적이라고도 할 수 있는 점수다. 누가 이 참담한 상황에 D반에 역전할 수 있을 거라 생각할까. 하지만——

(도달 심도가…… 1위?! 어떻게 된 거지. 소타는 뭘 한 거야…….)

전체 마석량 그룹이 실격됐다는 걸 소타에게 알리려고 어제부터 몇 번인가 메시지를 보냈지만 답장은 없었다. 그 전에도 현재 어디에 있으며 무엇을 하고 있는지 확인을 하려고 해도 반응은 없었다. 멋대로 집에 가서 자고 있을지도 모른다고 생각하고 있었는데 동률 1위라는 건 20층까지…… 설마 마지막까지 상위 반을 따라갔을 줄이야. 이렇게 무모한 짓을.

거기까지 갔으면 고레벨 몬스터의《오라》를 몇 번이나 적잖이 뒤집어썼을 것이다. 금단의 남자의《오라》정도는 아니라고 하더라도 수준이 아득히 높은 상대의《오라》는 정신을 좀먹고 약해지게 만든다. 소심한 소타라면 무리는 안 할 줄 알았는데 왜 그런 곳까지…….

더더욱 의문이 생긴다. A반과 B반은 왜 소타의 동행을 허락했는가. 상대는 귀족님뿐이며 대량의 조력자를 끼고 있었으니 굳이 E반과 협정을 맺을 이유는 없다. 변덕으로 대동을 허락해줬다고 해도 레벨 3인 소타를 20층까지 데려가는 건 너무 위험하다. 무사할까.

"하지만…… 도달 심도 점수가 사실이라고 해도 역전하기에는 점수가 부족할 건데. 어떻게 된 거지."

옆에서 마지마가 의아해했다. 그렇다, 설령 도달 심도가 1위라고 하더라도 D반과의 점수 차가 너무 벌어져서 역전은 무리일 것이다. 다른 이유는 없는지 큰 스크린에 비친 항목을 꼼꼼히 찾아보고 있으니 그 이유가 새로 표시되어 학생들이 다시 술렁였다.

"'마석의 격'이라고?!"

마석의 격이란 마력량이 가장 많은 마석을 가져온 반에 특별 보너스가 들어가는 종목이다. 당연히 그런 마석을 입수하기 위해서는 수석이나 차석이라도 잡을 수 없을 정도로 레벨이 높은 몬스터를 잡을 필요가 생긴다. 마석의 격은 점수가 크지만 E반의 전력으로는 그런 마석을 가져오는 건 불가능해서 처음부터 작전상 제외했던 종목— 이었을 텐데.

게다가 가져온 건 그냥 마석이 아닌 모양이다.

"레벨 25의…… 그것도 레이드 보스급의 마석을 우리 반의 누군가가 가져왔다는 뜻인가?!"

"혹시…… 츠키시마가 가져왔어?"

"……아니. 내가 가져온 건 저게 아냐. 누구야."

마석의 격 점수를 우리 E반이 획득한 것에 놀라면서도 누가 가져왔는지 큰 소리로 정보를 캐물으려고 하는 마지마. 츠키시마가 '큰 마석을 가져왔다'고 해서 일단 물어보니, 가져온 마석은 저것과는 다른 것이라고 한다.

(그럼 대체 누가 레이드 보스의 마석을…….)

레이드 보스란 특수한 조건에서만 불러낼 수 있는 특별한 보스 몬스터이며 플로어 보스보다 더 강력한 개체가 많다고 들었다. 떨구는 마석의 마력량도 일반 몬스터의 마석과 비교해서 단위가 두 자릿수 정도 다르다고 한다. 레벨이 25인 레이드 보스급쯤 되면 너무 귀중해서 보물이라 할 만한 물건이다.

문제는 그런 몬스터를 잡는 난이도. 아마 금란회의 카가와 동등하거나 그 이상의 모험가를 다스 단위로, 게다가 직업을 균형 있게 모을 필요가 있을 것이다. 조력자에게 의지할 수 없는 E반의 학생이 그런 걸 가져올 수 있을 것이라는 생각은 도저히 들지 않았다——. 하지만 실제로 점수로 가산되었으니 믿을 수밖에 없다.

반 친구들이 각자 이래저래 생각하고 있으니 상위 반 쪽에서 큰 소리가 들렸다.

"어떻게 된 겁니까, 세라 키쿄우!"

"저도 모릅니다. 하지만 설마…… 그렇다고밖에 생각할 수 없어요."

"열등반의 수준은 이미 확인했습니다. 그렇다면 저건 텐마 혼자서 잡았다는 겁니까?!"

갑자기 큰 소리를 쳐서 모두가 돌아서 주목했다. 눈을 부릅뜨고 노성을 지르는 사람은 B반의 리더 스오우다. 저렇게 당황할 줄 몰랐던 만큼 나도 놀랐다. 말하는 상대는 학년 수석인 세라. 저들은 뭔가 알고 있는 걸까.

"선생님. 그 마석은 '대악마'의 마결정이었습니까?! 데이터를 보여주세요."

스오우가 단상에 있는 학년 주임에게 따지며 데이터 공개를 요구했다. 반 대항전에서는 잡힌 몬스터와 잡은 인원, 이름까지 팔단말기가 세세하게 자동으로 집계한다. 만약 레이드 보스의 마석을 가져왔다면 그때 누가 잡았는지 알 수 있는 구조다.

'장소는 20층, 레서 데몬 토벌이 확인되었습니다. 토벌자는 텐마 아키라, 쿠가 코토네, 나루미 소타 세 명입니다.'

"뭐, 뭐라고! 그 대악마를?!"

"세 명? 말도 안 되잖아! 조력자가 도와준 건가."

"텐마는 알겠는데 나머지 둘은 누구야."

레이드 보스의 정체를 듣고 상위 반에서 놀라는 소리가 터져 나왔다. A반 학생도 놀랄 정도라니, 사연이 있는 몬스터인 걸까. 물론 대악마라는 유니크한 이름이 붙을 정도이니 정상적인 몬스터가 아닐 것이라는 건 나도 상상이 갔다.

(그런 상대를 겨우 세 명이서…….)

조력자의 힘을 빌렸다? 그러면 '토벌자 세 명'이라고 표기되지 않는다. 데이터에 세 명으로 표기되어 있으면 처음부터 끝까지 세 명이서 잡아냈다는 뜻이다.

게다가 놀랄 만한 점은 아직 있다. 소타는 물론이고 쿠가까지 있었다는 점이다. 그녀도 전체 마석량 그룹에서 빠져나갔는데 설마 20층에서 레이드 보스와 싸우고 있었을 줄이야. 예상 밖의 일만 일어나서 그때의 상황이 전혀 짐작되지 않았다.

"뚱땡이는 아니지…… 그 녀석은 단순한 엑스트라에 불과해. 텐마도 현시점에는 레벨이 부족할 텐데. 쿠가는 어떻지…… 만약에 진짜 실력을 낸다면……."

중얼중얼 혼잣말을 하는 츠키시마. 최근에 소타가 실력을 얼마나 키웠는지는 모르겠지만 25레벨 레이드 보스전 같은 건 명백하게 무리라는 걸 알고, 얼마 전까지 E반의 낙오자였던 쿠가도 마찬가지로 아닐 것이다. 그럼 텐마가 혼자 잡은 걸까. 만약에 잡았다고 하더라도 왜 그 마석이 E반의 것이 된 것인가.

(아무것도 모르겠어…… 그럼.)

그렇게 생각하고 팔 단말기로 전화 화면을 불러내 소타에게 전화를 걸어봤다. 모르겠으면 물어보면 된다. 하지만 몇 번을 전화해도 전혀 연결되지 않았고 보낸 메시지도 읽었다는 표시가 뜨지 않았다. 정말, 뭐 하고 있는 거야. 적어도 무사한지 어떤지만이라도 알고 싶은데.

마지마와 다른 반 친구들도 똑같이 메시지를 보내거나 통화를 시도해봤지만 결과는 똑같은 것 같았다.

'정숙. 마지막으로 5위를 발표합니다. D반――.'

충격적인 사실로 인해 이제는 결과 발표를 들을 상황이 아니게 되어 아무도 듣지 않았다. 너무나 많은 의문이 억측을 부르고 정보가 뒤섞였다. 반을 초월해서 서로 정보를 교환하는 모습도 보였다. 마지마도 상위 반에게 소타와 쿠가가 어떤 인물인지 질문을 받고 있지만, 우리도 뭐가 뭔지 모르는데 대답해줄 수 있는 게 없을 것이다.

그런 잡다한 인파 속을 선명한 청록색 머리카락을 휘날리며 우아하게 걷는 사람이 있었다. 분위기를 보면 보통 사람이 아니다.

문득 나와 눈이 마주치자 싱긋 미소 짓고 똑바로 이쪽으로 오는 게 아닌가.

"잠깐, 거기 당신. 여기에 나루미 소타라는 자는 있을까요."

접힌 검은 부채로 내 쪽을 가리킨 뒤에 짝 펼쳐 고상하게 입가를 가리는 여학생. 스카프의 색이 파란색이니 2학년. 가슴에는 금색으로 반짝이는 배지가 달려있으니 귀족님이라는 걸 알 수 있다. 뜻밖에 고귀한 신분을 가진 분이 말을 걸어 심장이 뛰었다.

"……소타는 아직 던전 안에 있을 건데…… 저기, 누구신가요."

"쿠스노키 키라라라고 해요. 내일 예정대로 다과회가 개최되니 모쪼록 늦지 말라고 전해줄 수 있을까요."

그렇게 말하고 스크린에 시선을 돌리고 '상당히 눈에 띄는 짓을 하네요'라며 혼잣말했다. 쿠스노키 키라라라고 하면 분명 팔룡의 리더 같은 존재가 아닌가. 그런 거물이 왜 소타랑…… 다과회를?

놀라운 사실이 노도와 같이 밀려와서 이젠 머리가 과열되기 직전이다. 소타의 전화번호를 바라보면서 그 자리에 우두커니 서 있을 수밖에 없었다.

제11장 ✦ 내리기 시작한 비

20층 대성당에서 돌아오는 도중에 쿠가와 집사장의 지독한 추궁을 어물쩍어물쩍 피하고 겨우 우리 집에 도착했다.

게이트를 쓰면 바로 돌아올 수 있지만, 물론 비밀로 하고 있으니 그렇게 할 순 없다. 그리고 실력도 숨기고 싶어서 적당히 화제를 돌리거나 가끔은 계속 침묵했지만, 결국엔 내 일거수일투족을 감시당하게 되어 계속 가시방석에 앉아있는 듯한 시간을 보내왔다. 난 이제 심신 모두 너덜너덜해졌다.

'띵동.'

2층에 있는 내 방에 가는 것도 귀찮아서 거실에 있는 낡은 소파에 털썩쓰러……지는 것과 동시에 집의 초인종이 울렸다. 오늘 나루미가는 던전 다이브 데이라서 '잡화점 나루미'는 휴점. 가족은 사냥하러 나가서 집에는 나밖에 없다. 졸리지만 가게의 손님일지도 모르니 나가자.

누구인가 싶어 문을 열어보니 팔짱을 끼고 싸늘한 눈으로 째려보는 소꿉친구가 서 있었다.

"왜 전화 안 받은 거야?"

"……카오루구나."

전화. 그러고 보니 팔 단말기에 반 친구들에게서 수백 건이나 되는 전화와 메시지가 왔었는데…… 너무 지쳐서 전부 무시하고 있었다. 무슨 일이 일어났던 걸까.

어떻게 변명할까 망설이고 있으니 소꿉친구는 내 얼굴을 물끄러미 보고 큰 눈을 더 크게 뜨며 놀랐다. 뭐, 이렇게 단기간에 이렇게까지 살이 빠지면 그야 깜짝 놀라겠지만, 좀 심하게 놀란다는 느낌도 드는데.

“어, 어떻게 된 거야. 그렇게 말라서…… 소타 맞지?”

“남자는 3일 만나지 않으면 다시 보라는 말이 있잖아. 뭐, 모처럼 왔으니까 차라도 내줄게.”

몇 가지 묻고 싶은 것도 있을 것이다. 그렇다고 해도 말할 수 있는 건 그다지 없지만 카오루에겐 걱정을 끼쳤으니 다소는 설명해두고 싶다.

한편 카오루는 잠시 동안 생각하는 듯한 몸짓을 보였지만, 살짝 고개를 끄덕이고 신발을 벗었다. 그러고 보니 집에는 나밖에 없으니 경계하고 있었을지도 모른다. 피곤해서 그 정도 일에도 머리가 안 돌아가는 건 좋지 않은데. 아무 짓도 안 할 테니 안심해줬으면 한다.

나도 한숨 돌리고 싶으니 2인분의 차를 끓이기로 했다. 맛있는 새 차가 저기에 있었던 것 같은데…… 아아, 이거다. 뜨거운 차를 따른 찻잔을 테이블에 두고 문득 카오루를 보니 내 모습을 빤히 보고 있는 게 아닌가.

“입맛에 맞으면 좋겠는데…… 왜 그래.”

“……아, 고마워. 잘 마실게.”

카오루는 당황한 듯이 찻잔을 양손으로 들고 자세를 바로잡고 천천히 차를 마셨다. 항상 그렇지만 왜 이렇게 예쁘게 마시는지 모르겠지만, 보기 좋으니 불만 같은 게 있을 리가 없다. 나도 테이블 맞은편에 앉아 잠깐 쉬자. 읏차 소리를 내며 의자에 앉아 찻잔을 잡으려고 하자 카오루가 머뭇거리며 물었다.

"……반 대항전에 대해서인데. 물어봐도 괜찮을까."

"괜찮아."

팔 단말기는 전원을 끄거나 로커에 맡기거나 해서 연락을 못 했는데, 그 때문에 그룹을 총괄하는 입장에 있었던 카오루에겐 수고와 걱정을 끼치고 말았다. 말할 수 있는 건 말하고자 한다.

"원래라면 7층에서 돌아와서 우리와 합류하기로 했는데…… 왜 20층 같은 위험한 층까지 간 거야?"

"나도 돌아가려고 했어. 하지만 B반의 귀족님이 말이야――."

짐꾼을 하기 위해 집단을 따라갔을 뿐. 몇십 명이나 되는 조력자에게 둘러싸여 있었기 때문에 학생이 싸워야만 하는 상황은 없었다고 설명했다. 뭐, 마지막에는 있었지만.

카오루는 하나하나 확인하듯이 물었고, 정말인지 아닌지 내 눈동자 속을 들여다봤다. 그런 눈으로 쳐다보면 아무래도 침착하게 있을 수 없게 된다. 말해도 되는 것과 말하면 안 되는 것을 선별해서 침착하게 대응하면 어떻게든 될 것이라 생각하면서도, 내 안의 뚱땡이 마음이 즐거운 비명을 지를 것 같아서 생각이 뒤죽박죽이 되기 때문이다.

그녀는 이어서 왜 대악마의 마석이 E반의 것이 되었냐며 의아한 듯이 물었다.

이건 나중에 알아차렸는데, 텐마에게 억지로 준 줄 알았던 마석을 어느 틈엔가 내 것으로 등록해버린 모양이다. 하지만 레서 데몬과 싸웠다고 할 순 없으니 '난 딱히 아무것도 안 했지만 친해져서 준 것일지도 모른다'고 우겨뒀다. 하지만 역시 납득해주지 않는 모양이다.

"그렇다고 그렇게 귀중한 마석을 줄까…… 팔면 천만 엔은 하는 귀중한 물건이야."

"천만?!"

들어보니 레이드 몬스터의 마석은 마석 에너지로서의 가치보다 보물로서의 가치가 더 높아서 시장에서는 고액으로 거래되고 있다고 한다. 유명한 몬스터의 마석이라면 금액이 뛰어오른다고 한다. 최근 나루미가의 경기가 좋아지기 시작했다고는 해도 이 정도 금액의 상품은 취급한 적이 없다. 금액이 금액인 만큼 텐마랑 쿠가의 몫을 나눠주지 않으면 안 되겠구나.

"그래도 학년 차석이랑 계속 같이 있었다는 정보는 들어와 있어. 널 어지간히 마음에 들어 하는 것 같은데…… 최근의 소타는 묘하게 발이 넓다고 해야 할까…… 예를 들면 쿠스노키 키라라 선배도 그렇고."

어제 있었던 반 대항전의 결과 발표. 거기에 쿠스노키 키라라가 홀로 나타나 나에게 말을 전해달라는 부탁을 받았다고 한다.

"오늘 밤에 '나파회'를 한다고 했어."

"……그러고 보니 초대받았었지."

한 달 정도 전에 쿠스노키 키라라에게 '쿠노이치 레드'의 클랜 파티에 초대받은 것을 떠올렸다. 쿠노이체 레드의 클랜 리더는 섹시 여배우로 텔레비전에 자주 나와서 일반인의 인지도가 높고, 나도 쿠노이치 레드에 대해서는 연예인 그룹 같은 이미지를 가지고 있었는데…… 리사가 가르쳐준 정보로는 굉장히 보수적인 클랜이며 공격적. 첩보 · 공작을 전문으로 하는 뒷세계의 조직이라는데.

그런 위험한 클랜에 초대받아 봐야 전혀 기쁘지 않고 거절하고 싶지만, 그럴 수도 없다. 아무튼 쿠노이치 레드의 클랜 리더 미카미 하루카가 직접 보낸 초대장을 받았기 때문이다.

나도 이 미카미 하루카라는 인물에 대해 조사해봤는데 백작 작위를 가진 귀족이며 아버지가 군사 방면에 강한 귀족원 정치가이며 대신 경험자, 어머니가 후작의 혈통을 이어받은 대자산가의 딸이라는 건 알았다. 이 미카미가라는 집안은 정계, 재계에 강한 연줄이 있는 부자 귀족인 것 같다. 참고로 키라라는 미카미 하루카의 조카다.

"쿠스노키 키라라라는 사람이 어떤 사람인지 알고 있어?"

"뭐. 일단은."

"전에 물어봤을 때는 지인도 아니라고 했을 텐데…… 하지만 어제 이야기한 걸 보면 소타에 대해 알고 있는 것 같았어."

그렇게 말하고는 내가 누구인지, 무슨 생각을 하고 있는지 확인하려고 다시 눈을 바라봤다. 고등학교까지 평범하게 생활해왔을 터인 소꿉친구가 어느 샌가 귀족과 아는 사이가 되어 있었다. 게다가 상대는 모험가 학교 안에서도 손에 꼽히는 대귀족. 그런 인물이 일부러 나와 만나기 위해 혼자 접촉해 왔다면 뭔가 있었다고 생각하는 것도 당연하다.

대부분의 귀족은 자존심이 세고 일반 서민이 어떻게 되든 신경도 안 쓴다. 무슨 일이 생기면 사법마저도 왜곡하려는 놈들도 있다. 텐마처럼 너그럽고 누구도 차별하지 않고 대하는 귀족은 거의 없다고 생각하는 편이 낫다.

말하자면 귀족이란 서민에게 재앙과 같은 존재이며, 카오루는 그걸 걱정해서 떠보고 있는 것일 것이다.

"그래서 다과회라는 건……."

"아아…… 그. 뭐랄까."

내가 초대받은 곳은 다과회라는 이름의 복마전이다. 상대도 내 신원을 조사한 후에 직접 확인하고 판단하고 싶다는 생각으로 초대했을 것이다. 상대는 귀족이니 무시할 수도 없지만, 가면 문제가 생길 가능성도 없지는 않다. 가족에게는 오늘 밤만이라도 던전에 대피해서 대기하라고 말해둘 생각이고, 당연히 카오루도 말려들게 하고 싶진 않다.

——그렇게 생각하고 있지만 내면의 뚱땡이 마음이 전부 밝히고 같은 편으로 끌어들이라고 호소했다. 하야세 카오루라는 인간은 아주 현명하고 성실하다. 그러면서 믿을 수도 있는 여자라고.

(그런 건 아주 잘 알고 있다고.)

나도 같은 편으로 끌어들이고 싶다고 생각한 적이 몇 번이나 있다. 하지만 어쨌든 지금까지의 행실 때문에 너무 미움을 받아 카오루의 나에 대한 신뢰는 제로는 고사하고 크게 마이너스. 인간관계가 이렇게까지 파탄 나 있으면 다른 사람을 끌어들이는 편이 차라리 쉽다.

(그렇다고는 해도 아카기 일행도 있으니.)

이번 반 대항전. 아카기 일행은 레벨이 기준에 미치지 못한 채로 시험에 돌입해서 예상대로 성과는 올리지 못하고 여러 문제에 고통 받았다. 이대로 방치해두면 이후의 이벤트에서도 고전을 면치 못할 것이다. 자칫 잘못하면 메인 스토리가 실패로 끝날 가능성도 있다. 그렇다면 아카기 일행을 강화하기 위해 관계 구축에 고생할 것을 알고 카오루를 끌어들여 그녀를 경유해서 지원하는 편이 좋지 않을까.

"뭔가 말할 수 없는 거라도 있어?"

커다란 눈동자로 '뭔가 숨기고 있다면 이야기해줬으면 좋겠다'고 호소했다. 물론 카오루를 끌어들이고 싶은 이유는 아카기 일행을 어떻게든 하고 싶기 때문만은 아니다. 이렇게나 재능이 많고 예쁘고 착한 아이가 아군이 되어준다면 얼마나 믿음직할까. 매일을 얼마나 화사하게 지낼 수 있을까. 뚱땡이 마음이 설레는 듯이 '손을 내밀어라'라며 몇 번이나 호소했다. 하지만――.

"――아니. 요리를 대접해주겠대. 모처럼이니 즐기고 올까 해."

"그래……."

핵심은 말하지 않는다는 걸 깨달았는지 긴 속눈썹이 아쉬운 듯 내리깔렸다. 카오루는 사츠키처럼 파멸적인 상황에 내몰리는 스토리는 없으니, 특별히 가혹한 배드엔딩도 없을 것이다. 설령 고난이 있다고 하더라도 현명하고 믿음직한 동료들이 있으니 불굴의 정신이 있으면 극복해 나갈 수 있는 높은 잠재력도 있다. 내 이기적인 욕심을 이유로 그런 빛나는 미래가 기다리고 있는 그녀를 끌어들여도 될 리가 없다.

게다가. 만약 고난을 극복할 수 없을 것 같으면 언제든지 달려갈 생각이다. 지금까지의 행동을 속죄하는 건 아니지만 몰래 전력으로 도와주자. 리사와 사츠키도 타치기를 경유해서 백업한다고 하니 카오루를 같은 편으로 끌어들일지 말지는 그걸 보고 판단한 뒤라도 늦지 않을 것이다.

말없이 차를 호로록 마시면서 상대가 어떻게 나오는지를 보는 거북한 분위기 속에서 시간을 보냈다. 이 차가 이렇게 썼던가…… 그런 생각을 하면서 뭔가 좋은 이야깃거리는 없는지 생각하고 있으니 똑똑 하는 소리가 들려왔다. 비가 내리기 시작한 모양이다.

카오루는 우려하는 듯한 표정으로 창밖을 멍하니 봤다. 긴 속눈썹에 날카로운 눈매. 반듯한 코와 윤곽. 그 아름다운 옆얼굴을 보고 있으면 던익에서는 차기 학생회장이나 핑크 정도는 아니라고 하더라도 인기가 아주 많은 히로인이었다는 사실이 생각난다. 소꿉친구가 이렇게까지 미인이면 아무에게도 빼앗기고 싶지 않다고 필사적으로 행동하는 것도 납득이 된다.

물론 미인이기만 한 게 아니다. 게임에서는 능청스럽게 대하는 묘사가 많았지만, 실제로 관찰해보니 착실하고 서투를 뿐이라는 게 이해되기 시작했다. 노력가이고 근본은 아주 순수하고 착한 아이다.

내 안의 뚱땡이와 함께 그런 점수가 너무 높은 소꿉친구를 잠시 넋을 잃고 보고 있으니—— 갑자기 그녀가 눈을 크게 뜨면서 일어서는 게 아닌가.

"소타—— 아니. 나도 좀 생각할 게 생겼으니까 오늘은 이만 갈게."

"어, 어어. 조심해서 가…… 뭐, 집은 바로 근처니까 괜찮나."

보고 있던 것에 대해 화내는 줄 알고 깜짝 놀랐다고.

"반 친구들한테는 내가 넌지시 설명해둘 테니까…… 그럼 또 보자."

아까까지의 느긋한 시간이 거짓말이었던 듯 바람처럼 떠나가는 카오루. 급한 일이라도 생각난 걸까. 어쨌든 바쁜 와중에도 일부러 말을 전달해준 데다가 반 친구들에게 설명까지 해준다니 진짜 고맙다. 현관까지 바래다주고 고맙다는 말을 해두자.

문이 닫히고 다시 정적이 찾아온 나루미가. 나는 굳은 근육을 기지개로 풀면서 거실로 돌아갔다.

"나 참. 겨우 집에 와서 느긋하게 쉴 수 있을 줄 알았는데 클랜 파티가 있다니."

전력으로 도망치고 싶다. 침대에 실컷 뛰어들고 싶다. 그런 충동에 사로잡혔지만 머리를 흔들어 유혹을 떨쳐내기로 했다. 귀족 놈들에게 맞선다고 하더라도 가족의 레벨을 30 정도까지 올린 뒤에 해야 한다. 그때까지는 찍힐 만한 행동은 삼가야 할 것이다.

옷은 교복도 괜찮다고 했었지. 일단 샤워라도 하고 어떻게 할지 생각하자.

갈아입을 옷을 가지고 욕조로 향하고 있으니 위에서 우당탕탕 계단을 내려오는 소리가 들렸다. 조용해서 아무도 없는 줄 알았는데 카노가 있었던 모양이다.

"오빠. 어서 와~! 진짜 살이 빠졌네!"

"있었냐. 방이 캄캄해서 너도 던전에 간 줄 알았어."

"자고 있었어~! 아, 벌써 꽤 내리고 있네! 빨리 빨래 걷어야 해."

서둘러 빨래 바구니를 꺼내 밖에 널어둔 빨래를 걷는 동생. 날이 이렇게 흐린데 빨래를 널어둔 채로 자고 있었다니. 태평한 녀석이다.

"다 씻으면 할 얘기가 있어. 나중에 시간 좀 내줘~."

"수건이랑, 티셔츠랑, 가면이랑…… 이 로브, 잘 안 마르는데 젖었어!"

일주일 만에 하는 샤워다. 몸은 《정화》로 깨끗이 했다고는 해도 역시 따뜻한 물을 쓰고 싶어지는구나.

제12장 ✦ 귀족 거리의 대저택

쿠노이치 레드가 주최하는 클랜 파티에 가기 위해 머리를 세팅하면서 거울을 봤다. 그러니 원래 뚱땡이의 이미지와는 동떨어진 **미남**이 거기에 비치고 있었다. 부모님도 동생도 나름대로 외모는 괜찮으니 뚱땡이도 살을 빼면 괜찮을지도 모른다고 생각하고 있었는데, 또렷한 이목구비에 시원시원하고 샤프한 윤곽. 다소 여위긴 했지만 기대한 대로라 해도 되지 않을까.

완전히 악역의 얼굴은 아니게 되었으니, 이러면 반에 녹아들기 쉬워질지도 모른다. 귀여운 여자아이가 접근할 가능성도 전혀 없지 않다. 던전에서 돌아오는 지금까지 계속 공복을 견뎌왔다. 전에는 순식간에 요요가 와서 원래대로 돌아가 버렸지만 이번에는 어떻게든 이 체형을 유지해 나가고 싶다.

하지만 살이 빠진 폐해도 있다. 예를 들자면 이 교복이다.

윗옷은 어찌 됐든, 바지가 헐렁해서 그다지 보기 안 좋다. 허리 사이즈가 이렇게까지 변했다면 새로 사는 것도 검토하는 편이 좋을까. 오늘은 시간도 없으니 벨트로 세게 졸라두자.

자 그럼. 준비는 됐는데, 그 전에 카노랑 이야기를 해둬야만 한다.

"카노. 잠깐 할 얘기가 있어."

"어쩐 일이야. 이런 시간에 교복 같은 걸 입고."

거실에서 편히 쉬며 잡지를 보던 카노가 얼굴을 들자 교복을 입은 내 모습을 보고 무슨 일이냐며 물었다.

"아버지랑 어머니가 스켈레톤 사냥을 하고 있는데, 오늘밤엔 너도 같이 있어."

"그럴 생각이었는데 무슨 일 있어?"

"어쩌면 위험한 일이 있을지도 모르니까 만일을 위해서 카노가 대피해줬으면 좋겠어."

"어, 위험해?"

상황을 이해하지 못하고 계속 고개를 갸웃거리는 카노. 지금부터 초대장에 적혀있던 장소—아마도 쿠노이치 레드의 거점—에 가게 될 것이다. 상대도 날 공격할 생각이라면 이미 했을 테니 전투가 벌어지진 않을 테지만, 그래도 만일의 경우를 생각해서 가족이 대피해줬으면 한다.

부모님은 지금 스켈레톤 워리어가 많이 리젠되는 사냥터에 있다. 어머니가 마법을 배워서 난사마가 되었다는 영상을 받았는데, 아버지도 아주 싫지만은 않은 표정이니 즐기고 있긴 할 것이다. 카노도 가면 셋이서 블러디 바론 사냥도 할 수 있으니 오늘밤에는 던전에서 노력해줬으면 한다.

"괜찮아. 잠깐 사람이랑 만나고 밥을 먹고 올 뿐이야. 위험한 일은 아무튼 안 일어나. 일어난다고 해도 나에겐 **비장의 수단**이 몇 개나 있으니까 괜찮아."

"흠~. 뭐~, 오빠를 쓰러뜨릴 수 있는 사람은 코타로 님뿐이니까!"

컬러즈의 클랜 리더, 타사토 코타로인가. 게임에서도 다양한 스토리에 등장하는 유명인. 1대1로 싸우는 장면은 게임에선 나오지 않아서 얼마나 센지는 불명하지만 실력이 어느 정도인지는 흥미가 있다.

"그래 맞아, 던전에 갈 때는 가면이랑 로브도 가져가. 그건 사람을 상대할 때 엄청 세니까."

"응. 좀 젖어있었지만 이제 말랐으려나~. 흥흥흥♪"

동생이 이상한 노래를 흥얼거리면서 실내에서 말리던 로브의 상태를 봤다. 저 로브에는 존재감을 저하시키는 효과가, 그리고 낡은 나무 가면에는 감정계 스킬을 저해하는 효과가 있다. 몬스터에겐 효과가 없지만 사람을 상대할 때는 절대적인 효력을 발휘하니 나랑 부모님 몫도 빨리 갖춰두고 싶다.

"그럼 갔다 올게. 무슨 일 있으면 연락해."

"네~. 조심해~."

다시 소파에 드러누워 잡지를 보면서 손을 흔드는 동생. 반 대항전도 끝났으니, 슬슬 가족의 쩔도 본격적으로 재개하고 싶다. 그러기 위해서라도 귀찮은 일은 빨리 끝내고 오자.

현관에서 나와 시계를 꺼내 시간에 여유가 있는 것을 확인했다. 하늘을 올려다보니 원래라면 아직 밝아야 하는 하늘은 흐려서 상당히 어두컴컴했다. 비는 이제 그친 것 같지만 일기예보에 따르면 또 내린다고 하니 접이식 우산이 매직 백에 들어있는지도 확인해 뒀다.

"쿠노이치 레드라. 원만하게 끝나면 좋겠는데…… 응?"

아무래도 내키지 않는 파티를 어떻게든 긍정적으로 받아들이고 밤거리로 나가려는데…… 저쪽에서 까만 고급차가 와서 우리 집 앞에 정차하는 게 아닌가. 누가 탄 차인지 살펴보니 창문이 열렸고, 안에 있는 사람은 긴 청록색 머리카락에 빨간 꽃 장식을 달고 노슬리브 드레스를 입은 키라라였다.

딱 본 느낌으로는 곱게 자란 아가씨 같아서 굉장히 엘레강스하다. 그런 그녀는 날 보고 아름다운 눈썹을 모았다.

"……어라? 나루미 소타……의 형제인가."

"어, 그. 안녕하세요."

내 모습을 위에서부터 아래까지 보면서 '더 너구리스러운 분위기였던 것 같은데'라고 중얼거리면서 턱에 손을 대고 의아해하는 키라라. 나라고 말했지만 믿어주지 않아 받은 초대장을 보여주니 겨우 나라고 인정해줬다.

"그럼 다시 인사하죠. 쿠스노키 키라라예요. 제가 보낸 메시지는 읽으셨는지?"

"메시지?"

급하게 팔 단말기로 일람을 열어 확인하니 '클랜 파티 1시간 정도 전에 데리러 간다'는 취지의 메시지가 오늘 아침에 와있었다. 반 친구들이 보낸 대량의 메시지를 방치해서 묻히는 바람에 못 알아차렸군. 나중에 정리해둬야겠다.

"뭐, 됐어요. 여기 타세요."

키라라가 신호를 주자 안에서 집사복을 입은 사람이 나와서 여기에 타라며 뒷문을 열어줬다. 가볍고 품위 있는 몸놀림을 보면 집사라기보다는 사족일지도 모른다. 그럼 사양하지 않고 타자.

아주 푹신한 뒷좌석에 앉자 문이 닫혔다. 그러자 바깥의 떠들썩한 소리가 전혀 들리지 않게 되어 조용한 클래식 음악이 흐르고 있다는 것을 깨달았다. 하얀 가죽을 씌운 내장을 봐도 엄청난 고급차라는 걸 알 수 있는데, 일반 서민 그 자체인 나에겐 오히려 불편하다. 엉덩이가 근실근실하군.

키라라가 다시 한 손을 들자 모터음이 나고 차가 부드럽게 출발했다. 문득 그녀의 옆얼굴을 보니 미소를 띠고 있었고, 처음 만났을 때와 비교하면 표정이 상당히 부드러워졌다. 뭐…… 처음엔 수상한 사람 취급을 받았으니. 딱히 대화는 안 할 것 같으니 바깥 경치라도 보자.

원래 있던 세계에서는 조용한 주택가였던 이 거리는 던전이 생겨 빌딩이 많이 세워지고 많은 사람이 왕래하는 던전도시로 변모했다. 술집이 늘어선 거리에는 던전에서 돌아온 모험가가 갑옷을 입은 채로 술잔을 나누거나 '나한테 이기면 10만 엔'이라며 노상 퍼포먼스로 손님이 떠들어 내는 등 굉장히 활기찼다.

그런 번화가를 빠져나와 향하는 곳은 귀족 거리. 좀 더 가면 지대가 약간 높은 땅이 있는데 거기에 귀족들이 다 모여서 저택을 짓고 살고 있다. 다른 이름이 있지만 지역 사람들은 귀족 거리라고 부르고 있다. 모험가 학교의 귀족들도 기숙사가 아닌 이 귀족 거리에서 차로 통학하고 있는 듯하다.

물론 서민은 일이라도 하는 게 아닌 한 귀족 거리에 가는 일이 없다. 걸어 다니기만 해도 귀족놈들에게 어떤 트집을 잡힐지 모르기 때문이다. 원래라면 나도 오면 안 되지만…… 귀족은 어떻게 사는지 이번 기회에 조금 조사해보고 싶다는 마음은 있다. 처음 가는 곳이라 내면의 뚱땡이 마음도 흥미진진한 것 같으니 맛있는 것도 먹으면서 최대한 즐기자. 그런 생각을 하면서 창밖을 바라보고 있으니 옆에 있는 키라라가 말을 걸어왔다.

"나루미…… 나루미 군. 반 대항전에서는 대활약 했다면서요."

"아뇨. 이래저래 착오가 있어서요."

"숨기지 않아도 괜찮아요. 당신이 보통 사람이 아니라는 건 알고 있으니까요."

보통 사람이 아니다…… 라. 쿠노이치 레드가 몰래 움직여서 조사했을 가능성은 상정하고 있었는데 어느 정도로 정보를 모았는지 조금 궁금하네. 살짝 떠볼까.

"보통 사람이 아니라는 평가는 과대평가가 아닌가요. 전 열등반이라 불리는 E반 안에서도 못난이 취급을 받는데요."

"당신의 정확한 힘은 모르겠지만 '페이커'라는 건 알고 있어요. 그것만으로도 일정 실력이 보장된 것과 마찬가지죠."

페이커라니…… 뭐, 대충 예상은 간다. 아마 스탯 위장 스킬 《페이크》를 소지하고 있는 사람을 말하는 거겠지. 이 스킬은 아무래도 일부 조직과 단체에만 알려져 있는 은닉 스킬인 모양이며, 쿠노이치 레드가 일부러 키라라를 써서 접촉해온 것도 이 스킬을 가지고 있다는 걸 들켰기 때문이다. 하지만 나한테 뭘 물어보고 싶은 걸까. 신원은 이미 조사해서 아무것도 없다는 걸 알고 있을 것이다. 아니, 혹시 뭔가 알아냈나?

"그렇게 경계하지 않아도 괜찮아요. 숙모님께도 우호적으로 대하라는 분부를 받았으니까요."

"숙모님…… 미카미 하루카 씨 말인가요."

"네, 정말 아름답고 훌륭한 분이에요. 너그러운 분이시긴 하지만 실례하지 않도록 조심하세요."

"……명심하겠습니다."

솔직히 귀족에겐 그다지 좋은 이미지가 없다. 그래도 텐마나 세라 씨처럼 서민에게 비교적 우호적인 귀족도 있다. 쿠노이치 레드의 클랜 리더도 그랬으면 좋겠다며 얼마 안 되는 가능성을 바라면서 다시 창밖으로 시선을 돌리기로 했다.

완만한 언덕을 올라가니 낯익은 무기질적인 가로등에서 앤티크풍 가로등으로, 도보도 아스팔트에서 천연석 포장으로 변했다는 것을 깨달았다. 귀족 거리에 들어왔을 것이다. 이 부근의 집은 훌륭한 대저택뿐이라 울타리 너머로 보이는 정원은 넓고 울타리와 나무들도 깔끔하게 손질되어 있는 걸 알 수 있다.

땅거미 속에서 그런 거리를 몇 분 정도 달리니 전방에 조명을 받는 성 같은 거대한 건물이 보이기 시작했다. 영빈관이나 뭐 그런 걸까.

"저기가 숙모님의 사저예요. 정말 훌륭하죠? 클랜에서 행사가 있을 때 쓰고 있어요."

"……뭐랄까, 중세의 성 같은데요."

3층 건물. 가로 폭은 50m는 될까. 건물이 ㄷ자로 세워져 있었다. 바깥에서 품위 있게 은은한 난색 계열의 조명을 받고 있었고, 저택 정면에 있는 큰 분수의 물에 빛이 반사되어 외벽이 반짝반짝 빛나고 있었다. 그보다 일본에서 이런 성 같은 건축물을 개인이 소유할 수 있구나.

"여기서 내려요."

상상 이상으로 화려한 대저택에 놀라고 있으니 차가 철제 대문 앞에 세워졌다. 집사가 여기서 내리라는 듯 문을 열어서 내리기로 했다. 대문 옆에 있는 문패에 '미카미'라고 적혀 있으니 여기가 틀림없는 것 같다.

보니까 키라라는 가면무도회에서 쓸 법한 가면을 쓰고 있는 게 아닌가. 눈과 코만 가리는 패션성이 높은 카니발 마스크다. 하지만 난 그런 건 안 들고 왔다고.

"이건 저희 멤버만 쓰니 신경 쓰지 마세요. 그럼 가죠. 따라오세요."

키라라의 뒤를 따라 열린 문으로 미카미 저택 안으로 들어갔다. 입구 부근에는 가로등의 빛을 받는 두 가지 색의 수국이 활짝 피어 있었고, 그 안에 있는 좁은 길을 따라 천천히 걸어갔다. 잔디 등은 깔끔하게 깎여있었고, 안쪽에 있는 화단에는 다양한 종류의 초목이 심겨 있었다. 이 정도의 정원을 관리하려면 몇 명의 정원사가 필요할까.

둥근 분수를 우회해서 정면 현관까지 가니 검을 지니고 무장한 사람들이 기다리고 있었다. 정장을 입고 있지만 거친 일에 익숙할 것 같은 분위기가 나는데, 고용된 모험가들일까. 이 지역은 매직 필드는 아니지만 여차하면 인공 매직 필드 마도구를 전개할지도 모른다.

거기서 초대장을 보여주고 간단한 몸수색을 받은 후에 안으로 들어가도 된다는 허가를 받았다.

(자. 안은 어떻게 되어 있을까…….)

안뜰에도 집의 외관에도 돈이 엄청나게 든 만큼, 이 저택 안은 얼마나 대단할지 생각하니 내 안의 일반서민의 혼이 떨렸다. 쭈뼛쭈뼛 거대한 정면 현관을 지나자 예상대로 휘황찬란한 로비가 펼쳐져 있었다.

휜히 트인 천장에는 2m는 될까 싶은 거대한 샹들리에가 매달려 있었고, 반들반들하게 닦인 대리석 바닥에 빛이 반사되어 눈부셨다. 인테리어로 미술품과 가재도구가 여기저기에 놓여 있었고 벽에는 큰 그림이 줄지어 장식되어 있었다. 이렇게 들어오자마자 바로 보이는 곳에 낭낭하게 돈이 될 만한 물건을 두다니, 도둑에게 훔쳐가 달라고 말하는 것 같다……고 생각했지만 귀족의 사저이자 공략 클랜의 거점이기도 한 곳에 들어오는 바보가 있을 리가 없으니 괜찮을 것이다.

(그건 그렇고 이건 귀족 중에서도 상위 랭크 아닌가.)

화려함과 동시에 역사와 기품이 느껴지는 호화로운 내장. 가재도구 하나를 봐도 세세하게 문양이나 조각이 새겨져 있어서 나름대로 실력이 있는 장인이 직접 만든 것이라는 걸 알 수 있다. 이만한 재산을 모을 수 있는 집은 귀족이라 해도 극소수밖에 없을 것이다. 미카미가는 백작가라 들었는데 상위 귀족 중에는 더한 부자도 있는 걸까…….

창가에 놓인 응접 소파에 문득 시선을 돌리니 검은색과 빨간색이 섞인 드레스를 입은 여자가 편하게 앉아있었고 이쪽에 작게 손을 흔들고 있다는 걸 알아차렸다. 가면으로 눈과 코를 가리고 있어서 누구인지 모르겠지만 바로 앞에 있던 키라라가 갑자기 허리를 꼿꼿이 펴고 가볍게 인사하는 걸 보고 상사 같은 사람이라는 건 추측할 수 있었다.

그 여자는 우아하게 일어나 가까이까지 와서 새빨간 립스틱을 바른 입으로 싱긋 미소 지었다. 가슴팍이 크게 트여있어서 뭐랄까, 눈을 둘 곳이 없는데…….

"어서 와~ 나루미 소타 군♪ 오랜만이네."

"이분은 부리더. 나루미 군과는 이전에 던전에서 만났다고 들었는데."

"아아. 그때는 신세 졌습니다."

발랄한 목소리로 인사하는 요염한 여성. 이전에 모험가 계급 승급 시험을 쳤을 때 만난 유난히 요염한 쿠노이치 씨인가. 그때의 빨간 쿠노이치 슈트도 좋았지만 지금 입고 있는 몸의 라인이 강조된 드레스도 막상막하로 섹시하다.

"오늘은 몇 명인가 다른 손님도 불렀지만, 우린 널 최대한 대접할 생·각·이·야♪"

"고, 고맙습니다. 잘 부탁드립니다."

"우리 클랜 리더도 나중에 이야기해보고 싶다고 했어. 하지만 그 전에 맛있는 요리를 준비했으니까 사양하지 말고 먹어."

"자, 나루미 군. 가죠."

드레스를 입은 미녀 둘의 에스코트를 받으면서 파티 홀로 안내를 받았다.

(양손에 꽃인 데다가 맛있는 음식까지 대접받다니. 오길 잘했을지도 모르겠다.)

기분이 좋아져 들뜬 나는 여기가 복마전이라는 걸 완전히 잊어버렸다.

제13장 ✦ 단상 위의 미인

드레스를 입은 쿠노이치 씨와 키라라와 동행하면서 파티 홀로 이어지는 긴 복도를 걸었다. 그 끝에는 쌍여닫이문이 있었고 우리가 다가가자 스태프들이 웃으면서 열어줬다.

문 너머에는 체육관 정도 넓이의 호사스러운 홀이 있었고, 안에 들어가니 웨이트리스와 집사들 십수 명이 일제히 머리를 숙이며 '어서 오십시오'라며 맞이해줬다. 이렇게 거창한 대우를 받아도 서민에겐 스트레스밖에 안 되지만, 그것도 노림수 중 하나일지도 모른다. 약간 기가 죽었지만 잘 얼버무리면서 쿠노이치 씨와 키라라의 뒤를 머뭇거리며 따라갔다.

안쪽에는 큰 테이블 위에 요리가 담긴 큰 접시가 나열되어 있었고, 여기에 있는 건 전부 자유롭게 먹어도 된다고 한다. 예정보다 빨리 도착해서 지금은 요리가 몇 종류밖에 없지만 이제부터 많이 가져온다고 한다.

"좋아하는 걸 접시에 담아서 먹어. 이건 오늘을 위해 준비한 요리다? 추천해♪"

쿠노이치 씨가 빨간 매니큐어가 칠해진 손끝으로 가르쳐준 것은 둥글고 큰 금속제 뚜껑이 덮인 큰 접시. 뚜껑을 여니 나타난 것은 적갈색으로 구워진 새 통구이. 이건 북경오리인가…… 정말 맛있을 것 같다.

먹고 싶은 듯이 보고 있으니 가까이에 있던 요리사가 바로 잘라서 나눠줬다. 그걸 크레이프 같은 얇은 전병 위에 얹고 소스를 찍어 야채와 함께 돌돌 말아서 먹는다고 한다. 던전 20층에서 그 바보랑 싸운 뒤부터 계속 공복을 견뎌 와서 이젠 어질어질하다. 사양하지 말고 먹자…… 덥석 하고.

"맛있어어어어어."

노릇노릇하게 구워진 껍질과 부드러운 야채를 파삭한 얇은 전병이 감싸 뭐라 표현할 수 없는 고소함이 코를 통해 빠져나갔다. 내 반응을 보고 요리사가 계속 잘라서 말아줬고 그때마다 입에 넣어줬다. 이거 멈출 수 없군.

"후훗. 잘 먹네. 그럼 다음엔 저거 어때?"

저쪽에서 운반되어 온 것은 커다란 새우가 담긴 큰 접시라고 한다. 뚜껑을 열어보니 50cm 가까이 되는 거대한 닭새우가 담겨 있었다. 그 위에는 화이트소스가 뿌려져 있었고, 새로운 요리사가 작은 접시에 잘라서 나눠줬다.

"우호오…… 이 탱글탱글한 식감은 뭐냐."

입에 넣어보니 닭새우와 소스가 훌륭하게 조화되어 씹을 때마다 새우의 감칠맛과 크리미한 향이 넘쳐흘렀다. 이렇게 맛있는 새우는 처음 먹는다.

원래라면 천천히 맛을 보며 먹는 식재료지만, 작은 접시에 자잘하게 나눠주는 걸 기다리지 못하고 큰 접시를 들고 통째로 한 마리를 입 안 가득 넣고 먹어치웠다. 감동해서 떨면서 옆에 있던 과일을 베어 먹고 있으니 이번에는 새로운 큰 접시가 세 개나 오는 게 아닌가. 굉장히 식욕을 돋우는 냄새가 난다…… 어느 것부터 먹 · 어 · 볼 · 까.

"그, 그렇게 먹어도 괜찮아요?"

"소중한 손님이니까 너도 멍하니 있지 말고 대접해."

"아, 네……."

당황한 듯이 탄산주스를 따라주는 키라라. 쿠노이치 씨가 요리를 계속해서 가져오라고 말하자 요리사와 웨이트리스가 분주하게 움직이기 시작해 가지각색의 고급 요리가 운반되어 왔다.

얼마나 귀하고 구하기 어려운 식재인지 옆에서 한 접시씩 친절하게 설명해주는 쿠노이치 씨. 이렇게 먹으면 아무래도 잘못하는 게 아닐까 하는 생각이 딱 한순간 머리를 스쳐 지나갔지만, 눈앞에 있는 모든 음식을 마음껏 먹어도 된다는 유혹 앞에서 그런 걱정은 이슬처럼 사라질 수밖에 없었다.

기분 좋게 차례차례 요리를 위장에 부어 넣고 있으니 웨이트리스와 집사가 방 입구에 모이기 시작한 게 아닌가. 누가 오는지 곁눈질로 보고 있으니 문이 열리고 내가 왔을 때와 마찬가지로 일제히 머리를 숙이고 맞이했다. 들어온 사람은 좌우에 요염한 가면 미녀를 거느린 뚱뚱한 남자였다.

(어디 보자…… 저 얼굴은 어디선가 본 적이 있는 것 같은데.)

"저분은 우리가 평소에 신세를 지고 있는 선생님이야. 하지만 좀 까다로운 분이시지."

"선생님인가요."

누구인지 떠올리려고 보고 있으니 쿠노이치 씨가 어떤 선생님이라고 가르쳐줬다. 가슴에는 반짝반짝 빛나는 금색 배지가 달려

있는데, 그것만으로는 정치가, 변호사, 어둠의 조직 등 여러 가지가 있기 때문에 특정할 수 없다.

그 남자는 홀 안을 성큼성큼 걸어가 큰 소파에 난폭하게 앉더니 '어이, 여자를 더 불러라'라며 신경질적으로 말했다.

바로 안쪽에서 가면을 쓴 드레스 차림의 여자가 몇 명 나와서 접대했는데, 이번에는 그 여자들의 어깨에 거리낌 없이 팔을 두르고 끌어당기며 술을 따르라며 소란을 피우기 시작하는 게 아닌가. 부럽…… 괘씸하다.

하지만 접대하는 여자들은 싫어하는 듯한 내색은 전혀 하지 않고 '대신님'이라고 부르며 웃으면서 대접하고 술을 따랐다. 대신님이라…… 설마 일본의 대신은 아니겠지. 그러고 보니 미카미가도 군 대신 경험자였으니 그쪽 관계일지도 모른다.

이 세계의 일본은 2차 세계 대전 전과 비슷한 정치 체제를 가지고 있으며 국방에 관해서도 자위만 하면 된다는 인식을 가지고 있지 않다. 대신의 명칭도 방위대신이 아니라 육군대신, 해군대신이라는 이름으로 되어 있다. 그 두 대신 중에서 '쿠노이치 레드'와 연관이 있다면 모험가 길드를 관할하고 있는 육군대신일까. 근데 그런 높으신 분이랑 같은 곳에서 태평하게 밥 같은 걸 먹고 있어도 되는지 불안해지네…….

"자자. 맛있는 요리는 아직 많이 있으니까 사양하지 말고 먹어."

"나루미 군. 자, 아~."

그런 시선은 아랑곳하지 않고 쿠노이치 씨와 기라라가 손에 든 고기 요리를 들이밀어서 입을 열고 물었다. 씹으니까 풍부한 육

즙이 쫙 흘러넘쳤고 이어서 스파이시한 양념 맛이 났다. 이만한 요리를 먹을 수 있는 기회는 좀처럼 없으니까 지금은 깊이 생각하지 말고 먹는 것에 집중할까.

벨트를 몇 번이나 풀며 입을 우물우물 움직이고 있으니 다시 입구에 웨이트리스와 집사가 모이기 시작했다. 또 손님이 온 걸까.

문이 열렸고, 거기에 서 있는 사람은 얇은 줄무늬가 들어간 고급 정장을 입은 30대 정도의 백인 남자. 주머니에 손을 찔러 넣고 앞을 노려보면서 불손한 태도로 들어왔다. 하지만 눈빛은 날카로워 명백하게 건실하지 않다는 분위기를 내고 있었다. 접대를 위한 가면 미녀도 뒤에 있었지만 표정은 딱딱한 편이었고 경계하듯이 거리를 두고 따라오고 있었다.

(응? 저 녀석은 분명…….)

"저분은 우리랑 오랫동안 교류한 해외의 **어느** 조직 분인데 때마침 일본에 와있어서 불렀어."

"우물우물…… 그렇구나."

어느 조직 말이지. 하지만 저 얼굴은 알고 있다. 동유럽에 모험가들이 모여 만든 신성제국이라는 나라가 있는데 그곳의 요직을 맡고 있는 위험한 녀석이다. 게임에선 종반에 등장하는 보스 캐릭터 같은 존재인데 이 시점부터 와있었다니. 대체 무슨 일로 온 건지 궁금하네. 어렸을 때부터 키워온 부하들도 입국했을 텐데 여기엔 저 녀석의 모습밖에 안 보인다.

(이건 아무래도 즐기지 않으면 손해니 할 때가 아니게 된 것 같

은데?)

이후 스토리를 따라 순조롭게 진행하면 아카기 일행과 서로 죽고 죽이는 싸움이 발생할지도 모르는 상대이기도 하다. 그런 녀석과 같은 공간에서 밥을 먹는 건 정신적으로 좋지 않다. 쿠노이치 레드도 오랫동안 교류했다고 할 정도이니 신성제국의 요인이라는 걸 알고 초대했겠지만, 저 녀석의 위험성까지 정확하게 파악하고 있는지는 아직 의문이다.

"저기~ 대단해 보이는 분들을 부른 것 같은데 저 같은 게 여기에 있어도 될까요."

"오늘은 세 명의 손님을 초대했지만 주빈은 나루미 군이라구?"

"……내가 주빈? 대체 왜."

일국의 대신과 모험가 대국의 요인을 제쳐놓고 일반 서민인 날 주빈으로 삼는다는 건 말도 안 되는 일이잖아…… 아니, 말이 안 되는 것도 아니지만 내 정보를 그렇게까지 파악하고 있을 것 같진 않다. 처음엔《페이크》관련으로 어느 조직 사람인지 떠보기만 할 줄 알았는데, 그 외에 뭔가 중요한 정보라도 파악한 걸까.

넌지시 물어보니 클랜 파티에 누구를 부를지에 관한 판단은 리더인 미카미 하루카가 독단으로 정한다고 하며 자세한 사항은 모른다고 한다. 나중에 천천히 얘기해보고 싶다고 했으니 궁금하면 직접 물어보라는 말을 들었다. 정말 안 좋은 예감이 들기 시작했어. 이제 와서 돌아가겠다고 할 수도 없고, 이렇게 됐으니 뻔뻔하게 팍팍 먹어주지.

"저기…… 근데 나루미 군. 왠지 몸이 옆으로 커지고 있는 것 같은데…….”

“정말이네. 신기한 몸이네.”

아름다운 눈썹을 모으면서 ‘처음 봤을 때 정도까지 불었어요’라고 말하는 키라라에 신기한 동물을 보는 눈으로 날 보는 쿠노이치 씨. 그러고 보니 배가 답답해서 몇 번이나 벨트를 풀었는데 배뿐만 아니라 뭐랄까…… 전체적으로 불어나고 있다는 느낌이 든다. 지금 내 몸은 어떻게 된 거야.

지금 당장 거울을 보고 싶기도 하고 안 보고 싶기도 한 그런 복잡한 심경에 사로잡히면서 다음 접시로 손을 뻗고 있으니 스테이지 같은 곳에 스포트라이트가 비치고 내려져 있던 커튼이 천천히 위쪽으로 움직이기 시작했다.

“숙모님의 등장이에요.”

커튼이 올라가자 거기엔 현악기와 색소폰을 든 연주자가 줄지어 있었고 재즈 느낌이 나는 경쾌한 음악이 연주되었다. 그와 동시에 아리따운 보라색 계통의 드레스를 입은 여성── 미카미 하루카가 미소를 활짝 짓고 등장해 집사와 가면의 미녀들이 박수로 맞이해줬다.

‘잘 오셨습니다. 오늘 밤에는 많은 행사를 준비했으니 세 분께서는 부디 즐겨주십시오.’

밝은 군청색 머리카락을 꽃 장식과 함께 올림머리로 땋고 남보라색 드레스 위에 큰 보석이 달린 귀걸이와 목걸이 등으로 치장했다. 이목구비는 굉장히 또렷해서 그 미모는 텔레비전으로 봤을

때보다 더 반짝여 보였다.

미카미가 아이 콘택트로 신호를 주자 광량이 조금 떨어지고 피아노로 느린 곡조의 전주가 시작되었다. 이윽고 시원한 드럼의 베이스와 함께 차분하고 감미로운 목소리로 노래하기 시작했다.

"이 노랫소리를 직접 들을 수 있는 건 정말 한정된 사람뿐이에요."

옆에서 눈물을 글썽이면서 넋을 잃고 듣고 있는 키라라. 재즈는 잘 모르지만, 그래도 가창력이 뛰어나다는 건 알 수 있다. 고음부터 저음까지 맑은 목소리가 정말 듣기 좋았다. 이런 노래는 술을 홀짝이면서 듣고 싶지만 이 몸은 미성년이니 참을 수밖에 없다.

노래가 끝나자 스태프와 집사 모두 큰 박수를 보냈고, 키라라도 일어서서 흥분한 듯이 열렬하게 박수치고 있었다. 확실히 이 정도의 가창력이라면 박수 쳐주고 싶어진다. 브라보.

'그럼 맛있는 술과 요리, 유명한 연주자가 연주하는 음악을 계속해서 즐겨주십시오. 전 한 분 한 분 인사를 겸해서 이야기하고자 합니다.'

미카미가 가볍게 인사하고 스테이지에서 내려가 맨 처음 향한 곳은 그 뚱뚱한 대신이 있는 테이블이었다. 마치 입학 전의 뚱땡이처럼 히죽히죽 추잡한 눈길을 보내고 있는데, 미카미는 웃음을 잃지 않고 재밌다는 듯이 까르르 웃고 있었다. 대신이 분위기를 타서 어깨에 팔을 두르려고 했지만 그 팔을 스르륵 피하고 술을 따랐다. 미카미는 이런 대응에 상당히 익숙한 것처럼 보였다.

하지만 가장 중요하게 대할 줄 알았던 대신과는 1~2분밖에 이야기하지 않았고 '이만 돌아가시죠'라며 돌려보내버렸다. 대신은 '난 더 즐길 거야'라고 말하면서 의자에 들러붙어 저항했지만 검은 옷을 입은 집사가 나와 뒤에서 꼼짝 못하게 잡고 홀 바깥으로 끌고 가버렸다…… 내가 보기에는 어떤 교섭이 결렬된 것 같다.

다음으로 향한 곳은 재미없다는 듯이 마실 것을 마시고 있는 백인 남자가 있는 테이블. 긴 금발을 정성들여 사이드로 넘기고 잘 정돈된 턱수염을 기르고 있어서 세련돼 보이긴 하지만…… 정장을 입어도 알 수 있는 부풀어 오른 근육에 더해 눈매도 날카로워 비즈니스맨이라기보다는 마피아에 가까운 인상을 받았다.

간단한 인사를 나눈 후, 남자는 불쾌한 듯이 얼굴을 찌푸리고 발을 테이블 위에 올리고 건방진 태도로 이야기하기 시작했다. 그에 비해 미카미는 그런 태도는 전혀 신경 쓰지 않는 것처럼 활짝 웃고 있었다. 정말로 같은 주제에 대해 이야기하고 있는 건지 의심스러운 광경이다.

무슨 이야기를 하고 있는지 귀를 기울여 들으려고 하는데 쿠노이치 씨가 모험가 학교에 대한 이야기를 듣고 싶은지 이런저런 질문을 했다.

"나루미 군은 애랑 같은 학교에 다닌다고 했는데 역시 성적은 좋겠지?"

"네? 아뇨. 제 반은 E반이라고 하는데……."

"네. 반 대항전에서도 대활약 한 것 같아요. 제가 봤는걸요."

이야기를 들어보니 내 덕분에 E반은 D반을 이기고 4위로 올라 결과 발표 회장에 있었던 1학년 전원이 술렁였다고 한다. 확실히 20층까지 따라가서 도달 심도 점수를 딴 건 크지만, 귀족의 호위들이 모든 몬스터를 배제해줘서 내 실력이 아니다——라고 말해도 들어주지 않았다.

"처음 만났을 때의 움직임을 본 바로는 레벨 20 정도로 보였으니까 20층까지 갔다고 해도 이상할 것 없지."

"그런 것 같아요. 그런 인재가 왜 E반 스타트인지 이상할 따름이에요…… 학교의 상층부는 뭘 본 걸까요."

쿠노이치 씨는 모험가 계급 승급 시험을 칠 때 썩을 시험관을 두들겨 패는 모습을 봤던가. 그 정도의 상대를 압도하려면 레벨 20 정도는 돼야 한다고 봤을 것이다. 꼭 틀린 말은 아니지만…….

"그러고 보니 너. 시프부에 강력한 신입이 있으면 좋겠다고 했잖아. 나루미 군은 불렀어?"

"아직이에요…… 나루미 군은 입부할 생각은 있는지?"

"전 귀가부로——."

쾅! 쨍그랑!

큰 소리가 들려서 보니, 테이블이 엉뚱한 방향으로 뒤집혀 있었다. 테이블 위에 있었던 잔과 접시가 깨지고 요리가 여기저기에 어질러져 있었다. 저 백인 남자가 걷어찬 것 같다. 음료가 미카미의 드레스에 조금 튀었는지 웨이트리스가 허둥지둥 행주를 가지고 달려갔다.

"아니…… 숙모님──."

"기다려."

키라라는 살기를 뿜으며 달려가려고 했지만, 순간적으로 쿠노이치 씨가 어깨를 붙잡아 제지했다. 하지만 주위에 있던 집사와 가면 미녀들은 살기를 억누르지 못했고, 개중에는 스커트 속에서 무기를 꺼내려고 한 웨이트리스까지 있었다.

(하얀…… 평범한 웨이트리스가 아닌가.)

거면을 쓰지 않고 맨얼굴인 채로 요리나 음료를 옮기거나 해서 보통 웨이트리스인 줄 알았는데, 저 여자애도 어엿한 쿠노이치 레드 멤버인 모양이다.

살짝 보인 하얗게 빛나는 시크릿 에어리어를 조용히 뇌리에 새기면서 주위를 둘러보고 상황을 확인했다.

(전투는…… 안 벌어질 것 같네.)

일부가 자제력을 잃은 것 외에는 굉장히 통제가 잘 되고 있었다. 아까 전의 웨이트리스도 바로 무기를 집어넣고 아무 일도 없었던 것처럼 웃는 얼굴로 업무를 수행했다. 전투가 벌어질지도 몰라서 난 좀 당황했다고…… 그도 그럴게 저 남자에게 싸움을 거는 건 어리석은 짓이기 때문이다.

모험가 대국이라 불리며 유럽의 여러 나라들을 억제하고 있는 신성제국. 그 신성제국 안에서도 열 손가락 안에 들어가는 실력자이며 폼으로 추기경이라는 자리에 앉아 있는 게 아니다. 쿠노이치 레드가 집단으로는 얼마나 강한지 모르겠지만, 싸우면 무사하진 못할 것이다.

다만…… 저 녀석은 잔학하긴 하지만 냉철하고 계산적이라 무턱대고 화를 낼 만한 남자가 아니다. 그럼에도 불구하고 저렇게 분노를 숨기지 않았다는 건 미카미 쪽에서 뭔가 도발적인 이야기를 꺼냈을 가능성도 있겠군.

"죄송합니다. 바로 새 요리를 내올 테니 잠시 기다려주십시오."

"——, ——!"

아주 차분한 미카미가 새 요리를 가져오라고 지시를 내리려고 했지만, 남자는 뭔가를 내뱉듯이 중얼거리고 이곳에서 떠나려고 했다. 주위에 있는 집사들은 그걸 막지도 않고 머리를 숙이기만 했다. 또 교섭이 결렬된 걸까.

남겨진 미카미는 어깨를 으쓱인 후에 마지막 손님인 내가 있는 쪽을 돌아보고 미소 지으면서 우아하게 다가왔다.

바로 앞까지 온 미카미는 가볍게 인사하고 맞은편 의자에 천천히 앉았다. 가까이에서 보니 무서울 정도로 단정하고 아름다운 용모와 자태를 지니고 있다는 걸 알 수 있었다. 그 가는 손으로 두 번 가볍게 손뼉을 팡팡 치자 집사가 안주와 음료를 가져왔고, 스테이지 위의 연주자는 다시 듣기 좋은 음악을 연주해 분위기가 원래대로 돌아왔다.

"아까 전에는 보기 흉한 모습을 보이고 말았습니다. 처음 뵙겠습니다, 나루미 소타 님. 저는 미카미가의 당주, 미카미 하루카입니다."

정중하게 머리를 깊이 숙이며 자기소개 하는 미카미. 백작 작위를 가진 고위 귀족이 서민에게 머리를 숙일 것이라고는 생각지도 못해서 놀라고 말았다. 그와 동시에 경계심도 세졌다.

왜 이렇게까지 예의를 갖추는 것인가. 신성제국의 남자, 아무개 대신, 그리고 나. 공통점이 있을 거라는 생각이 들지 않는 이 세 사람을 그저 대접하기 위해서만 이 자리에 부른 건 아닐 것이다. 그 증거로 둘은 이미 돌아가서 나 혼자 남았다. 하지만 대체 뭘 물어보고 싶은 건지, 아니면 어떤 교섭을 하고 싶은 건지 전혀 짐작이 안 갔다.

뭐, 그것도 얘기해보면 알 수 있나.

“정중한 인사 감사합니다. 모험가 학교 1학년 E반 나루미 소타입니다.”

제14장 ✦ 테이블 너머의 의도

쿠노이치 레드의 클랜 리더인 미카미와 테이블을 사이에 두고 마주 보고 서로 인사를 나눴다. 난 늘어지게 입에 발린 말 같은 건 하고 싶지 않으니 불러낸 이유를 직접 물어보기로 했다.

“그래서 절 부른 이유는 《페이크》를 소지하고 있어서인가요.”

《페이크》는 스탯과 이름을 위장해서 감정 스킬로부터 자신의 정보를 지키는 스킬이다. 이 세계에서는 《간이감정》을 써서 모험가의 신분을 확인하는 곳이 많으며 사회 시스템으로 유용하게 활용되고 있다. 그런데 《페이크》라는 게 알려져 버리면 혼란이 일어날 것이 뻔하다.

만약 《페이크》의 존재가 공공연하게 알려져 일반화되어도 더 상위 스킬인 《감정》으로 간파할 수는 있지만, 이 《감정》은 미국만의 국가 기밀이며 그 외의 나라에 습득 방법은 공개되지 않았다. 한편 《감정》 마법이 담긴 매직 아이템은 나돌고 있긴 하지만 한 번만 감정해도 수백만 엔이 날아갈 정도로 비싸서 남용할 수 없다.

이상의 이유로 세계 각국은 《페이크》라는 스킬이 퍼지기 전에 유해 지정해 정보와 습득 방법을 제한한 것이라고 추측하고 있다.

그런 은닉 스킬을 내가 가지고 있었기 때문에 쿠노이치 레드는 문제시했다── 적어도 클랜 파티 초대장을 보냈을 때는 이게 신경 쓰였을 것이다. 미카미는 천천히 고개를 끄덕여 긍정했다.

“확실히 《페이크》를 소지하고 있는 것에 관해서도 흥미를 가지고 있었습니다만…… 그 전에. 나루미 님은 저희 클랜에 대해 얼마나 알고 계시죠?"

미카미와 쿠노이치 레드는 텔레비전이나 잡지에 자주 등장해서 보통 사람이라면 연예인 그룹, 또는 기획사를 연상할 것이다. 나도 그렇게 대답할까 싶었지만 시치미 떼도 대화가 진행되지 않으니 솔직하게 대답하기로 했다.

"모험가 길드 운영…… 이외에도 첩보 활동 등을 하고 계신다면서요."

"네. 《페이크》는 저희 같은 조직에게만 공개되는 스킬입니다만, 조사해 보니 나루미 님에겐 국가가 공개 허가를 내린 흔적이 없었습니다. 그럼에도 불구하고 왜 그 스킬을 소지하고 있었는가…… 제 나름대로 추측해봤습니다."

미카미는 볼에 검지를 가볍게 대고 생각하는 태도를 보였다.

애초에 스킬이라는 건 특정 직업을 가지고 몬스터를 잡아 경험치를 모으면 자동으로 배워나가는 것이다. 던익에선 그랬다. 하지만 이 세계에서는 **그 스킬이 있다**는 인식이 배우기 위한 필요조건인 것 같다.

《페이크》라는 스킬은 일부 암부 조직 외에는 은닉되어 있기 때문에 설령 배울 수 있는 직업을 가지고 경험치를 벌어도 스킬의 존재를 모르는 일반 모험가는 배우는 것이 불가능하다. 그걸 왜 내가 습득하고 있는가, 라는 문제다.

맨 처음 미카미가 의심한 것은 외국의 공작원. 즉, 쿠가 코노네 같은 요원이다. 해외에서도 국가 직속 공작원이라면 대부분 《페이크》를 배운다. 나도 마찬가지로 모험가 학교라는 일본의 특수 기관을 정탐하기 위해 해외에서 온 요원이 아닐까 하고 의심했다고 한다. 미카미는 모험가 학교의 조사와 보안을 피해 침입한 인물에게 많은 흥미를 가졌다고 한다.

하지만 내 가족 구성과 경력이 그걸 부정한다. 자세히 조사해 보니 나루미가 전원이 일반인으로밖에 보이지 않았기 때문이다.

"요원이라면 과거가 말소되었거나 경력이 조작된 흔적이 남는 법입니다만 나루미 님도, 그리고 가족 분들도 이때까지의 인생 전체를 추적할 수 있었고 순수한 일반인이라는 확증을 얻었습니다. 그렇다면──."

국내의 암부 조직일 가능성. 평소에는 일반인으로서 지내며 임무가 있을 때만 숨겨진 모습을 드러내는 동업자다.

"국내에서도 《페이크》를 소지한 조직은 몇 군데 존재합니다만, 그중에서 구성원이 전혀 파악되지 않은 조직이라고 하면…… 딱 한 곳 짐작이 갑니다."

짐작이 간다라. 아마도, 아니, 절대로 아니겠지만 미카미는 확신이 있다고 말하고 싶은 듯한 표정을 짓고 있었다. 일단 뭐라고 말하는지 들어보자.

"던전에 나왔다더군요── '오보로'가."

"……오보로?"

정체를 밝혀내기라도 한 듯이 의기양양한 느낌의 미소를 짓는 미카미. 옆에서 듣고 있던 쿠노이치 씨는 알고 있었던 것 같지만 키라라는 오보로라는 말을 듣고 눈을 깜빡이며 놀랐다.

오보로는 여러 음모 뒤에 있다고 여겨지는 비밀결사로 괴담도 도는 유명한 조직이다. 던익에서는 서브 스토리에도 등장하며 정체를 밝히고 간부를 잡는 토벌 퀘스트가 있었던 걸 기억하고 있다. 그 오보로가 나랑 어떻게 관련이 있다는 건가.

"일단 물어보겠는데, 그건 그 유명한 비밀결사를 말하는 거죠?"

"그 오보로입니다. 확실하진 않지만 나루미 님이 소속된 반의 조력자로 나타났다고 하지 않습니까."

우리 반의 조력자라고? 동생 외에 조력자가 왔다는 정보는 모르니까 아마 동생일 텐데, 왜 오보로인 걸로 여겨지고 있지.

"저희는 소렐이라는 클랜의 리더가 가면을 쓴 정체불명의 소녀에게 진 것으로 파악하고 있습니다. 그 패배한 클랜 리더라는 사람이 사실은 금란회의 멤버인데——."

공략 클랜 금란회의 실력자가 누군가에게 지고 의무실에 실려 갔다는 정보를 입수한 쿠노이치 레드. 그 후에 길드 직원 신분으로 달려가 조사할 때 정체불명의 소녀는 오보로라고 증언했다고 한다.

금란회 멤버를 쓰러뜨렸다는 건 동생에게 직접 확인했으니 틀림없다. 레벨도 20이 넘어서 **전력으로** 싸울 수밖에 없었다고 말했다. 하지만 그 남자가 카노의 무엇을 보고 오보로라고 착각했는지를 모르겠다.

내가 사정을 그다지 이해하지 못하고 있다는 걸 눈치챘는지 미카미는 보충 설명을 했다.

"그 소녀는 페이커였습니다. 그것만으로는 오보로라고 단정할 수 없습니다만, 놀랍게도 '속도 상승 스킬'도 사용했다고 합니다."

"속도 상승 스킬? 그건 오보로만이 알고 있는 스킬인가요?"

"오보로를 강자로 만들어주고 있는 스킬입니다. 저흰 어떻게든 그 스킬을 손에 넣고 싶습니다."

어째 미카미는 나와 가면을 쓴 소녀가 오보로의 멤버이며 속도 상승 스킬에 대한 정보를 가지고 있다고 의심하고 있는 것 같다.

동생이 배운 속도 상승 스킬이라고 하면 이동 속도를 30% 올려주는 《액셀러레이터》와 회피도 상승하는 《섀도 스텝》인데, 《액셀러레이터》는 쿠가도 썼으니 오보로라고 단정하는 건 성급한 판단일 것이다.

굳이 틀린 걸 지적해서 맞는 정보를 줄 필요는 없지만, 일단 지적했다.

"손에 넣고 싶다고 해도, 전 그런 스킬은 모르니 거래할 방법이 없어요. 그리고 속도 상승 스킬을 가지고 있는 것 정도로 오보로라고 단정하는 것도 어떻게 생각해야 할지. 심한 억측이 아닐까요."

"외람된 말이지만…… 《페이크》와 속도 상승 스킬 둘 다 습득한 정체불명의 실력자가 때마침 나루미 님의 반에 조력자로 나타났다…… 이를 수상하게 여기지 말라고 해도 무리가 있습니다. 게다가──."

설령 가면을 쓴 소녀가 오보로가 아니었다고 하더라도 속도 상승 스킬을 배웠다는 사실에 변함은 없다. 쿠노이치 레드가 원하는 것은 오보로에 대한 정보가 아니라 어디까지나 속도 상승 스킬. 그 스킬의 상세한 내용은 어떤가. 어떤 직업으로 어느 정도의 경험치가 있으면 배울 수 있는가. 습득 조건이 달리 있는가. 스킬에 대한 자세한 내용을 꼭 가르쳐줬으면 좋겠다고 한다.

속도 상승 스킬만 있으면 쿠노이치 레드는 비약해서 다양한 임무를 수행할 수 있게 된다. 그건 이 나라의 안정으로도 이어진다——라며 얼마나 나라와 사회에 도움이 되는지를 설명했지만, 솔직히 아무래도 상관없다. 나에게 중요한 건 소중한 사람들을 지킬 수 있는가 아닌가이며, 그 점에서 쿠노이치 레드 따위에게 기대는 안 하고 있으니까.

미카미는 설득이 통하지 않는다는 걸 보자 고상한 표정을 약간 흐트러뜨리며 교섭 카드 한 장을 썼다.

"나루미 님은 분명 저희의 힘이 필요할 거예요."

"……어째서죠."

또 이상한 말을 하기 시작했어. 쿠노이치 레드 따위를 의지할 바에는 가족과 다 같이 던전에 틀어박힐 거다. 하지만 뭐, 일단 이유를 들어볼까.

"이건 저희가 입수한 극비정보입니다만, 금란회가 조만간 오보로에게 선전포고한다고 합니다."

그렇게 말하고 다리를 다시 꼬면서 금란회가 어떤 클랜인지 설명해줬다.

컬러즈 산하가 되기 전의 금란회는 지금보다 더 규모가 컸고 이권을 두고 여러 클랜과 항쟁을 벌이는 나날을 보내고 있었다고 한다. 대규모 공략 클랜이라면 항쟁이 따라다니는 법이다. 일본 최대의 클랜 '십나찰'도 1년 내내 항쟁의 나날을 보내고 있으니 상상하기 어렵지 않다.

금란회도 수많은 항쟁에서 승리를 거듭해 스폰서와 우수한 인재를 잇따라 확보. 일본에서도 손에 꼽히는 클랜으로 빠르게 커져 절정기를 맞이했다. 하지만 그것도 오래 이어지진 않았다.

10년 정도 전의 어느 날. 어떤 계기로 오보로와의 항쟁이 시작되었고, 한 달도 안 되어 반파. 금란회 멤버의 반 이상이 사망하고 같은 편이었던 클랜과 스폰서도 차례차례 배반. 클랜 존망의 위기에 빠지고 만다. 때문에 고심 끝에 당시에 기세를 떨치던 컬러즈 산하에 들어간다는 결단을 내리고 재건을 목표로 삼았다는 경위가 있다나.

"컬러즈 합류 전부터 있었던 고참 금란회 멤버는 지금도 오보로에게 격렬한 증오를 품고 있습니다…… 하지만 얼마 전, 그 오보로로 추정되는 모험가에게 지고 말았습니다."

모험가 길드로부터 오보로에게 졌다는 소식이 전해지자 금란회의 간부들은 '클랜의 이름에 먹칠을 했다'며 격노. 바로 간부 전원을 모은 클랜 총회가 열렸고, 보복을 해야 하는지 목숨을 빼앗긴 것도 아니니 지켜봐야 하는지 큰소리가 오가는 논쟁이 이어졌다고 한다.

"큰 다툼 끝에 오명을 씻는다는 명목으로 소렐의 **선대** 클랜 리더였던 간부가 오보로 토벌을 진두지휘하기로 정해졌다고 합니다."

"……소렐의 선대 클랜 리더 말인가요."

"네. 키리가야 소스케라는 남자입니다. 가면을 쓴 소녀에게 진 남자—— 카가 다이고는 소렐의 현 클랜 리더인데, 최근에 계승하고 얼마 지나지 않았습니다. 지난달까지의 클랜 리더는 키리가야였습니다."

키리가야 소스케…… 그러고 보니 전에 가족회의에서 '소렐의 클랜 리더는 위험한 남자다'라는 말을 어머니에게 들은 적이 있는데, 이런 짧은 기간에 2차 단체의 간부까지 되다니 꽤나 출세했네.

"확실하진 않지만 '엄청난 공적'을 세워서 금란회의 넘버2까지 이례적으로 승격됐다고 합니다. 별명은 '광견'. 인물에 대해서는 조사 중입니다만, 그 이름대로 성격이 상당히 거칠다고 들었습니다."

광견이라…… 그런 나쁠 것 같은 녀석이 진두지휘를 하면 어떻게 될까. 분명 오보로에 대한 정보를 모으려고 살살 폭력을 휘두르면서 캐물으려고 할 것이다. 그렇게 되면 동생뿐만 아니라 사츠키랑 카오루도 걱정된다.

"……짐작하신 대로 가면을 쓴 소녀뿐만 아니라 학교 친구 분들에게도 피해가 갈 우려가 있는 겁니다. 나루미 님의 마음을 생각하면 가슴이 아픕니다."

내가 살짝 눈살을 찌푸리는 것을 보고 마치 마음 아파하는 듯이 양손을 가슴에 대는 연기를 하는 미카미. 하는 말이 전부 교섭의 일환일 텐데, 말도 참 잘한다…… 하지만 방금 한 말에는 몇 가지 결점이 있으니 똑바로 지적해두자.

"만약 키리가야가 모험가 학교에 쳐들어와서 학생을 다치게 하면 학교나 정부도 그에 맞는 대응을 하겠죠. 금란회도 그 정도는 알고 있겠죠."

모험가 학교는 일본 정부가 위신을 걸고 만들어낸 모험가 육성

기관이다. 거기에 재적된 학생을 건드리면 정부도 가만히 있지 않을 것이다. 공략 클랜이라 해도 엄격한 제재는 면치 못할 것이다.

"말씀대로 대놓고 학생에게 위해를 가하면 정부가 움직이겠죠. 하지만 학교 바깥이나 던전 안 등 눈이 닿지 않는 곳은 수없이 있습니다. 광견이라 불린 남자가 무슨 짓을 할지 예측할 수 없을 것입니다."

"……확실히 그렇군요. 그리고 또 한 가지. 지금보다 규모가 컸던 10년 전에도 오보로에게 반파당했다고 했는데, 지금의 금란회가 선전포고 한다고 해서 승산이 있을까요."

당시의 강했던 금란회도 겨우 한 달 만에 괴멸적인 패배에 몰렸는데, 왜 별다른 준비도 없이 오보로에게 이길 수 있다고 생각한 것인가. 배후에는 상위 단체인 컬러즈가 있다고는 해도, 겨우 하부 조직 사람 한 명이 진 정도로 오보로와 적대할 이유는 안 되고 메리트도 없다. 그렇다고 해서 금란회만으로 이번 일에 임해서 이길 수 있다고 생각하는 것도 너무 낙관적이다.

"승산이 생겼다고 생각해야겠죠. 아마 키리가야가 올린 '엄청난 공적'과 관련이 있는 것으로 보입니다. 어떤 강대한 매직 아이템, 스킬. 어쩌면 새로운 직업을 발견한 걸지도 모릅니다. 그 정도 수단이 없으면 오보로에게 선전포고 같은 건 안 하겠죠."

최근 컬러즈는 하부 조직도 포함해서 명백하게 분위기가 바뀌었다. 반드시 뭔가가 있다. 미카미도 그건 아직 파악하지 못했지만, 그 정체를 파악하는 것도 시간문제라고 한다.

"금란회 주변에는 이미 부하를 숨겨뒀습니다. 첩보 능력이 뛰어난 저희라면 그게 무엇인지 알기까지 시간은 그리 걸리지 않을 겁니다. 동시에 그들로부터 나루미 님의 친구분을 지키는 게 가능하다고 판단하고 있습니다."

쿠노이치 레드가 움직여서 금란회를 감시하고 정보를 모으면서 반 친구들을 지킨다. 필요하다면 사이에 들어가서 교섭도 맡을 것이다. 그렇게 해주면 확실히 나에게 큰 메리트가 되겠지만——.

"과연, 미카미 씨의 힘이 필요해질 거라는 건 그런 뜻이었나요. 하지만 역시 거래에 응하는 건 불가능합니다."

방금까지 자신감에 찬 표정을 짓고 있던 미카미는 예상치 못한 답변에 어리둥절해했다.

"……이유를 물어봐도 될까요?"

"미카미 씨의 제안을 받아들이려면 우선 서로의 신용이 필요하기 때문이에요. 만약 제가 정보를 줬다고 하더라도 상황이 안 좋아지면 버려질 가능성도 있죠. 먼저 미카미 씨와 모두가 신뢰할 수 있는 상대인지 확인부터 해야겠죠…… 물론 제가 속도 상승 스킬이라는 걸 알고 있다면, 이라는 전제가 있지만요."

리사의 이야기에 따르면 쿠노이치 레드라는 클랜은 정의의 사자 같은 게 아니었다. 클랜 또는 국가의 이익에 맞지 않다고 판단하면 집요하게 공격하는 과격한 집단이라고 들었다. 언제 어떤 타이밍에 적으로 간주되어 공격당할지 모르는 상대에게 등을 맡길 수는 없다.

"애송이…… 우리가 계약을 어길 거라고 생각하나?"

"나루미 군. 바로 정정하고 숙모님께 사과해."

미카미의 제안을 거절하자 웃는 얼굴로 뒤에서 대기하던 근육질 집사가 갑자기 분노한 표정을 지었고 웨이트리스들의 살기도 커졌다. 옆에 앉아있던 키라라도 핏기가 가신 듯한 얼굴로 나에게 사과하라고 말했다. 확실히 예의는 필요하겠지만 내 소중한 사람들의 안전이 걸려있는 상황에는 신중해질 수밖에 없다.

(근데, 뒤에 있는 사람들의 분노가 좀처럼 사그라들지 않네…… 이거 좋지 않은데?)

수십 명의 눈총을 받아 가시방석에 앉은 듯한 기분이다. 이만한 인원을 상대로 싸울 수도 없으니 도망칠 준비라도 해둬야 할까. 한편 미카미를 보니, 주위의 부하들을 진정시키지 않고 뭔가 생각하는 기색이었다. 어쩌면 이렇게 압력을 주는 것도 계획일지도 모른다.

현재로서는 공격하려는 움직임은 보이지 않고 있으니 일단 눈앞에 차려진 안주 세트라도 먹으면서 미카미의 판단을 기다리자.

그런데…… 사과하면 정말로 용서해줄까, 키라라.

제15장 ✦ 부푸는 주머니

—— 쿠스노키 키라라 시점 ——

쿠노이치 레드의 본거지에서 깊이 생각하는 숙모님과 정면으로 대치하면서 뒤에는 특공대장인 집사장, 주위에는 쿠노이치 레드의 선배님들이 내뿜는 노기를 한 몸에 받으면서도 태연하게 있는 나루미 소타가 있었다.

이 파티 홀에는 온갖 임무를 해내고 대인전에도 정통한 진짜 전투원밖에 없다. 집사장과 부리더는 레벨이 25로 톱 클랜에도 뒤지지 않는 실력자들이다.

한편 나루미의 레벨은 20 전후로 조사가 돼있다. 그 나이로는 굉장히 우수하다고 할 수 있지만, 막상 싸우게 되면 전투 경험이 풍부한 우리에게 아무것도 못하고 제압당할 것이 명백하다. 그럼에도 불구하고 집사장의 노려보는 듯한 날카로운 눈빛도, 선배님들의 노기도 전혀 개의치 않는다는 듯이 오독오독 안주를 먹고 있을 수 있는 건 어째서인가.

"(저기, 이거 맛있어서 그러는데 좀 가져가도 될까요.)"

그렇게 귓속말을 하고는 내 대답을 기다리지 않고 몰래 주머니에 안주를 집어넣기 시작했다. 뻔뻔한 걸 넘어서 이상하다고밖에 생각할 수 없다. 이만한 년년들이 째려보는데 무섭지 않은 걸까.

사실은 공포에 떨고 있지만 저 둥글둥글한 이모 때문에 표정을 알아차리기 어려운 것일 뿐일지도 모른다. 그러고 보니 터무니없는 양의 음식을 먹고 갑자기 살이 쪘는데 그건 감정을 위장 또는 은폐하는 특수능력인 걸까. 여러 의미로 상식이라는 것으로부터 벗어나 있어 짐작이 안 돼서 그저 난처했다.

그런 상황이 30초 정도 이어졌을까. 장고하던 숙모님이 움직였다.

"알겠습니다. 오늘은 물러나죠. 하지만 그 전에 이걸 봐주십시오."

"이건…… 의뢰서? 의뢰자는…… 금란회."

건네받은 한 장의 종이에 시선을 떨구는 나루미. 나도 곁눈질로 살짝 엿보니 '가면을 쓴 소녀와 그 관계자에 대한 정보수집 또는 신병 인도' '조사비용은 선금 1억'이라 적혀있었다. 이건 금란회가 조사 의뢰를 했다는 뜻이다. 나루미는 의뢰서에서 시선을 떼더니 여전히 무슨 생각을 하는 건지 알 수 없는 표정으로 숙모님께 물었다.

"이걸 저에게 보여준 진의가 뭘까요. 금란회에 붙겠다는 뜻인가요."

"그렇지 않습니다. 저희는 나루미 님과의 관계를 중시하고 싶습니다. 그 사실을 알아두셨으면 좋겠습니다. 그리고――."

그렇게 말하면서 그 자리에서 의뢰서를 세로로 찢는 숙모님. 그리고 집사에게 신호를 보내 한 통의 봉투를 새로 받았다. 봉투 안에는 금색 카드가 여러 장 들어있었는데 그 중 한 장의 나루미 바로 앞에 뒀다.

"이것도 주는 편이 좋겠죠."

"이건 뭔가요…… 클랜 파티 초대장?"

"네. 조만간 금란회에서도 파티가 열린다고 합니다. 친하게 지내는 클랜뿐만 아니라 다방면에 초대장을 보내고 있는 모양인지 저희에게도 초대장이 왔습니다."

미디어와 정부 관계자, 기업 등 폭넓게 초대장을 보냈으며 파티에서 대대적으로 '중대발표'를 할 예정이라고 한다. 숙모님은 어쩌면 키리가야가 올린 공적에 관한 발표일지도 모른다고 말했다.

"금란회는 앞으로 나루미 님의 적이 될지도 모릅니다. 직접 둘러보시는 편이 좋지 않을까 합니다."

"확실히 제 얼굴은 아직 들키지 않았고, 이 카드가 있으면 당당하게 클랜 파티에 들어갈 수 있을지도 모르지만……."

"저희 사람 몇 명을 호위로 딸려 보낼 테니 안심해주십시오."

그 후에는 두세 가지 정도 간단한 확인을 하면서 대화는 비교적 평온한 분위기로 끝났다. 숙모님은 계속 접대하려고 했지만 나루미는 생각할 게 생겼으니 돌아가겠다고 말하고 일어섰다. 인상을 쓰고 뭔가 심각한 표정을 짓고 있지만 주머니가 안주로 빵빵하게 부풀어 있어서 굉장히 볼품없었다.

"그럼 그를 배웅해주고 오겠습니다."

"넌 남아."

나루미가 홀에서 나가서 맞이할 때와 똑같이 배웅할 생각으로 일어서자 부리더에게 제지당했다.

"네. 그럼 나루미 군은 누가 배웅하나요."

"하루카가 그에 대해 할 얘기가 있대. 저기야."

부리더가 가리킨 방향으로 시선을 돌리니 숙모님이 뭔가 생각하는 듯한 표정으로 창가에 서서 정원을 내려다보고 있었다. 아까까지 띠고 있던 온화한 미소는 없었다. 내가 옆에 서자 이어폰 같은 것을 건네며 귀에 장착하라고 하셨다.

"지금부터 나루미 소타의 전투가 시작될 겁니다. 그의 실력을 그 눈에 새겨두세요."

"……네?"

전투라니 무슨 소리인가. 대화를 끝내는 모습을 보고 우호적으로 대할 줄로만 알아서 놀라고 말았다. 서둘러 창 너머로 시선을 돌리니 분수 근처에서 집사장과 마주 보고 있는 나루미의 모습을 볼 수 있었다.

그와 동시에 이어폰에서 목소리가 들려왔다.

'어이, 애송이. 아까 전에 미카미 님과 우리에게 무례를 저지르고 그냥 갈 수 있을 줄 알았나.'

'……네. 그건 죄송합니다.'

집사장이 공갈로 받아들여질 수 있는 말을 하고 있었다. 그 말은 즉――.

"오늘 부른 세 명. 왜 불렀는지 기억하죠?"

"네. 우리 나라의 '희망'이 될지, 적대해야 할 '재앙'이 될지를 확인하기 위해서."

쿠노이치 레드는 표면상으로는 모델업이나 연예인과 같은 일을 하고 있지만, 본업은 나라와 사회를 위협하는 인물이나 조직의 정보를 모으고 때로는 암살까지 하는 국가 직속 클랜이다. 오늘밤에도 클랜 파티라는 명목으로 요주의 인물을 불러내 여러 정보를 주고 그 반응을 보고 적성을 판단하는 게 주목적이었다.

"집사장의 태도를 보니 나루미 소타는 재앙이 될 거라고 본 건가요."

"……당신은 어떻게 생각했나요?"

숙모님과 나루미의 대화를 떠올렸다. 나루미가 오보로일지도 모른다는 것. 금란회와 싸울 가능성이 있다는 것. 숙보님에 대한 경의는 부족했지만, 어떤 대화도 그렇게 문제가 있는 것처럼 느껴지지 않았다.

게다가 나루미는 우리가 원하는 스킬과 정보를 가지고 있을지도 몰라서 이 자리에서 배제하는 건 너무 성급하다는 느낌마저 들었다.

"솔직히 재앙이 될 만한 인물로는 안 보였습니다. 그리고 아직 속도 상승 스킬 취득 방법과 오보로에 대한 정보를 알아내지 못했습니다. 지금 당장 배제할 이유가 있을까요."

"그 정보들은 확실히 탐나지만 최우선 사항은 어디까지나 그에 대한 처분입니다."

하지만 절대로 목적을 들켜서는 안 된다. 숙보님은 그러기 위해서 그럴싸한 말을 늘어놓아 내막을 살폈다고 말하셨다. 물론 속도 상승 스킬과 오보로에 대한 정보를 원하는 건 사실인 듯했다.

"국가에 대한 충성심이 조금도 없는 건 불안요소이긴 하지만, 폭력에 취해 있거나 위험한 사상을 가지고 있는 것처럼 보이진 않았습니다. 하지만 가장 중요한 배후관계를 파악하지 못해 처단은 보류할 수밖에 없습니다."

저 나이에 저 레벨이라면 해외, 또는 미지의 던전에 가고 있을 가능성이 높으며 배후에서 오보로나 그에 필적하는 큰 조직이 백업하고 있을 것이다. 숙모님은 우선은 그게 무엇인지 확실한 정보를 파악하고 나루미에 대한 처분을 정하고 싶다고 말했다. 하지만…….

"그렇다면, 저건 집사장의 폭주인가요."

아래에서는 집사장이 여기까지 닿을 정도의 호쾌한 《오라》를 내뿜고 있었다. 즉 이 지역 일대가 인공 매직 필드로 변이되어 던전 안과 마찬가지로 육체가 강화되고 스킬을 사용할 수 있는 상태가 되었다는 것을 의미한다.

저게 배제가 아니라면, 이어폰에서 들린 대로 숙모님께 불손한 태도를 취한 것에 대한 제재인 걸까.

"제 지시입니다. 이로써 그에 대한 정보가 조금이라도 보이면 좋겠는데……."

숙모님은 그렇게 말하고는 눈을 가늘게 뜨고 주의 깊게 바라봤다. 나루미의 전투 스타일과 사용 스킬로 정체를 조사할 생각인 것 같다. 만약 미지의 스킬 등을 쓴다면 어디의 누구인지 자세하게 추적하는 것도 가능하다. 고레벨 모험가끼리의 싸움은 많은 정보를 접할 수 있는 절호의 기회가 되기도 한다.

(어디까지나 정보 수집을 우선하는군요…… 하지만 상대가 안 좋다는 느낌도 들어요.)

나루미와 마주 보고 있는 사람은 바위마저도 꿰뚫는 주먹으로 과거에 셀 수 없을 정도의 강적을 매장해온 대인전 스페셜리스트. 레벨도 나루미보다 5 정도 높다. 그렇게 심하게 우위에 있는 상대와 똑바로 싸울 수 있을 것이라 생각하긴 어렵다. 똑같이 창문을 통해 바라보고 있는 선배님들도 저마다 '싸움이 될 리가 없다'고 말했다.

"아무리 나루미 소타라고 해도, 저 집사장이 상대라면 정보를 파악하기 전에 아무것도 못하고 압도당하기만 하지 않을까요……."

"그렇게 생각하는 멤버도 많은 것 같군요. 하지만 그는 진짜 괴물이에요. 일방적인 싸움이 될 일은 없을 겁니다."

연령은 15세임이 틀림없다. 그럼에도 불구하고 쿠노이치 레드의 면면들과 집사장이 노기를 드러내도 동요하는 모습은 전혀 볼 수 없었고 태연했다. 숙모님은 저만한 담력은 상당한 수라장을 헤쳐 나오지 않으면 몸에 배지 않는다고 하셨다.

그건 단순히 뻔뻔할 뿐인 게 아닌지…… 라는 말이 나올 뻔했지만 필사적으로 참았다. 총명한 숙모님에겐 다르게 보일지도 모른다. 그렇다면 그걸 믿고 지켜보자.

어떻게든 대화로 끌고 가고 싶은 나루미는 초조한 듯이 '신성 좀 해주세요'라고 말했지만, 집사장은 대화는 필요 없다고 말하는 듯이 자세를 잡았다. 몸을 옆으로 향한 채로 얼굴은 정면, 왼

손을 상대의 중단에 둔 흔히들 말하는 기본자세다. 저건 강적을 상대할 때 자주 쓰는 자세라고 들었는데 나루미를 경계하고 있는 걸까.

그에 비해 나루미는 중심을 약간 낮추고 양손을 살짝 앞으로 내민 자세를 잡았다. 집사장 설득을 포기하고 받아칠 각오를 한 모양이다. 근데 본 적 없는 특이한 자세인데 어디의 무술일까.

"못 보던 자세인데 나루미는 뭘 노리는 걸까요."

"……저건 중국의 권법, 팔상세네. 중단 공격을 유도해서 받아칠 생각이야."

숙모님도 다양한 무술을 익히고 있는 근접 격투술 사용자. 저 앞으로 내민 양손으로 중단 찌르기를 흘려내고 카운터를 노리는 중국 소림사 권법의 자세라고 한다. 확실히 집사장의 특기는 정권 찌르기인데, 설마 공격도 안 한 단계에 간파할 줄이야…… 저 나이에 격투기까지 정통하다는 사실에 놀랄 수밖에 없었다.

엄청나게 수준 높은 전투가 벌어질 것 같은 예감에 마른침을 삼키며 지켜보는 나와 정보를 하나도 놓치지 않으려고 주시하는 숙모님.

'간다, 애송이…….'

팽팽한 긴장감 속, 먼저 움직인 건 집사장이 아닌 나루미다. 낮은 자세를 더 낮게 땅을 기듯이 낮춰서── 아니, 땅에 엎드렸어?!

'죄송함다~!'

이 거리에서도 울리는 큰 소리를 한심하게 지르는 나루미. 힘차게 몸을 웅크린 탓에 주머니에 들어있던 안주가 수없이 흩어졌다. 창문 너머로 보고 있던 선배님들도 무슨 일이 일어났는지 이해하지 못해 눈을 휘둥그레 뜨고 놀라고 있는데, 이렇게 말하는 나도 혼란스러웠다.

자존심을 전부 내다버리고 모범적으로 엎드려 비는 나루미를 앞에 두고 집사장이 난처한 표정으로 지시를 청했다.

"……크흠. 저 상황에도 본성을 드러내지 않다니 대단하네. 좋아, 돌아오도록."

(저게 본성이 아닌가…….)

집사장이 진심으로 뿜은 [오라]에 겁에 질려 항복한 것처럼 보였는데 아닌 걸까. 하지만 나루미 정도의 실력이 있다면 저렇게까지 자신을 낮추는 행동을 할 필요는 없는데, 이쪽에 아무런 정보도 쥐여주지 않고 사태를 극복한 것도 훌륭하다고 할 수 있다. 전부 계산일 가능성도…… 없지 않을지도 모른다.

숙모님은 이어폰을 빼고 숨을 크게 한 번 내쉬고는 내 쪽으로 돌아섰다.

"키라라. 당신에게 나루미 소타 조사를 명합니다. 학교에서는 적당히 접근해서 정보를 모으세요."

"네. 금란회는 어떻게 할까요."

소렌과 금란회는 폭력적인 사건을 몇 번이나 일으켜서 모험가 길드 안에서도 문제 클랜으로 여겨지고 있다. 배후에 컬러즈가 있어서 안이하게 제재를 가할 수는 없지만, 언젠가 없애는 방향으로 움직이고 있다고 했었다. 이번 금란회의 움직임에 대해 숙모님은 어떻게 생각하고 계실까.

"금란회에 대해서도 당분간은 정보 수집을 우선합니다. 중대발표를 앞두고 대대적으로 움직이지는 않겠지만, 만약 학교에 뭔가 한다면 바로 알리세요."

"알겠습니다."

"나루미 소타를 잘 이용해서 몰아넣고 싶네……."

그렇게 말을 끝내더니 숙모님은 올렸던 머리카락을 풀고 홀에서 나갔다. 나도 크게 숨을 내쉬고 나루미에 대해 생각했다.

이번을 위해서 그렇게 정보를 모으고 집사장이 싸우도록 하는 강경책까지 썼는데 별다른 정보는 얻지 못했다. 앞으로도 어지간해서는 꼬리를 드러내지 않을 것이다. 정신 바짝 차리고 임무에 임해야 한다.

창문 너머로는 흩어진 안주에 바람을 불어 주머니에 다시 채워 넣고 있는 모습이 보였다. 저런 무해해 보이는 인물이 정말로 우리 나라의 희망이 될 수 있을까. 아니면 역시 재앙이 될까?

어쨌든——.

(제가 반드시 당신의 정체를 밝혀내 보이겠어요.)

제16장 ✦ 낯익은 모습

"이거 참…… 이럴 수가 있나?"

어젯밤 클랜 파티에서는 미카미가 어떻게 나오는지 보는 것만으로도 힘든데, 금란회와 집사에 대한 대처 등 생각할 것이 많아 정신적으로 지쳐서 녹초가 됐다. 그래서 돌아오자마자 침대에 다이브해서 기절하듯이 자버렸다. 다음날 아침 일어나서 거울을 보니…… **낯익은** 모습이 비치고 있었다.

클랜 파티에 가기 직전의 나는 턱이나 허리 주변의 군살이 사라지고 복근도 갈라져서 날씬한 근육질이라 할 수 있을 정도로 슬림해져 있었을…… 텐데. 하지만 거울 너머에 있는 이 녀석은 훌륭한 군살이 부활해 있었다. 이렇게 살찐 걸 보면 대충 20kg 가까이 찌지 않았을까.

보통 사람이라면 아무리 먹어도 하루에 기껏해야 몇 kg 찌는 정도겠지만, 나에겐 《대식가》라는 성가신 스킬이 있다. 이번 폭식으로 인해 식욕이 이상하게 왕성해지는 것뿐만 아니라 칼로리를 과하게 섭취한 경우에는 강제로 지방으로 변환된다는 부차적 효과까지 있을 가능성이 높아졌다.

"……아니. 어쩌면 살이 빠졌다는 것 자체가 내 망상이었을 가능성도 있겠네."

평소부터 열심히 다이어트를 했지만, 너무 많이 먹거나 사두를 벌일 때마다 이렇게나 체중이 증감하는 게 이상하다. 전부 망상이었다는 말을 듣는 편이 더 납득이 되겠다. 어쨌든 지금 내가 살쪘다는 사실은 변함없으니 마음을 다잡고 다이어트를 계속해 나가는 수밖에 없다…… 하아.

약간 우울 모드로 거실로 돌아가 이를 닦고 있으니, 책상 위에 둔 팔 단말기가 울렸다. 화면을 탭해서 영상 모드를 켜니 빙긋 웃음을 띤 카노와 어머니의 얼굴이 나왔다. 뒤에 있는 어두침침하고 쓸쓸한 풍경을 보니 블러디 바론이 나오는 '망자의 연회'에서 통신을 하고 있는 모양이다.

'오빠~! 엄마랑 아빠가 레벨 17이 됐어~! 이제 다음 사냥터에 갈 수 있을까.'

'소타~ [위자드]가 됐어~. 불타오르는 불꽃이여, 오라! 파이어…… 보~올!'

어머니가 손에 사람의 머리만한 크기의 파이어볼을 띄웠고, 그걸 수십 m 앞에 리젠된 콥스 워리어를 향해 힘차게 사출했다. 발치에 착탄되자 쾅 하는 낮은 소리와 함께 모래먼지가 피어오르고 수 m 정도의 크레이터가 생겨났다. 콥스 워리어는 10m 정도 날아갔을 때 마석이 되었다.

저 정도의 마법이면 레벨 16의 몬스터 정도는 일격에 해치울 수 있는 것 같다.

다만 쿨타임이 길고 한 발 쏘면 10분은 재사용할 수 없어서 언제 쓸지 정하기 어려운 기술이기도 하지만.

그리고 카메라가 빙 돌아서 다른 방향을 향했다. 안쪽에는 온 몸에 금속 중장비를 착용한 모험가가 대검을 들고 뛰어다니는 모습이 보였다. 헬름을 쓰고 있어서 얼굴은 모르겠지만 아버지다. 내가 이쪽 세계에 왔을 때는 허리가 아프다고 했는데 지금은 자신의 체중을 넘는 중량의 갑옷을 입고 대검을 휘두르면서 저렇게 힘차게 달릴 수 있게 되었다. 육체 강화는 위대하다고.

부모님의 레벨업한 모습을 비추며 흥분한 기색을 보이던 카노는 무슨 생각을 한 건지 갑자기 이쪽을 가만히 보고 얼굴을 아주 가까이 댔다.

'잠깐만. 오빠, 또 살쪘어?'

'그래? 전이랑 변함없는 것처럼 보이는데.'

'어제는 엄청 날씬했어! 자, 이 사진 좀 봐.'

카노가 어제 찍은 내 사진을 어머니께 보여주고 시끄럽게 소란을 피우기 시작했다. 역시 어제 내가 날씬했던 건 기분 탓이 아니었던 모양이다. 이제 무턱대고 먹는 건 그만두자고 속으로 맹세하면서 이야기를 했다.

"전부터 정해뒀던 대로 새 사냥터로 갈까."

'아싸~! 게이트에서 기다릴게~.'

'여보~ 소타가 새 사냥터에 데려가준대. 준비해요~.'

쓸데없이 기운찬 동생과 어머니의 얼굴을 보면서 통신을 끊었다. 내가 탄 내항선 때문에 활동하지 못하는 동안에도 아버지와 어머니의 레벨업은 순조로웠던 것 같아 다행이다. 그럼 나도 준비하고 합류할까.

현관을 나와 문을 잠그고 있으니 도로 건너편에 있는 카오루의 집에서 아카기, 타치기, 핑크, 카오루가 거무스름한 마랑 방어구를 입고 나왔다. 언제나 친숙한 주인공 파티다.

"어라? 안녕!"

"……어, 어어. 안녕."

내가 있다는 걸 알아차리고 아카기가 갑자기 다가와 인사해서, 나도 뒷걸음질 치면서 인사했다. 꽤나 환하게 웃고 있잖아. D반의 카리야에게 패배한 이후 무렵부터 타락한 것처럼 그림자를 드리우고 있었는데 다시 밝은 웃음을 되찾았다. 마치 입학했을 때 같다. 반에는 좋은 경향이긴 할지도 모르겠지만, 게임에서 이 상태가 되는 건 더 나중이라서 신경 쓰이긴 하네…… 반 대항전에서 뭔가 있었던 걸까.

그 뒤에서는 눈을 휘둥그레 뜬 카오루가 '또 살이 쪘는데 왜 그런 거야'라며 놀랐다. 그건 내가 물어보고 싶을 정도지만 '많이 먹어서'라고 말할 수밖에 없었다. 근데 반 대항전이 끝난 다음 날에도 이렇게 넷이 모여서 사냥을 가니 기특하네.

"아니야. 오늘은 연습하러 가는 거야. 괜찮으면 너도 같이 갈래?"

사냥하러 가는 줄 알았는데 연습이라. 근데 분위기 파악을 못하고 미움받는 악역인 날 부르려고 하는 건 게임과 변함이 없다. 이게 용사의 소질이라는 걸까. 하지만 뒤에서는 핑크가 기겁한 얼굴로 고개를 작게 저으며 거부반응을 보이고 있었다. 이 작은 동물 같은 몸짓은 왠지 힐링되네. 한편 카오루는 턱에 가볍게 손을 대고 뭔가 생각하는 듯한 몸짓을 한 후에――.

"……그렇네. 가끔은 같이 가는 것도 좋다고 생각해."

이렇게 말했다. 분명 거절할 줄 알았는데 아카기의 말에 동의하다니, 뭐 이상한 거라도 먹은 걸까. 그 진의를 살피고 싶지만 타치기가 바로 반대했다.

"오늘은 오오미야가 우리의 레벨에 맞춘 강의를 해주겠다고 했다. 그런데 레벨이 안 맞는 자를 끼우면 오오미야를 난처하게 만드는 게 아닐까?"

"……(끄덕끄덕.)"

타치기가 우려를 표하자 그 말이 맞다는듯 빠르게 고개를 끄덕이는 핑크. 그러고 보니 아카기 일행은 게이트를 못 써서 레벨업을 잘 못하고 있으니, 사츠키가 도와주고 싶다고 한 적이 있었다. 리사도 돕는 것 같으니 난 없어도 문제없을 것이다.

게다가 일단 난 분위기를 파악할 수 있는 남자다. 굳이 사이좋은 주인공 파티에 끼어드는 짓은 안 한다. 애초에 오늘은 가족과 함께 사냥을 한다는 약속이 있으니 거절할 수밖에 없다.

"볼일이 좀 있으니까 사양할게. 그래도 불러줘서 고마워."

"그렇구나. 하지만 난 네가 사실은 대단한 사람이 아닐까 하고 생각하고 있어. 다음에 같이 사냥을 해보고 싶으니까 괜찮으면 생각해주지 않을래? 부탁할게."

"……그게 무슨 뜻이야?"

'대단한 사람'이라는 게 대체 무슨 뜻인지, 내가 아닌 옆에서 듣고 있던 카오루가 의아해하는 표정으로 물고 늘어졌다. 아카기의 말에 의하면 내가 반 대항전의 도달 심도 종목에서 던전 20층까지 갈 수 있었던 건 반드시 E반을 이기게 하고 싶다는 강한 각오가 있었기 때문임이 틀림없다. 그렇지 않으면 자기보다 더 강한 몬스터가 널려있는 언데드 지대에 발을 들여놓는 것조차 어렵다고 생각했다나.

"흠. 확실히 유우마의 말도 일리 있군. 그럼 다음에 잘 부탁하지."

타치기도 뭔가 생각하는 바가 있었는지 머리를 살짝 숙이면서 다음에는 같이 가자고 불러줬다. 실제로는 짐꾼을 하라는 걸 거절하지 못해서 어영부영 따라갔을 뿐인데…… 사람을 나쁘게 의심하려고 하지 않는 미남만이 할 수 있는 생각에 마음이 괴로워지네.

하지만 타치기는 평소부터 반을 위해 힘써주고 있는 사람이라서 나도 뭔가 해주고 싶다는 생각은 하고 있다. 일단 오늘은 사츠키에게 응원 메시지라도 보내두자.

"그럼 우린 갈게. 또 보자, 그……."

"나루미다, 유우마."

"나루미, 또 보자."

그렇게 말하고 주인공 파티는 가버렸다. 아카기는 배려를 잘하고 누구에게나 상냥하게 대해서 인기가 많지만, 어째 내 이름은 기억하고 있지 않은 모양이다. 뭐, 결국엔 엑스트라 캐릭터니까. 어쩔 수 없나.

발소리를 죽이면서 학교 지하 1층의 어둑어둑한 교실 앞까지 왔다. 얼굴만 내밀어서 안을 살짝 들여다보니, 방 한가운데 부근에서 불빛을 비추는 마도구와 손질 도구를 늘어놓고 대거를 갈고 있는 로브 차림의 소녀가 있었다. 근데 왜 혼자만 있지.

"카노. 아버지랑 어머니는 어딨어."

"아, 오빠. 아빠랑 엄마는 10층에서 쇼핑 중…… 근데 이제 돌아온 것 같아."

두 사람이 어디에 있는지 물어보고 있으니 뒤에 있는 게이트의 문양이 보라색으로 빛났고, 안에서 풀 플레이트 아머를 입은 남자가 큰 가죽부대를 지고 산타처럼 나타났다. 내가 있는 걸 알아차리고는 페이스마스크를 휙 올리고 미소를 보였다.

"왔냐, 소타. 잔뜩 모아왔다고."

전신에 미스릴 합금제 방어구를 갖춰 입은 아버지. 사면 총 1000만 엔은 우스운 장비지만 재료는 전부 스스로 모았기 때문에 가공비로 200만 엔 정도를 들여 한 벌 맞출 수 있었다. 옛날부터 풀 플레이트 아머를 동경했다고 하며 처음 맞췄을 때는 안고 잤을 정도였다.

이어서 게이트에서 나온 사람은 어머니다. 우마라는 미노타우로스 계통 몬스터의 가죽으로 된 불그스름한 색의 경갑을 입고 있다. 대부분의 금속 무구는 마력이 잘 통하지 않게 하기 때문에 마법사와의 궁합이 안 좋다. 때문에 마법사는 기본적으로 천이나 가죽 제품을 착용하는데, 어머니도 그에 따르고 있다.

두 사람은 짊어지고 있던 가죽부대를 영차 하고 내렸다. 중량은 각각 100kg 정도 될까. 가까이에 있던 카노는 코를 쥐고 눈살을 찌푸렸다.

"냄새…… 역시 그거 지독해~."

가죽부대에서는 시큼한 암모니아 냄새가 퍼져왔다. 안에는 언데드 계통 몬스터가 떨구는 '썩은 고기'가 잔뜩 채워져 있기 때문이다. 지금까지는 드랍해도 대단한 가격에 팔리는 것도 아니고 쓸 곳도 없어서 안 줍고 방치했지만, 오늘은 이게 잔뜩 필요해져서 모아두라고 연락해뒀다.

"수백 개는 되는데…… 이렇게 모아서 어떻게 할 생각이야~."

"이걸로 몬스터를 낚는 거야. 통칭 지렁이 낚시지."

"지렁이? 그런 걸 낚는 거야?"

지금부터 가는 곳은 21층의 DLC 확장 구역. 사바나처럼 키가 작은 나무가 듬성듬성 자라나 있는 필드 맵이다. 반 대항전에서 20층에 마력 등록을 해서 21층에 가기만 하는 거라면 금방이다. 사냥 방법과 몬스터에 대한 설명은 현지에서 하는 편이 좋을 것이다.

"그럼 게이트를 열 테니까 들어와."

"20층은 악마성이라 불리는 건물 안이지? 사진으로는 본 적 있는데 기대된다."

"그렇네. 일류 모험가만이 다다를 수 있는 곳이라고 들었어. 드디어 갈 수 있는 날이 온 건가."

들떠서 말하는 어머니와 감회가 새롭다는 듯이 말하는 아버지. 하지만 아직 이런 레벨로 만족하면 곤란하다. 20층 전후의 몬스터 따위는 콧노래를 부르면서 한 방에 처치할 수 있을 정도로 강해지지 않으면 곤란하단 말이다.

기하학적인 문양이 새겨진 벽에 손을 두고 천천히 마력을 흘렸다. 그러자 바로 문양이 새겨진 홈을 따라 보라색 빛이 일었고 저주파음과 함께 게이트가 열렸다.

"처음 가는 20층, 1등은 내 거다."

"여보, 그거 들어요."

"좋아~ 열심히 해보자고~!"

카노가 의기양양하게 맨 먼저 뛰어들었고, 이어서 어머니와 아버지가 가죽부대를 짊어지고 들어갔다. 이번 사냥은 방법만 알면 어렵지 않으니 편하게 하자.

"캄캄해. 불 켤게."

카노가 주머니에서 소형 랜턴 같은 마도구를 꺼내 마력을 흘리자 주광색 빛이 주위를 밝혔다.

이 게이트 방은 아까 전에 있었던 교실과 똑같은 정도로 넓지만 전면이 큰 돌 타일로 덮여있어서 유적 안에 있는 듯한 폐쇄감이 느껴졌다. 하지만 그런 곳에서도 가족은 두리번거리며 흥미진진한 듯이 주위를 보고 있었다.

"여기서 쭉 가도 21층에 갈 수 있지만 왼쪽에 있는 좁은 통로에서 사다리를 타고 올라가는 게 지름길이야. 일단 20층의 맵 데이터를 공유하고…… 응? 무슨 소리가 들리는데.”

설명하고 있으니 멀리서 누군가의 노랫소리가 들려왔다. 변성기 전의 소년 같은 허스키하고 약간 높은 목소리. 게다가 이 멜로디는…… 던익의 오프닝 테마잖아. 그때 이후로 며칠이 지났는데 대체 그런 곳에서 뭘 하고 있는 건지.

제17장 ✦ 아서의 생각

20층의 게이트 방에 도착해서 이제부터 사냥 작전 설명을 하려고 하니 멀리서 누군가의 노랫소리가 들려왔다. 들은 적 있는 목소리이니 아는 사람일 가능성이 높은데, 일단 확인하러 가고 싶다.

"잠깐 여기서 기다려줘. 누가 있는지 살펴보고 올게. 아마 아는 사람일 건데."

"응, 기다릴게~."

아는 사람이 아니었을 경우, 이 게이트 방은 들켜서는 안 되니 소리가 안 나도록 신중하게 사다리를 타고 올랐다. 돌바닥을 살짝 들어 몰래 방 안의 상황을 엿보니——.

"흥흐흥~, 흥흐흥~, 따따라다따~♪"

약간 작은 체구에 빨간 망토를 휘날리는 사람이 길이가 5m는 될까 싶은 거대한 통나무를 짊어지고 쌓아올리는 모습이 보였다. 가끔씩 리듬에 맞춰서 격렬하게 춤도 췄다. 저런 가는 체구라도 가차 없이 육체 강화시켜버리는 던전 시스템에 놀라면서 무엇을 만들고 있는지 눈을 크게 뜨고 상황을 살폈다.

(저건 뭐지…… 집인가?)

일반 모험가가 올 만한 장소에, 세나가 선물 내부에 집을 세우려는 건가. 너무나도 비상식적인 행동에 잠시 못하고 말을 잃었다.

"어이, 아서. 너 뭐 하는 거냐."

"어엉? '재악'이잖아. 뭐 하냐니, 아지트를 만들고 있어. 보면 알잖아."

통나무를 짊어지고 빙 돌며 돌아보는 마인. 확실히 통나무집 같은 걸 만들고 있다는 건 알겠지만…… 잠깐만. 옹이가 많고 푸르스름한 저 통나무, 보통 목재가 아니야. 게다가 안쪽에 쌓여있을 정도로 많아.

"그 통나무, 혹시 프로즌 트렌트의 드랍 아이템 아니야? 네 레벨에 용케도 가져왔네. 혹시 마인은 몬스터에게 공격당하지 않는 거냐?"

"아니, 확실하게 공격받아. 하지만 이 통나무는 내 아지트 안에 자라는 트렌트의 드랍 아이템이라서 잔뜩 캘 수 있어."

"뭐야?!"

프로즌 트렌트는 몬스터 레벨 40이라 아서의 레벨보다 더 높다. 군생하고 있기 때문에 난입하기 쉬운 데다가 통나무의 드랍률도 상당히 낮아서 입수 난이도가 상당히 높다. 그걸 저렇게 잔뜩…… 저 통나무를 가공하면 인챈트 · 프로스트가 부여된 강력한 화살을 만들 수 있을 것이다. 조금 팔게 교섭할 수 없을까…… 아니, 그 전에 이런 걸 만드는 이유를 들어보자.

"이런 실내에, 게다가 모험가가 잔뜩 올 만한 곳에 집 같은 걸 만들어서 어쩌려는 거야."

스테인드글라스가 많이 사용된 대성당처럼 분위기가 장엄한 이 방은 예전에 성녀가 대악마와 사투를 벌인 곳으로 숭배되고 있는 곳이다. 지금은 몬스터가 리젠되지 않는 안전지대이기 때문에 쉼터로 쓰기 위해 모험가가 자주 들르는 곳이기도 하다. 그런 곳에 집을 짓다니 무슨 생각을 하는 건지.

참고로 며칠 전에 나와 아서의 전투로 인해 벽과 천장에 이르기까지 너덜너덜해져 금방이라도 붕괴할 것 같았지만, 지금은 던전의 수복 효과로 인해 완전히 원래 모습으로 돌아갔다.

"20층은 게이트로 올 수 있다는 걸 알았으니까 새로운 거점으로 삼는 거야. 지나가는 모험가랑 얘기해서 정보를 모으고 싶으니까."

"정보라고?"

38층에는 아서의 아지트가 있는데 모험가가 아무도 안 와서 정보가 전혀 모이지 않는다. 그러니 몬스터가 리젠되지 않는 이 안전한 곳에 새로운 집을 만들어 살면서 모험가로부터 바깥세상의 정보를 모아 분석하고 싶다는데.

하지만 아서는 몇 가지 큰 문제를 간과하고 있다. 먼저 던전 안에 건물을 만든다고 해도 한나절이 지나면 던전의 수복 효과로 인해 흡수돼버린다는 문제다. 그걸 저지하려면 소재에 골렘의 핵을 박을 필요가 있다.

"아~ 그랬지! 하지만 골렘은 내가 갈 수 있는 범위에서 리젠이 안 되는데…… 가지고 있어?"

"가지고 있어. 그 통나무랑 우드 골렘의 핵 10개랑 교환하는 건 어때."

"너 말이야. 이건 프로스트 트렌트의 드랍 아이템이라고, 알고 있나? 20개."

"하지만 골렘의 핵은 웬만한 모험가도 안 가지고 있다고. 보통은 갈 수 없는 장소밖에 없으니까. 15개."

서로 약점을 파고들며 째려보면서 교섭했다. 뭐, 우드 골렘의 핵은 비축분이 수백 개는 있으니까 20개로 교환해도 전혀 문제없지만, 그러면 진 것 같은 기분이 드니 열심히 교섭해서 통나무 하나당 15개로 체결되었다. 이제 강력한 무구를 만들 수 있다고, 잘됐네 잘됐어.

"(오빠…… 나가도 괜찮아?)"

생각지도 못한 곳에서 무구 강화 계획이 잘 진행될 것 같아서 흐뭇해하고 있으니 뒤에서 카노가 얼굴을 반만 내밀고 이쪽의 상황을 살펴보고 있었다. 이야기에 열중해서 걱정시킨 것 같다. 지금의 아서라면 괜찮다고 판단하고 OK 사인을 보냈다.

"어라아? 큰 뿔이 나 있어! 푸르푸르 씨의 동료인가."

"어머, 안녕하세요~. 우후후."

"이 구멍은 좁군…… 읏차. 호오, 여기가 그 유명한 악마성인가."

나오자마자 제각각 행동하는 나루미가의 면면들. 하지만 아서는 다가온 카노를 보자 멍한 표정으로 굳었다. 그리고 어쩐 일인지 내 옆에 슥 다가와 귓속말을 했다.

"(저 트윈테일 여자애, 엄청 귀여운데…… 너랑 무슨 사이야?)"

"내 동생이야. 그리고 뒤에 있는 두 사람이——."

"(아니 아니 아니, 까불지 말라고. 뭐가 어떻게 되면 너랑 저렇게 귀여운 애가 남매가 되는 거냐고. 생물학적으로 이상하잖아!)"

숨기지 말고 사실대로 말하라며 흔들었다. 그러고 보니 나도 이쪽 세계에 와서 처음 가족을 봤을 때는 뚱땡이랑 차이가 너무 많이 나서 엄청 놀란 기억이 있었지.

"안녕하세요, 나루미 카노라고 합니다~. 오빠랑 아는 사이예요?"

"……나, 나루미? 오빠? 진짜 남매야?"

나랑 카노를 빠르게 비교하면서 동요하는 아서. 끝내 너무 혼란한 나머지 날 '처남'이라 불러서 정수리에 강한 촙을 때려박아 상태이상을 해제해뒀다. 카노는 저주가 풀려 건강해진 텐마와 왠지 모르게 분위기가 비슷한 부분이 있는데, 아서가 저런 천진난만한 느낌이 있는 아이한테 약한 걸지도 모르겠다.

"그래서 뭘 만들고 있는 거예요? 집…… 통나무집?"

"맞아요! 저, 앞으로 여기에 거점을——."

"찾았다. 리더, 저겁니다, 저거!"

긴장해서 이상하게 움직이는 아서와 카노의 모습을 보고 있으니 방 입구의 문이 힘차게 열리고 무장한 모험가가 10명 정도 들어왔다. 무구를 보니 레벨 20 정도일까. 제일 앞에 있는 키가 2m 이상은 될 것 같은 몸집 큰 남자의 레벨은 그보다 약간 더 높은 것 같다.

"레벨은…… 의외로 낮네. 레어 몬스터라고 해서 플로어 보스인 줄 알았는데."

뒤에 있던 남자가 손에 쥚은 지팡이를 들고 버릇없이 겨눴다. 아마 《간이감정》 마도구일 것이다. 그보다 갑자기 뭐지.

"저기, 누구신가요."

“시끄러! 잔챙이는 빠져있어!”

너무나도 분위기가 삼엄해서 누구인지 물어보려고 하자 우리에게도 가차 없이 《간이감정》을 썼다. 그리고 자기보다 레벨이 낮다는 걸 알고는 《오라》를 방출해서 위압하는 게 아닌가. 말 좀 들으라고.

“어이 어이. 이 녀석은 우리 ‘판다 브라더스’가 먼저 침 발라뒀다. 손대지 말라고.”

“둥지를 만들고 있었던 것 같은데 신종 몬스터일까요.”

“잡아서 마석을 길드에 넘겨주면 보상금이 잔뜩 나올 겁니다.”

아서를 가리키며 손대지 말라고 호통치듯이 말하는 리더인 몸집 큰 남자. 부하도 입맛을 다시면서 돈 계산을 했다. 머리에 뿔이 나있으니 몬스터라고 착각하고 있는 것일지도 모른다.

근데 판다 브라더스라…… 그 이름대로 판다처럼 흰색과 검은색 얼룩무늬 방어구를 착용하고 있는데 판다를 좋아하는 마음이 꼬인 걸까. 한편 아서는 판다 녀석들을 본 적이 있는지 어째 화를 내고 있었다.

“너흰…… 아까 내 집을 부수려고 한 놈의 동료인가. 이 이상 방해하면 벌준다.”

“인간의 말을 할 수 있다니 희한하군. 죽이지 말고 애완동물로 삼을까, 헤헤헷.”

“비싸기 팔 수 있을지도 모르니까 적당히 힘을 보여주고 생포한다, 둘러싸라.”

우리가 오기 전에 통나무집을 부수려고 하거나 고함을 지르거나 해서 이 이상 방해하지 말라며 충고하는 아서. 하지만 그런 충고는 전혀 개의치 않고 무기를 뽑고 아서를 에워쌌다.

'오빠…… 쟤. 도와줄 수 없을까."

카노가 걱정스럽게 아서를 보고 있지만, 설령 10명이 상대라고 해도 레벨이 높은 데다가 대인전 스페셜리스트이기도 한 아서가 뒤처질 리가 없다. 오히려 판다 녀석들이 걱정된다. 도를 넘을 것 같으면 막아야겠네.

"죽이지 마라, 적당히 팔다리를 부러뜨리는 정도로 끝내라. 간다."

"이런 약해 보이는 녀석, 쉽다고! 이야아아아아아아…… 어?"

"날았다!"

메이스를 치켜들고 덤벼드는 판다 1과 2. 그런 공격을 볼 것도 없이 피하고 둥실 떠오르더니 피부가 얼얼할 정도의 마력을 손끝에 깃들여 양손으로 재빠르게 마법진을 그려냈다. 저 마법진은――.

"나와라! 채피!!"

마법이 발동되는 것과 동시에 방의 돌바닥에 전사되어 직경 5m 정도의 거대한 마법진이 검붉은 빛을 뿜으면서 떠올랐다. 소환 마법 매뉴얼 발동이다. 방 전체가 작게 진동해서 판다 녀석들과 카노가 이 이상사태에 무슨 일이냐며 두리번거렸다.

"끼이!"

그 중앙에서 나타난 것은…… 마법진의 크기와 어울리지 않는 길이 20cm 정도의 하얀 거미. 세로로 두 줄로 나열된 눈은 루비처럼 새빨갛고 몸통은 통통하고 둥근 형태를 가지고 있었다. 하지만 어떻게 봐도 이상하다고.

“우오…… 노, 놀라게 하고 자빠졌어. 마력 농도가 엄청나서 겁먹었잖아.”

“근데 이 하얀 거미도 신종 몬스터일까요. 본 적이 없는데…….”

아서는 ‘채피’라고 했는데, 아까 전의 마법진은 틀림없이 아라크네 계열 최상위종 소환마법 《아라크네 모나크》의 마법진이었다. 몬스터 레벨은 70으로 다른 정상급 플레이어가 쓰는 소환수만큼 높지는 않지만 속도를 크게 올려주는 버프와 주위 적의 속도를 낮추는 디버프를 쓸 수 있어서 스피드를 중시하는 플레이어가 선호하는 소환수다.

하지만 내가 알고 있는 《아라크네 모나크》는 2m 정도의 하얀 거미 위에 성인 여성의 상반신이 나있는 그야말로 아라크네의 모습이었다. 그럼에도 불구하고 아서가 불러낸 것은 한 손으로 쉽게 잡을 수 있을 것 같은 크기의 거미였고 여성의 상반신은 어디에도 보이지 않았다. 하얀색이니까 왕종인 건 틀림없는 것 같지만…….

“채피, 검은 방어구를 입은 녀석을 전부 돌돌 말아줘.”

“키이키익!”

“아앙? 무슨…… 아니.” “우아앗.”

하얀 거미는 지시를 받자 눈에 보이지도 않는 속도로 움직여 뿜어낸 하얀 실로 판다 녀석들을 차례차례 묶어버렸다. 저 속도를 보면 몬스터 레벨 30 정도의 스피드는 될 것 같지만, 명백하게 70의 속도에는 이르지 못했다. 내 《진공열충격》처럼 크게 약체화

됐을 가능성도 생각해볼 수 있다.

"응구오옥." "놔라!"

"다음에 보면 안 봐줄 거라고! 그럼 바이바이. 《이젝트》."

매뉴얼 발동으로 소용돌이치는 검은 게이트 같은 것을 불러내서 실에 돌돌 말린 판다 녀석들을 차례차례 집어넣었다. 《이젝트》는 던전 밖으로 탈출하는 마법인데 이렇게 방해되는 것을 버릴 때 편리한 스킬이기도 하다.

너무나도 예상 밖인 스피디한 결말에 카노와 부모님이 아연실색했다. 저 거미를 불러내서 다치지 않게 하며 판다 녀석들을 물리친 것도 아서 나름대로 봐준 것일 것이다. 전부 다 집어던지자 돌아가도 좋다고 귀환 지시를 내렸고 거미는 빛의 소용돌이에 녹아들었다.

조용해진 방 한가운데에서 아서가 고개를 숙이고 있었다. 일면식도 없는 모험가와 만나 대화를 하고 친해지고 싶다고 생각한 모양이지만 훌륭하게 그 의도가 빗나간 것이다. 하지만 일단 해야 할 말은 해두자.

"아서. 이쪽의 모험가는 던전에 재미를 추구해서 오는 게 아니야. 부와 명성을 추구하는 고집 센 녀석들이 대부분이야. 이런 곳에 집을 지어도 문제가 늘어날 뿐이라고."

"응…… 그럴지도 모르지. 그래도 좋은 생각이라 생각했는데."

던전이라는 게임을 즐길 목적으로 던전에 가던 플레이어의 생각과 이쪽 세계에서 명성을 찾아 던전에 가는 모험가의 생각은 크게 다르다. 그 점을 잘못 생각하면 언젠가 발목이 잡힐 것이다. 그렇다고는 해도 바깥 세상을 본 적이 없는 아서라면 착각하는 것도 당연할지도 모른다. 그런 무거운 분위기를 날려버리듯이 눈을 반짝이는 카노가 맹렬하게 달려왔다.

"대, 대단해~! 그 하얀 거미는 어떤 마법이야?! 하늘도 날았지!"

의기소침해 있던 아서의 양손을 잡고 대단해 대단해 하고 연호하는 카노. 한편 아서는 고개를 들더니 한순간에 환하게 웃으며 '이런 건 전혀 대단하지도 않지'라며 아주 싫지만은 않은 듯한 얼굴로 자랑하기 시작했다.

넌 한없이 태세전환이 빠른 녀석이구나.

제18장 ✦ 나루미가와 한 마리 거미

잡초가 드문드문 자라나 있을 뿐인 건조한 구역을 잡담하면서 걷는 나루미가와 한 마리의 하얀 거미.

"소환마법은 이런 것도 할 수 있구나. 근데 그 **옮겨붙는다**는 건 어떤 스킬이야?"

"끼이? 끼익!"

카노가 내 어깨 위에 타고 있는 하얀 거미를 콕콕 찔렀다. 20층 방에서 한바탕 소동이 일어난 후, 아서가 우리와 사냥에 같이 가고 싶다고 말한 것이다. 하지만 맵을 자유롭게 오갈 수 없는 '마인의 제약'이 있어서 목적지인 21층에 따라가는 건 불가능하다. 그래서 소환수의 오감을 빌리는 스킬로 거미에 옮겨붙어 움직이고 있는 것이다.

거미(아서)는 카노에게 뭔가 말하고 싶은 듯하지만 성대가 없는 버전의 아라크네가 된 상태라서 말할 수 없다. 그래서 나에게 끽끽 울면서 설명을 해주라고 호소했다.

"《빙의》라고 해서 소환수가 배우는 스킬이야. 이렇게 옮겨붙어서 정찰 등에 쓸 수 있지만 작은 소환수는 대개 약하고 전투 능력이 높은 편인 큰 소환수는 움직이기 어렵지. 그리고 《빙의》 상태로는 소환수의 스킬밖에 못 쓰게 되니까 사용하기 까다로운 스킬이야."

"호오⋯⋯ 그래도 여러 소환수가 될 수 있다니 재밌을 것 같아."

“비행 타입 같은 건 재밌을지도 모르지. 하지만 소환수도 스킬 칸에 한계가 있으니까《빙의》같은 스킬을 남겨두는 사람은 적어.”

정찰 목적이라면 소환수가 되지 않아도 은밀 스킬을 쓸 수 있는 본체로 하는 편이 성공률이 더 높고, 전투 능력 면에서도 대부분의 소환수는 소환사보다 약하기 때문에 미묘하다. 애초에 소환 마법은 소환자와 함께 싸울 수 있다는 점이 최대 강점인데 그걸 버린 시점부터 죽은 스킬이 될 수밖에 없다. 나도 그런 스킬이 있다는 사실 자체를 완전히 잊고 있었을 정도로 가치가 없는 스킬인데 이쪽 세계에선 이래저래 쓸모가 있을 것 같다.

“소환수는 죽지 않으니까 위험은 없고, 아서 본체가 들어가지 못하는 구역에도 이렇게 아라크네의 몸으로는 들어갈 수 있어. 안 지우길 잘했네.”

“끼이!”

네 개의 다리로 서고 다른 네 개의 다리로 요령 좋게 딱딱 두드리며 기쁜 마음을 표현하는 거미(아서). 어떤 느낌으로 몸을 움직이고 있는 건지 궁금하니 나중에 물어보자. 참고로 본체는 아무도 오지 않는 38층 거점이 있어서 안전하다.

“저기저기, 나도 배울 수 있을까?”

“소환마법을 쓸 수 있는 [서머너]는 마법계 직업을 몇 개나 익히지 않으면 무리야. 그 전에 카노는 시프계 직업을 끝까지 익히는 거 아니었어?”

“그랬지…… 먼저 이쪽에 힘써야지.”

그렇게 말하면서 카노가 주위를 뛰어다녔고 거미도 쫓아가며 놀았다. 그 모습을 곁눈으로 보면서 나와 아버지, 어머니가 천천히 따라갔다. 기온도 습도도 그렇게 높지 않고, 상쾌한 바람도 불고 있어서 아주 기분 좋다.

“화창하네~, 정말로 던전 안인가.”

“그렇네. 벽은 없고 천장도 파랗고 공격하는 몬스터도 안 보이고.”

어머니와 아버지가 큰 가죽부대를 짊어지고 딱 붙어서 걸었다. 이 필드 맵은 루트를 틀리지 않으면 적극적으로 공격하는 액티브 몬스터를 만나지 않고 이동할 수 있어서 완전히 피크닉 기분이다.

멀리 뿔이 두 개 난 코뿔소 같은 몬스터 무리가 우물우물 풀을 먹고 있는 게 보였다. 저것도 액티브 몬스터는 아니지만 선제공격을 해도 HP가 많은 데다가 주위의 동료가 확실하게 난입해버리기 때문에 사냥하기에는 적절하지 않은 몬스터다.

상공에는 콩알처럼 작게 보이는 조류형 몬스터가 홀로 날고 있었다. 저건 날개를 펼치면 5m 가까이 되는 큰 새지만 고도가 너무 높아서 작게 보일 뿐이다. 저 높이면 일반적인 마법이나 화살은 닿지 않기 때문에 저것도 보통 수단으로는 사냥할 수 없다.

그럼 여기서 무엇을 사냥할 수 있느냐 하면, 22층으로 가는 메인 스트리트를 걸어가면 마무우 라는 거대 식인 도마뱀이 리젠된다. 이전에 텐마와 먹은 맛있는 고기를 떨구니 발견하면 몇 마리쯤 잡고 싶다. 하지만 오늘의 타겟은 이 몬스터들과는 별개다.

경치를 보면서 30분 정도 더 걷고 있으니 선방에 불고스름한 색의 시구가 보이기 시작했다.

"저 사막 같은 곳, 저기가 오빠가 말했던 목적지야?"

"끼이!"

그렇다고 말하는 듯이 거미(아서)가 소리를 내고 내 어깨에서 뿅 하고 뛰쳐나가더니 카노와 함께 달려갔다. 사구 자체는 그렇게 넓지 않으며 기껏해야 사방으로 1km 정도다. 근처에 있는 적당한 넓이의 암반을 찾아서 거기를 야영지로 삼자.

짐을 두고 사냥에 필요한 것을 꺼내면 작전회의다.

"그럼 '지렁이 사냥'에 대해서 설명할 테니까 들어줘."

"이렇게 메마른 곳에 지렁이 같은 게 있어?"

"바위랑 모래밖에 안 보이네."

지렁이라는 건 축축한 흙이 있는 곳에 있는 게 아니냐며 아버지와 어머니가 의문을 제기했다. 전방에는 여기저기 큰 바위가 덩그러니 있지만 그 외에는 전부 모래. 굉장히 건조하고 식물은 커녕 몬스터의 모습도 전혀 안 보이니 그렇게 생각하는 것도 당연하다. 카노는 정말로 이런 곳에 지렁이가 있냐며 모래를 손에 쥐고 확인했다. 하지만 목적인 몬스터는 저 모래 속에 숨어 있다.

"카노, 모래에는 들어가지 마. 공격할 가능성이 있으니까."

"이 모래 속에?"

"맞아, 보고 있어."

놓인 가죽부대에서 썩은 고기 하나를 꺼내 가져온 와이어에 걸고 던졌다. 가족 모두 고개를 갸웃거리며 보는 가운데 30초도 안 되는 시간을 기다렸다. 모래가 스멀스멀 움직이기 시작하고 썩은 고기가 모래 속으로 힘차게 끌려 들어갔다. 문 것을 확인하고 와이어를 잡아당기자――

"몬스터 레벨 21인 샌드 웜이다."

길이 2m 이상, 두께 30cm 정도. 지렁이처럼 구불구불한 몬스터가 낚였다. 중량도 100kg는 족히 넘지만 지금 내 육체 능력이 있으면 문제없다. 바위 위까지 끌어올리자 펄떡펄떡 힘 좋은 물고기처럼 마구 튀었다.

"크다~! 지렁이라고 해서 더 작을 줄 알았어."

카노와 거미(아서)가 가까이 와서 들여다봤다. 빨판처럼 둥근 입을 가지고 있는데 그 속을 잘 보면 이빨이 나선형으로 빼곡하게 나있어서 징그럽다. 평소에는 모래 속에 숨어서 그 위를 걷는 사냥감을 입으로 물고 끌고 들어가는 사나운 몬스터지만, 이렇게 암반에 끌어올리면 모래에 파고들어 도망치지도 못하고 그저 튀기만 하는 거대 지렁이에 불과하다.

"입에 주의하면서 때려줘."

"여보, 가자!"

"그래!"

어머니와 아버지가 각자 가지고 있던 메이스와 대검을 내리쳤다. 일방적으로 공격할 수 있기 때문에 리스크는 거의 없다. 나도 끼어서 에잇 에잇 하고 다 같이 때리니 이윽고 움직이지 않게 되었고 마석으로 변했다. 카노가 그 마석을 줍고 고개를 갸웃했다.

"커다란 마석…… 근데 이거 외에는 아무것도 안 떨궈?"

"마물제 매직 백의 재료가 되는 [샌드 웜의 위장]을 떨궈. 팔면 돈벌이로도 좋아."

"그러고 보니 길드의 지인이 매직 백은 무언가의 위장이라고 했는데 샌드 웜의 위장이구나."

샌드 웜은 자기 몸 크기의 몇 배나 되는 용량을 먹을 수 있는데, 그건 위장에 '공간 수축'이라는 특성이 있기 때문이다. 그 위장으로 만든 매직 백도 마찬가지로 겉으로 보이는 것 이상의 부피가 들어가서 일류 모험가의 던전 다이브에는 빼놓을 수 없는 아이템이 되었다.

"근데 이렇게 쉽게 잡을 수 있는데 매직 백은 왜 싸지지 않는 걸까."

"끼이……?"

모험가 길드에서 사면 싼 것이라도 수백만, 큰 사이즈는 천만 엔이 넘는다고 어머니가 말했다. 던익에서는 헐값이었던 만큼 아서도 왜 그렇게 비싼지 납득이 안 되는 모양이다.

"썩은 고기로 낚는 간단한 방법이 일반 모험가에게 알려지지 않은 것도 있겠지만, 일반적으로 샌드 웜이 리젠되는 곳이 더 아래층이기 때문이 아닐까."

이 사구 일대는 DLC로 추가된 확장 구역이라 인식 저해가 걸려있어서 보통 모험가는 올 수 없는 영역이다. 통상 맵에서 샌드 웜이 리젠되는 곳은 25층 이후인데, 거기까지 갈 수 있는 건 공략 클랜이나 대귀족의 지원을 받는 한줌의 모험가뿐. 게다가 왕복으로 한 달 가까이 걸리기 때문에 그 주변에서 얻을 수 있는 대부분의 아이템은 가격이 비싸졌다.

"그리고 랜덤 리젠으로 가끔 기간트 웜이라는 게 걸리는 경우가 있어. 그 녀석이 낚이면 다 같이 끌어올리자."

"기간트? 아까 것보다 더 큰 게 있어?"

"그래. 하루에 한 마리밖에 못 낚는 레어 몬스터인데 우리 외에는 아무도 안 왔으니까 저 모래 속에 있을 거야. 그 위장으로 만든 매직 백은 용량뿐만 아니라 중량도 가벼워지는 레아 아이템이 돼. 반드시 얻어두고 싶어."

샌드 웜으로 만든 매직 백은 용량이 작아져도 무게는 변하지 않아서 운반이 힘들고 가죽 자체의 강도도 그렇게까지 강하지 않다. 아무리 말 그대로 마법의 가방이라고 해도 한계를 넘어서 물건을 채워 넣으면 찢어질 위험이 있다. 한편 기간트 웜의 개량형 매직 백은 튼튼하고 중량도 가벼워져서 주머니에 100kg급 갑옷을 담는 것도 가능해진다. 전략적인 폭이 넓어지는 것이다.

"중량도 가벼워지는 가방이라니, 시장에서 도는 걸 본 기억이 없어. 대단하네~."

"엄청난 값이 매겨질 것 같아. 국보로 지정될지도?!"

"끼이?!"

팔면 과연 얼마일까. 어머니와 카노, 그리고 거미(아서)가 눈을 반짝였다. 충분한 수의 개량형 매직 백을 얻으면 팔아도 좋지만, 시장에 나돌지 않는 물건을 파는 경우에는 꼬리를 잡히기 쉬우니 개인 매매, 혹은 안전한 루트를 확보하는 등 신중을 기해야 한다.

> **TIPS** **랜덤 리젠:** 적이 다시 나타날 때, 일정 확률로 다른 몬스터가 출현하는 것. 더 레어한 몬스터가 나오는 경우가 많다. 기간트 웜 같은 경우에는 하루에 한 마리 나오면 그 후 24시간은 리젠되지 않게 되며, 같은 곳에서 리젠되는 몬스터는 반드시 샌드 웜으로 고정된다.

"그럼 많이 잡고 잔뜩 벌자~!"

"그렇네, 썩은 고기라면 많이 가져왔으니까."

"자, 아서도 이거 받아." "끼이!"

돈이 된다는 걸 알자 갑자기 의욕을 낸 카노가 호령하고, 부리나케 와이어에 썩은 고기를 거는 타산적인 나루미가. 아서도 어머니에게 와이어를 건네받고 낚시에 참가했다. 아라크네의 몸은 내 손을 펼친 정도의 크기밖에 안 되지만 힘은 있으니 괜찮겠지.

아무도 지렁이 낚시를 하지 않았기 때문인지 던지면 바로 무는, 그야말로 넣으면 잡히는 상태다. 이렇게 잡을 수 있으면 기간트 웜도 금방 낚일 것이다. 아서도 몸을 야무지게 움직이면서 썩은 고기를 와이어에 세팅해서 던지고 있다.

"끼이끼이!! 키이~~~~!"

누군가가 낚으면 다 같이 때리는 것을 반복해서 30마리 정도 잡은 무렵이었을까. 다음 썩은 고기를 동여매고 있으니 거미(아서)가 끼익끼익 하고 큰 소리를 내기 시작했다. 보니까 하얗고 작은 다리를 암반에 고정시킨 채 끊어질 것 같은 와이어를 입으로 필사적으로 잡아당기고 있었다. 이 장력을 보면 기간트 웜일 가능성이 높다.

"다들! 아서의 와이어를 당겨줘!"

"아, 알았어!" "가자~!" "힘이 대단해, 얼마나 큰 거야."

다 같이 영차영차 와이어를 잡아당기니 1m 정도의 거대한 입이 나타났다. 저 크기를 보면 모래 아래에 있는 몸은 5m는 족히 넘을 것이다. 모래 속에서 날뛰고 있는지 시야가 어두워질 정도로 대량의 모래 먼지가 피어올랐다.

"툇 툇, 이 와이어는 괜찮은가?"

"대형차도 견인할 수 있는 와이어니까 괜찮을 거야."

"하지만 이대로라면 시간이 걸릴 것 같아. 엄마, 그거 해줘!"

입 안의 모래를 뱉으면서 아버지가 와이어의 강도를 걱정했지만 기간트 웜을 잡을 것을 예상하고 튼튼한 와이어를 사왔으니 문제없을…… 것이다. 하지만 의외로 저항이 거세다. 장기전이 될 것 같은 우려에 카노가 그걸 해달라며 어머니에게 졸랐다.

"그럼 먼저 아서부터. 장사가 되어라~♪ 《스트렝스I》."

어머니가 허리에 차고 있던 짧은 지팡이를 지휘봉처럼 휘누르자 거미(아서)가 은은한 빨간색으로 발광했다. 《스트렝스I》은 STR을 20% 올려줄 뿐이지만, 그래도 당기는 힘이 확실하게 상승했다.

모두에게 버프를 다 걸고 큰 순무를 뽑는 이야기처럼 '영차! 어기여차!' 하고 다 같이 당기는 타이밍을 맞췄다. 그리고 드디어 기간트 웜의 전신이 모습을 드러냈다.

'큐오오! 오오오오오오오오!!'

"크다~! 방금 전까지 잡던 것과는 전혀 달라!"

"끼이!"

모래를 뿜으며 솟아올라 비좁게 느껴질 정도로 들어찬 거목 사이즈의 기간트 웜. 전장 7m 정도의 몬스터가 파닥파닥 날뛰고 있어서 다가가는 것도 주의가 필요하다. 카노와 아서가 올려다보면서 감탄하며 소리쳤다.

"몬스터 레벨 26인가, 이거 플로어 보스라 해도 손색없군."

"깔리지 않도록 조심해서 때려줘!"

"알았어! 간다~!"

《감정》 마도구로 체크한 아버지가 기간트 웜의 몬스터 레벨에 놀랐다. 던익에서 본 것보다 한아름 이상 큰 건 아무도 낚지 않았기 때문일까. 네 명이면 할 수 있을 줄 알았는데 이 정도까지 거대하면 아서가 없었다면 무리였을 것이다. 고마워.

이날은 샌드 웜 200마리 정도와 [기간트 웜의 위장]도 무사히 얻어 대성공을 거뒀다. 아서도 당분간은 지렁이 사냥에 어울려주는 모양이니 사양하지 말고 힘을 빌리자.

(내일부터는 학교네…….)

게임대로 간다면 앞으로 학교에서는 요주의 이벤트가 연달아 발생하게 된다. 이상하게 눈에 띄지 않고 철저하게 병풍처럼 있는 것이 이벤트를 극복하는 가장 좋은 방법이라 생각하는데, 평소대로 하면 병풍이니 그 점은 완벽하다.

아서에겐 이후의 이벤트에서도 도움을 더 받고 싶으니 빨리 '마인의 제약'을 해제하는 방법을 찾아두자.

제19장 ✦ 팔룡 회의

세련된 조명에 큰 페르시아 융단이 깔린 호화로운 방. 그 중앙에는 ㄷ 자 형태 테이블이 있었고, 거리를 두고 '다섯 명'이 마주 보고 있었다.

"――그럼 시간이 되었으니 정례 회의를 시작한다."

가장 안쪽에 앉은 사람은 팔룡의 일각 '학생회'의 수장이자 팔룡 전체를 책임지는 사가라 아키자네. 백억 엔 규모의 자금을 다뤄 교직원과 모험가 길드에도 큰 발언력을 가진 특별한 존재다.

그가 안경 너머로 날카로운 안광을 내며 회의 개시를 선언했다.

"오늘의 의제는 월말에 예정된 선거에 대해서인데――."

"잠깐, 사가라. **싸움꾼**이 안 오는 건 평소대로지만, '궁술부'와 'A반 동맹'은 어디 갔지."

사가라가 의제를 말하려고 하자 턱수염을 기른 몸집이 크고 근육질인 남자가 아직 모두 모이지 않았다며 끼어들었다. '제1검술부' 부장이자 팔룡의 일각, 타치바나 사콘이다. 모험가 학교에서 근접전투를 시키면 능가할 자가 없다는 평가를 받을 정도의 대검 실력자다.

"……**대인 연구부**는 오늘 의제에 흥미가 없는 것 같군요. 궁술부는 추천하는 아이가 인정되지 않으면 참가하는 의미가 없다고 하시면서 불참하기로 했습니다. A반 동맹은 모르겠습니다."

타치바나의 질문에 대답한 사람은 빨갛고 긴 머리카락을 땋아서 사이드로 내린 몸집이 작은 여성. '제1마술부'의 부장이자 마찬가지로 팔룡의 일각인 잇시키 오토하. 아직 2학년임에도 불구하고 유례가 드문 재능으로 모험가 학교뿐만 아니라 세계에도 이름을 떨치는 마술의 천재다.

팔룡 내에서 제1마술부가 요 1~2년 사이에 급속하게 발언력이 커진 건 틀림없이 그녀의 명성에 의한 것이다. 의자 오른쪽에는 큰 지팡이가 기대어 세워져 있었고 머리 부분에 달린 보라색 보석이 괴이한 마력을 발했다.

참고로 싸움꾼이란 팔룡의 일각인 '대인 연구부'의 멸칭이다.

"흥. 그럼 **차기** 학생회장은 이 다섯 파벌 중에서 정하는 건가."

"그런 것 같네요오. 이런 중요한 의제에 팔룡이 모이지 않다니, 정말 유감스러운 일이에요. 크큭."

안색이 약간 좋지 않고 비실비실한 키 큰 남자가 타치바나의 말에 동의했다. '무기 연구부' 부장이자 팔룡의 일각인 호우라이 츠카사. 무기 연구부는 무구를 만들거나 모아서 연구하는 부활동인데, 일본 유수의 부자 귀족인 호우라이가의 강력한 백업으로 인재, 물자, 돈을 모아 팔룡까지 올라간 신예 파벌로 주목받고 있다. 산하에는 다수의 공방 서클을 거느리고 있다.

학생회장인 사가라가 팔룡의 면면들을 째려보면서 강제로 회의를 진행시켰다.

"계속한다. 차기 학생회장 입후보자의 이름을 받았으니 발표한다. 제1마술부가 추천하는 2학년 A반 아시카가 레이고. 그리고 또 한 명은 제1마술부, 무기 연구부, 시프 연구부가 추천하는 1학년 A반 세라 키쿄우——."

"어이, 1학년은 시기상조라고 말했잖아! 아직 고등학교에 들어온 지 얼마 안 된 애송이가 우리 팔룡을 하나로 뭉칠 수 있을 리가 없다!"

테이블을 치고 항의하면서 소리치는 제1검술부의 타치바나. 성깔 있는 팔룡이 1학년이 하는 말을 순순히 들을 리가 없다는 지당한 이유다. 하지만 그 발언에도 바로 반론이 제기됐다.

"세라 씨의 활약은 중학교 때부터 모두가 인정하고 있었잖아요? 그리고 그녀는 [성녀]님의 피를 이어받은 특별한 존재. 가문의 격도 실력도 충분하고도 남을 정도이며 우리 위에 서기에 부족함이 없습니다."

"그래 맞아. 아직 1학년인데 그 서포트 능력은 눈이 휘둥그레지지. 그 이상으로 국보로 지정된 그 무구…… 딱 한 번 본 적이 있는데 정말 놀랐어."

바로 세라를 옹호하는 제1마술부의 잇시키. 결코 큰 목소리는 아니지만 이상한 압력이 실려있어서 타치바나의 큰 목소리에도 뒤지지 않는 박력이 있었다. 그런 잇시키에 이어서 무기 연구부의 호우라이도 옹호했다. 황홀한 표정으로 으로 세라 키쿄우를 찬미하고 그 무구가 얼마나 대단한 물건인지 설명하면서 대놓고 칭찬했다.

서기가 화이트보드에 '아시카가 케이고 1표, 세라 키쿄우 3표'라고 적었다. 그걸 본 타치바나는 명백하게 기분이 불쾌해져 농밀한 《오라》를 뿜으면서 으르렁거리는 듯한 낮은 목소리를 냈다.

“너희들, 어떤 조건으로 결탁한 거냐? 야 시프부. 너도 입 다물고 있지 말고 뭔가 말하는 게 어떠냐.”

“……그 거추장스러운 《오라》를 거둬주시죠. 전 세라 키쿄우라는 여학생을 추천할 의도는 없습니다. 귀찮으니 그분을 추천해도 괜찮지 않은지, 라고 말했을 뿐이에요.”

“뭐냐 그게. 그럼 내가 추천하는 아시카가를 밀어주라고! 그럼 2표씩 동률이다.”

웨이브가 들어간 긴 청록색 머리카락. 씩씩하고 기가 세보이는 눈과 작은 코를 가진 여학생이 타치바나의 질문에 될 대로 되라는 태도로 답했다. 2학년 A반, ‘시프 연구부’의 부상이사 팔룡의 일각, 쿠스노키 키라라다.

학교 밖에서는 같은 2학년이라도 잇시키 오토하의 이름이 더 많이 알려져 있지만, 학교 시험에서는 잇시키와 몇 번이나 수석을 두고 다퉈왔을 정도로 뛰어난 실력을 가지고 있으며 같은 학년의 학생에게 쌍벽이라고도 불리는 존재다. 또한 시프 연구부는 많은 귀족과 부활동을 거느리고 있기 때문에 2학년임에도 불구하고 팔룡 안에서의 발언력이 크다.

그런 그녀는 모험가 학교 안에서 최고 레벨이라 불리는 타치바나의 《오라》를 맞고 손에 쥐고 있던 검은 깃털부채로 털어내면서 ‘거추장스럽다’며 짜증 난 것처럼 말했다.

“끝이 없네에. 어차피 후보자들 불러놨잖아? 그럼 눈앞에서 밀하게 하고 정하면 되잖아.”

“이이, 둘 다. 빨리 들어와라!”

호우라이가 후보자의 이야기를 듣고 판단하자고 제안하자 타치바나가 입구를 향해 들어오라며 고함을 질렀다. 그 난폭한 말투에 쿠스노키가 아름다운 눈썹을 찌푸렸다.

회의실의 중후한 문이 열리고 맨 처음 들어온 사람은 날씬하지만 목과 어깨 둘레에 근육이 부풀어 올라 있는 남학생. 허리에는 일본도를 차고 있었고 걷는 모습은 어딘지 군인 같았다. 타치바나가 추천한 아시카가 케이고다.

이어서 들어온 사람은 허리 근처까지 기른 윤기가 흐르는 은발을 찰랑이며 우아한 발걸음으로 걷는 여학생. 1학년 A반의 세라 키쿄우. 팔룡이 모여서 날카로운 시선을 보내고 있는데도 긴장한 기색은 전혀 보이지 않았다. 뿐만 아니라 커다란 제비꽃색 눈동자를 반짝이며 웃음까지 짓고 있었다.

"예정보다 조금 이르지만 뭐 상관없다. 그럼 자기소개를 해라. 아시카가부터."

"알겠습니다."

사가라가 두 사람의 얼굴을 확인하고 맨 먼저 남학생에게 명령을 내렸다. 그 명령을 들은 아시카가는 한 걸음 앞으로 나와 손을 뒤로 모으고 가슴을 폈다. 그때 가슴 주머니에 달린 귀족의 금배지가 반짝 하고 빛났다.

"2학년 A반 아시카가입니다. 전 팔룡 여러분을 이끌 생각은 없습니다. 각 파벌의 독자성은 그대로 유지하고 위대한 모험가 학교의 이름을 어떻게 세계에 알릴 것인가. 그것이야말로 제가 해야 할 일이라고 생각하고 있습니다."

"검술 실력은 2학년인데 내 다음 정도로 뛰어나다고. 만약 학생회장이 되지 못하면 제1검술부의 부장을 이 녀석에게 계승시키려고 생각하고 있을 정도다."

팔룡의 무언의 압박에도 위축되지 않고 자기소개를 끝낸 것만 봐도 평범한 학생이 아니라는 것은 확실하다. 그리고 타치바나의 보충 설명에 의하면 검술 실력도 부장인 타치바나에 이어서 두 번째. 설령 학생회장이 되지 못한다 하더라도 차기 팔룡 입성은 확실시되고 있는 명문 귀족의 적남이다.

사고방식은 보수적. 지금까지의 전통은 그대로 유지하고 명성을 더욱 높일 방침을 찾아나갈 것이라고 한다. 1학년 때는 학생회에도 소속되었던 엘리트이며 성적도 우수……하긴 하지만, 같은 2학년인 잇시키나 쿠스노키와 비교하면 뒤지는 건 부정할 수 없다.

다음으로 세라가 가볍게 인사하고 한 발 앞으로 나왔다.

"여러분 안녕하십니까, 세라입니다. 학생회장이 되는 것은 숙명. 전 그저 그걸 받아들일 뿐입니다."

"……숙명? 소문으로 유명한 그 눈인가."

"네. 제 《천안통》은 미래를 내다보는 힘이 있습니다."

숙명이라는 말을 듣고 짚이는 게 있었는지 사가라가 세라의 눈에 대해 물었다.

지금은 눈동자가 세미꽃색이지만 힘을 사용할 때는 눈동자가 물타는 듯이 새빨갛게 되어 인물과 사건의 미래를 정확하게 내다볼 수 있게 된다는 《천안통》. 지금까지도 뛰어난 인재를 찾아내거나 위기를 몇 번이나 회피해온 실적이 있어 이 자리에 있는 팔룡 모두가 알고 있는 너무나도 유명한 고유 스킬이다.

게다가 그녀는 중학교 시절 자유자재로 검을 다루는 스오우 코우키와 괴력과 타고난 근접전 능력을 겸비한 텐마 아키라를 누르고 항상 수석의 성적으로 독주해온 경력이 있다. 또한 일본의 모험가의 시조인 [성녀]의 손녀이기도 하며 그 혈통과 뛰어난 재능으로 인해 [성녀]의 후계자라고 불리기까지 할 정도다. 1학년 중에서는 압도적이기까지 한 존재감을 나타낸다.

세라의 인사가 끝나자 잇시키가 일어서서 크게 박수를 치면서 세라를 찬미했다.

“자신에 찬 표정, 보기 드문 능력. 지금까지 보여온 실력도 경력도 훌륭하며 혈통, 가문의 격도 나무랄 데가 없습니다! 우리 제1마술부에 들어와 준다면 당장 부장 자리를 물려줘도 좋다는 생각까지 하고 있습니다만…… 세라 씨는 그 이상의 그릇. 차기 학생회장으로 추천하지 않을 수 없습니다.”

“아시카가 군도 조금은 하는 것 같지만, 세라 양과 비교하면 역시 좀 그렇지. 우리 무기 연구부도 전력으로 밀어줄 생각이라고.”

잇시키와 호우라이이가 전적으로 칭찬했다. 이미 많은 파벌이 세라와 접촉했다는 소문이 돌고 있는데, 이 상황을 본 사람이 있다면 제1마술부와 무기 연구부를 제일 먼저 의심할 것이다.

타치바나는 언짢은 태도를 유지했고, 쿠스노키는 관심 없는 듯이 창밖을 봤다.

“――그래서 학생회는 누구를 추천할 생각이지? 그리고 시프

부도 작년 차기 학생회장 선거 때는 그렇게 열심히 활동했으면서 올해는 전혀 안 하고. 달리 신경 쓰이는 학생이라도 있나?"

학생회와 시프 연구부의 움직임이 없는 것을 수상하게 여기는 호우라이. 차기 학생회장 선거는 자기 파벌의 행방을 좌우하는 큰 이벤트임에도 불구하고 두 입후보자에게 그다지 흥미를 보이지 않는 건 이상하다. 혹시 달리 신경 쓰이는 학생이 있는 건 아닌지 사가라와 쿠스노키의 표정에서 진의를 살피려고 했다.

"현재 학생회에서는 추천할 인물을 정하지 못하고 있다. 하지만 신경 쓰인다고 하면…… 1학년의 이름은 뭐라고 했지."

"어머나! 사가라 님이 신경 쓰인다니, 그건 정말 흥미롭네요. 어느 분일까요?"

그 말을 듣고 관심을 보이는 잇시키. 학생회장 사가라 아키자네는 마술로는 잇시키와, 무술로는 타치바나와 맞붙을 수 있을 정도의 실력이 있으며, 학력으로는 한 번도 1등 이외의 성적을 거둔 적이 없는 귀재다. 그런 사가라가 신경을 쓰는 인물은 대체 어느 정도의 실력자인가.

잇시키뿐만 아니라 이 자리에 있는 모든 사람이 각자 자신의 기억을 더듬기 시작했다. 팔룡 중에서도 최대의 권력을 지닌 학생회가 추천한다면 차기 학생회장 선거에도 크게 영향을 끼칠 가능성이 있기 때문이다.

"1학년 말이지…… 혹시 덴마 양인가? 덴마 상회가 만들고 있는 브랜드 무기 'DUX'는 나도 인정해. 하지만 걔는 우리 무기 연구부가 노리고 있는데."

"아마 스오우나 타카무라겠지. 1학년치고는 실력이 뛰어나니까. 하지만 스오우는 제1검술부에 입부가 내정돼있으니까 손대지 말라고."

"하지만 그런 1학년이라면 사가라 님도 바로 이름을 말하지 않았을까요? 그 이외라면…… 설마."

텐마, 스오우, 타카무라. 1학년의 쟁쟁한 실력자의 이름이 거론되었는데, 그들은 팔룡을 이끄는 자라면 알고 있는 게 당연한 대형 루키들. 바로 이름이 나오지 않는다면 필연적으로 그 이외의 인물일 것이라고 말한 쿠스노키는 갑자기 깜짝 놀란 표정을 짓고 입을 다물었다. 어째 그녀도 짐작 가는 사람이 있는 모양이다.

"쿠스노키 씨. 알고 있다면 숨기지 말고 가르쳐주시죠."

"사가라가 신경 쓰인다는 1학년…… 시프부도 노리는 건가?"

"이거 이거. 예상치 못한 곳에서 엄청난 루키의 존재가 드러났네요."

알고 있다면 가르쳐 달라며 쿠스노키에게 매달리듯이 물고 늘어지는 잇시키에, 뜻밖의 대형 루키의 존재에 놀라면서도 냉정하게 생각하는 타치바나와 호우라이. 이래저래 의논했지만 짐작 가는 인물이 전혀 나오지 않아 회의는 교착 상태에 빠졌다.

"아까 전에 거론된 분들도 아니라면…… 혹시 E반 분이 아닌가요?"

그때 세라 키쿄우가 끼어들었다. 우수한 인재는 생각지도 못한 곳에 있는 법이라며 호기심 왕성한 웃음을 짓고 몸을 앞으로 쑥 내밀었다. 옆에 있던 아시카가는 눈을 크게 뜨고 '팔룡의 대화에 끼어들다니 무슨 생각이냐'며 작은 목소리로 쓴소리를 했지만 전혀 듣지 않았다.

하지만 세라의 의견을 들은 타치바나는 두꺼운 눈썹을 곤두세우며 짜증을 숨기지 않고 덤벼들었다.

"바보 같은 소리 하지 마라! 1학년 E반이라고 하면 몇 달 전까지 레벨 1이었던 평민이잖아. 어디에 주목할 요소가 있냔 말이다."

"확실히 그렇지. 고귀한 피가 흐르지 않는 E반에 재능이나 장래성을 기대할 수 있을 것 같진 않지만……그래도. 사가라 군이랑 쿠스노키 양의 표정을 보면 꼭 엉뚱한 말을 한 것도 아닐지도 모른다구?"

"저, 정말인가요, 쿠스노키 씨. 저도 E반의 평민 중에 대형 루키가 있을 것이라고 보긴 어려운데……."

평민이라는 점 하나만으로도 깔보는 요인이 되는데, 아직 입학한지 세 달 정도밖에 안 된 던전 초보자가 어떻게 텐마, 스오우, 타카무라와 필적하냐며 분개하는 타치바나.

우수한 귀족은 물론이고, 설령 귀족이 아니더라도 정말로 재능이 있는 자라면 일본 정부가 모험가 학교 추천장을 써주니 중학교 때부터 입학했을 것이다. 한편 고등학교 때부터 입학한 사람은 '평민 치고는 그럭저럭'인 수준의 재능밖에 없어서 중학교 때부터 다닌 사람들의 재능과 비교하면 몇 단계나 뒤떨어진다. 그게 모험가 학교 관계자의 E반에 대한 일반적이자 상식적인 견해다.

따라서 세라의 의견은 귀족지상주의 사상을 가진 팔룡이 받아들이기 어려운 의견이다. 호우라이야 잇시키는 입을 열지 않는 쿠스노키의 태도를 보고 더 의심하며 이름을 가르쳐달라고 다그쳤다. 하지만 쿠스노키는 입을 다물고 얼굴을 돌린 그대로였다.

이 자리는 차기 학생회장에 대해 이야기하기 위한 자리인데, 대화가 다른 곳으로 새서 혼란이 잦아들 기미가 안 보였다. 사가라는 쓸데없는 말을 해버렸다며 한숨을 쉬면서 회의 종료를 선언했다.

"시간을 좀 두는 편이 좋을 것 같군. 후일 다시 회의를 열도록 하지…… 그리고 쿠스노키. 나중에 너랑 몇 가지 확인해두고 싶은 게 있다."

"우연이네요, 사가라 님. 하지만 저도 그를 양보할 생각은 없어요."

각자의 생각이 교차하는 가운데, 딱 한 명 애타는 표정으로 먼 곳을 보며 생각하는 자가 있었다. 세라 키쿄우다.

"E반…… 아직 보지 못한 재능이 묻혀있었군요. 나중에 이 눈에 새기러 가야겠어요.

기다려주세요. 저의 [용사]님……."

제20장 ✦ 평소의 정해진 위치

'악마성에서 일어난 일은 전부 비밀로 하라니? 나루미 군이 그렇게 말하면 물론 비밀로 할게!'

난 지금 길~다란 검은색 리무진의 뒷자리에 있다. 왼쪽에는 머리끝에서 발끝까지 금속에 뒤덮인 여자아이, 텐마가 앉아있었다. 오늘도 반짝반짝 닦여있어 창문으로 비치는 아침 햇빛이 반사되어 아주 눈부셨다.

그리고 날 사이에 두고 오른쪽에는 윤기가 흐르는 긴 검은 머리에 머리띠를 쓰고 제대로 메이드복을 입은 미인 메이드가 앉아 있었다. 텐마가의 전속 집사 '블랙 버틀러'를 이끄는 집사장인 쿠로사키 씨다.

정말 잘 어울린다, 고 말하고 싶지만 '조금이라도 아가씨께 닿으면 넌 바로 끝장이다'라며 작은 목소리로 속삭여서 정말 불편하다. 난 아직 인생이 끝장나고 싶지 않아서 텐마에게 닿지 않도록 온 힘을 다해 노력하고 있지만, 대형 리무진이라고는 해도 세 명이 한 줄로 앉으면 자세가 상당히 불편하다.

'근데 던전에서 돌아올 때는 엄청 슬림했는데 다시 돌아와서 놀랐어. 몸 상태는 괜찮아?'

"괜찮아. 좀 과식했을 뿐이니까."

'그렇구나. 나도 무심코 과식해버리는 습관이 있으니까 조심해야겠어.'

부활한 훌륭한 똥배를 통통 두드리며 괜찮다고 어필해뒀다. 다이어트에 관심이 정말 많은 텐마에겐 충격이었는지 내 모습을 봤을 때는 이상한 포즈로 굳었을 정도였다.

'그건 그렇고 여름 방학인데…… 다른 사람이랑 던전에 갈 약속 같은 거 있어? 나루미 군이랑 같이 가면 꽤 괜찮은 곳까지 갈 수 있을 것 같은데~.'

"안 됩니다! 짐승이랑 같이 간다니, 절대로 안 됩니다!"

'정말. 쿠로사키는 나루미 군에 대해 뭔가 오해하고 있네. 뭐~ 생각해주면 좋겠는데.'

모험가 학교의 학생은 여름 방학을 이용해서 장기 던전 다이브 계획을 세우는 게 일반적이다. 텐마 같은 경우에는 작년까지 전속 검은 집사들을 대동해서 갔다고 하는데, 올해 여름에는 나랑 같이 가고 싶다며 불러줬다. 그 말을 들은 집사장은 '절대로 둘만 있게 하지 않겠다'며 따라가겠다는 선언을 하고 씩씩거렸다.

(그건 그렇고 여름 방학이구나.)

현재로서는 뭔가를 하고자 하는 계획은 없다. 평소대로 가족이나 사츠키 일행과 던전에 갈 것 같으니 시간은 있긴 하지만, 게이트를 사용하지 않고 깊은 곳까지 가게 되면 한 달 이상 구속당하는 건 확실해서 왕복 시간이 심하게 낭비된다. 그 문제를 어떻게든 하지 않는 이상 같이 가는 건…….

(……아니. 아서가 게이트를 열어주면 갈 수 있나?)

맨 처음 아서가 등장했을 때를 떠올렸다. 보통 《게이트》의 출구는 던전 바깥이나 게이트 방 외에는 지정할 수 없지만, 아서는

어째서인지 성당 홀의 중앙에 《게이트》 출구를 만들어서 나왔다. 어쩌면 임의의 장소에 게이트를 여는 방법을 알고 있는 것일지도 모른다. 그걸 이용하면 텐마와 수행원을 데리고 한 번에 20층까지 갈 수 있을 것이다.

그리고 나도 텐마와 함께 가고 싶은 이유가 몇 가지 있다.

하나는 저주를 풀어주고 싶어서인데, 또 하나는 아서가 메일과 전화로 몇 번이나 텐마를 데리고 오라고 해서다. 나와 사츠키처럼 협력관계가 되고 싶을 것이다. 그렇게 되기 위해서는 일부 플레이어 지식을 공유하는 게 전제된다.

'전에 갔을 때「마무우」가 잔뜩 있는 곳을 찾아서 말이야~. 정말 마음껏 먹을 수 있었지. 올해는 나루미 군이랑 같이 먹고 싶어~'

"아가씨! 그 후에 체중을 줄이는데 얼마나 고생했는지 다시 한 번 생각해주십시오."

텐마는 옆에서 깔깔 웃으며 즐거운 듯이 이야기하고 있지만, 레서 데몬을 앞에 두고 날 버리지 않고 목숨을 걸고 보호해준 모습은 지금도 선명하게 기억하고 있다. 신뢰할만한 인물이라는 것은 의심의 여지가 없으며, 플레이어 지식을 주는 것에도 이의는 없다.

하지만 게이트를 포함한 플레이어 지식은 새어나갔을 경우의 영향이 막대하며, 설령 귀족이라 하더라도 위험한 상황에 빠지게 하는 위험한 것이다. 같은 편으로 끌어들일 때는 일을 신중하게 진행해야만 한다.

빨리 리사와 아서와 모여서 협의를 하고 싶지만——.

"고마워, 긍정적으로 생각해볼게. 그리고…… 텐마. 날 데리러 오지 않아도 괜찮아."

'에엣, 폐가 되었으려나.'

사실은 아까 전에 작은 소동이 일어났다. 학교에 가기 위해 준비를 하고 있는데 초인종이 울려서 문을 열고 나가보니…… 선글라스를 쓴 십수 명의 집사가 현관에서서 날 노려보고 있었던 것이다. 집앞에는 이 리무진을 포함한 검은색 고급차가 5대나 세워져 있어서 이웃집 사람과 행인이 무슨 일이냐며 모여들었다. 팔을 잡혀 강제로 뒷좌석에 태워지고 보니 텐마가 앉아 있었던 것이다.

친구로서의 호의로 앞으로 매일 데리러 와준다고 하는데 우리 집은 모험가 학교까지 걸어서 5분도 걸리지 않을 정도로 가까우며, 그 이전에 이런 소동이 매일 계속되는 건 좀 부끄럽다. 그래서 완곡하게 거절하기로 했다.

'응…… 그래도 데리러 와줬으면 할 때는 언제든지 말해줘야 한다?'

"그 마음만으로도 기뻐. 고마워."

오른쪽에서는 쿠로사키 씨가 '아가씨의 권유를 거절하다니…… 아니, 이로써 짐승과 거리를 두는 게……'라고 말하면서 주먹을 들어 올리거나 내리는 등 바쁘게 움직였다.

'그럼~ 나중에 또 보자~!'

그렇게 말하고 차에서 내려서 시원스럽게 떠나가는 리무진을 지켜봤다.

기지개를 한 번 켜면서 나도 학교에 가자고 생각하고 있으니, 뒤에서 시선이 느껴지는 게 아닌가. 뒤돌아보니 싸늘한 눈빛을 한 소꿉친구가 팔짱을 끼고 서 있었다. 날 두고 이미 학교에 갔을 거라 생각하고 있었는데 계속 상황을 보고 있었던 것 같다…… 이제 뭐라 말할까.

"지금 그 사람, A반의 텐마지. 꽤나 사이가 좋아 보이던데."

"……아, 어어. 요전에 반 대항전에서 마음이 잘 맞아서. 친구가 됐어."

"친구라니…… 하지만 그녀는 엄연한 귀족님이야. 괜찮아?"

귀족은 사회의 상류이기 때문에 서민에겐 동경의 대상이다. 하지만 동시에 마음에 들지 않으면 언제든지 권력을 휘둘러 서민을 봉쇄하는 것도 마다하지 않기 때문에 공포의 대상이기도 하다.

지금은 마음을 놓고 친해졌다고 해도 언제 마음이 변할지도 모르고, 설령 텐마의 마음이 변하지 않아도 주위에서 그 관계를 허용하지 않는다. 그러니 서민인 우리는 안이하게 귀족에게 다가가서는 안 된다고 간접적으로 충고했다.

확실히 보통은 그렇게 생각하고 그게 정답일 것이다…… 하지만 최소한 텐마의 저주를 풀 때까지 떨어질 생각은 없다. 그렇다고는 해도 쓸데없는 문제를 일으키지 않기 위해서라도 모두가 보고 있는 앞에서는 스스럼없이 텐마를 대하는 건 삼가는 편이 좋겠지.

"그래도…… 소타는 변했어. 얼마 전까지는 누군가와 친해지려고는…… 친해지는 건 고사하고 나 이외의 사람과는 대화도 제대로 안 했는데."

그렇게 말하고 먼 곳을 보면서 중학교 시절의 나를 떠올리는 카오루. 당시의 나는 퉁명스럽고 누구에게도 마음을 열지 않아 고립됐던 모양이다. 게임에 등장하는 뚱땡이도 그런 느낌이었으니 상상하기 어렵지 않다.

하지만 옛날이야기를 하는 카오루는 미소를 짓는 듯한, 그리고 약간 씁쓸한 듯한 뭐라 표현할 수 없는 복잡한 표정을 짓고 있었다. 중학교 시절의 뚱땡이는 카오루에게 대단히 미움 받았다는 건 확실한데, 그뿐만 아니라 뭔가 복잡한 마음이 엿보인 느낌이 들었다.

"사, 빨리 가사. 이미 꽤 늦었으니까."

카오루가 그렇게 말하면서 걷기 시작해서 바로 가방을 들고 그 뒤를 따라갔다. 여기가 나의 평소의 정해진 위치다.

6월도 이미 끝이 다가와 예년이라면 장마가 시작되어도 이상하지 않은 계절인데 하늘은 구름 한 점 없이 쾌청했다. 아침 일찍부터 기온도 높아서 이 살찐 몸으로는 좀 힘드네.

제21장 ✦ E반의 영웅

“왔다, 영웅 납신다!”

“꽤 하잖아, 뚱땡이. 살짝 다시 봤을지도~.”

교실에 도착해보니 나를 본 반 친구 몇 명이 ‘영웅’이라 부르며 박수치며 맞이해주는 게 아닌가. 무슨 일인가 싶었는데 반 대항전에서 내가 번 점수 덕분에 D반에 이길 수 있었기 때문이라나.

지금까지는 잘해도 걸림돌 취급, 까딱하면 존재조차 인식되지 않는 병풍 취급을 받았는데 갑자기 호의적인 시선을 받으면 낯간지러워진다고. 하지만 호의적이지 않은 목소리가 더 많이 들려왔다.

“그냥 따라가기만 했을 뿐이잖아. 아아~, 도달 심도는 편해서 좋겠네~. 나도 고를걸 그랬어.”

“그래 맞아. 따라가기만 해도 되면 나도 할 수 있는데.”

“아무것도 안 했는데 영웅이라니, 치사하지 않아? 뚱땡이 주제에.”

반 대항전에서는 모두 녹초가 되면서 필사적으로 던전 안을 뛰어다니며 반을 위해 힘썼다. 식사는 최소한으로 하고, 잠은 돌바닥 위에서 뒤섞여 자고. 게다가 다른 반의 압박을 받으면서도 몬스터와 연전을 치르며 일주일 가까이 싸워왔다.

그런데 제대로 싸우지도 않고 상위 반을 따라가기만 한 녀석이 영웅 취급하는 건 납득이 안 간다고 저마다 말했다.

확실히 20층에 갈 때까지 몬스터는 전부 잡아줬고 난 뒤에서 그 모습을 구경하기만 했다. 딱히 어려운 국면에 맞닥뜨리는 일도—마지막 외에는—없었다. 돼지 꼬리정에서는 호화로운 식사를 얻어먹었고, 도중에 몇 번인가 집에 돌아가 침대에서 자기도 했다. 켕기는 마음이 없는 것도 아니다…… 데헷.

“근데 말이야, 뚱땡이. 너 몬스터의 오라는 괜찮았냐?”

엉뚱한 방향을 보면서 내 어깨에 팔을 두르며 말을 걸어온 사람은 긴 금발이 트레이드 마크인 츠키시마 타쿠야였다. 그는 교실에서 사이좋은 친구나 카오루 외에는 말을 거는 모습을 본 적이 없어서 난 놀랐다.

“거리를 두고 싸워줬으니까. 몬스터의 《오라》는 내가 있는 곳까지 거의 닿지 않았어.”

“뭐, 그렇겠지…… 쳇. 카오루를 위해서 분발해서 큰 마석을 가져왔는데 말이야. 엑스트라 주제에 나대지 말라고.”

그렇게 말하면서 내 엉덩이를 차고 재미없다는 듯이 자리에 앉는 츠키시마. 마석의 격이라는 종목에서 1등을 해서 카오루에게 좋은 모습을 보여주고 싶었던 모양이지만…… 분발해서 가져온 마석이라는 게 대체 어느 정도였을까. 그걸 알면 츠키시마의 대략적인 레벨을 할 수 있을지도 모른다. 나중에 몰래 정보 수집이라도 해보고 싶은데.

“소타, 안녕.”

“안~녕~. 영웅.”

교실 맨 뒤에 있는 자리에 앉아 책상 옆에 가방을 걸고 있으니 스커트에서 뻗어 나온 늘씬한 다리와 적당히 살집이 있는 다리가 보였다. 올려다보니 싱긋 웃고 있는 사츠키와 리사였다. 언제나처럼 변함없는 웃음으로 대해주면 왠지 안심되네.

“꽤나 활약한 것 치고는 다들 태도는 쌀쌀맞네~.”

“다들 제멋대로만 말한다니깐.”

“후훗. 하지만 소타한테는 좋은 상황이려나~?”

아까 전의 모습을 보고 있었던 모양이다. 소심한 나로서는 영웅 취급 같은 걸 받아도 곤란할 뿐이니 엉덩이를 차이는 정도가 딱 좋다고 생각할 정도다.

“따라가기만 했다는 건 사실이고 편하게 지내기도 했으니까…… 그건 그렇고 아카기랑 다른 애들은 어땠어? 같이 연습했잖아.”

“어제는 1층에서 훈련만 했어. 하지만 다들 진심으로 강해지고 싶어 하는 의지를 느꼈어. 네 명 모두 전투 센스가 엄청 좋아서 깜짝 놀랐어.”

“그리고~ 일주일에 한 번만 레벨업에 어울린다는 약속도 했지~.”

아카기, 타치기, 카오루, 핑크 네 명을 불러 함께 훈련한 사츠키와 리사. 쩔을 하기 전에 기초 지식 공유와 그를 위한 전투 지도를 했다고 한다.

게임을 할 때와는 다르게 이쪽 세계의 쩔은 고액의 의뢰비를 내거나 귀족이 아니면 받을 수 없는 특별한 것이라서 아카기 일행은 처음 경험하게 된다. 사고가 일어나지 않도록 대량의 몬스터를 효율적으로 잡으려면 사전에 역할이나 위치를 확인하고 몬스터의 특성과 전술 코칭을 제대로 해두는 건 올바른 판단일 것이다.

그리고 전술 지도를 하면서 실제로 겨뤄봤다는 사츠키. 네 명 다 예상 이상으로 전투 센스가 좋고 기술 흡수도 빨라서 놀랐다고 한다. 뭐, 주인공 파티인 만큼 게임에서 등장하는 캐릭터 중에서도 기본 성능은 최상위급이다. 놀라는 것도 당연하다.

그리고 이번 주말에는 7층의 마랑을 이용한 쩔 약속이 이미 잡혀있다고 한다. 일반적인 사냥이라면 DLC 확장 구역에서 골렘 사냥을 하는 게 더 쉽지만 쩔이라면 대량으로 끌어들이고 모을 수 있는 마랑이 더 괜찮다.

나중을 생각하면 여름 방학 전까지 레벨 10 정도까지 올려줬으면 한다. 특히 아카기는 텐마의 저주 해제 이벤트 등 다양한 이벤트의 트리거가 될 수 있는 인물이니 빨리 레벨을 올릴수록 내 여유도 생겨나게 된다. 그리고…… 아카기가 강해지면 E반의 분위기가 좋아진다는 부차적인 목적도 있고.

"그렇구나. 도와줄 수 있는 게 있으면 뭐든 말해줘. 적극적으로 지원할 생각이야."

"지원 말이지…… 역시 모두의 방어구를 모아야겠지? 우리도 겨우 15층에서 '두더지 잡기'를 할 수 있게 됐지만, 소재를 모으는 속도는 범성 느리니까."

"미스릴 합금이라면 대량으로 있으니까 그걸 줄게. 뭣하면 다음에 같이 갈래?"

"데이트 신청이야~? 후훗."

사츠키 일행은 두더지 잡기는 할 수 있어도 블러디 바론은 아직 잡을 수 없어서, 아카기 일행의 몫까지 미스릴 합금을 모으는 건 어렵다고 한다. 그렇다면 많이 있는 재고 중 일부를 주면 될 것이다.

그런 느낌으로 평온하게 근황 보고를 하고 있으니 복도 쪽이 갑자기 소란스러워졌다. 비명 섞인 목소리까지 들려왔다. 무슨 일이 일어난 걸까. 반 친구들도 대화를 그만두고 교실 입구를 주목했다.

"비켜라!"

교실의 미닫이문이 난폭하게 열렸고, 목도를 들고 운동복을 입은 집단이 남학생 두 명을 던져 넣었다. 엎드려 있어서 한순간 누구인지 몰랐지만, 저 빨간 머리와 스포츠머리는 아카기와 마지마가 아닌가. 잘 보니 얼굴은 부었고 팔다리도 상처와 멍투성이가 되어 있었다. 단순히 때렸다기보다는 거동하지 못할 때까지 샌드백 취급을 받은 것처럼 당했다.

갑자기 어마어마한 일이 일어나 모두 숨을 죽이고 봤다. 게다가 당한 사람은 E반의 리더격 인물. 그런 두 사람 모두 당해서 공포에 질려 울 것 같은 아이까지 있었다.

"어떡할래. 반드시 찾아내라고 엄명을 내렸는데."

"아시카가 씨가 화나면 진짜 무서우니까. 뭐라고 하면 좋을지……."

"하지만 이제 시간이 없어. 일단 다시 오는 수밖에 없어."

침입자들의 가슴팍에는 '제2검술부'라는 글자가 수놓여 있었다. 제2라는 건 귀족은 아니지만 레벨10 정도는 거뜬히 넘은 실력자 집단이다. 아직 레벨이 6밖에 안 되는 저 둘을 잡아서 저렇게 괴롭히는 이유는 무엇인가. 그보다 아시카가는 누구야.

"야 너, 이런 잔챙이를 가르쳐주고 자빠졌어. 다음에 거짓말 치면 너희들 가만 안 둔다!"

"또 물어보러 오겠다. 도망치지 말라고."

손에 든 목도로 바닥을 탕 치면서 내뱉듯이 말하고 떠나가는 제2검술부 부원들. 그 모습이 보이지 않게 되는 것과 동시에 핑크가 달려갔고, 사츠키는 '보건선생님을 불러올게'라고 말하고 교실에서 나갔다. 타치기는 상황을 파악하기 위해 사정을 알고 있을 것 같은 사람은 없는지 수소문했다.

"저 사람들이 이 반에서 가장 강한 녀석은 누구냐고 물어봐서, 아카기랑 마지마의 이름을 댔어. 하지만 설마 이렇게까지 하다니……."

"제2검술부는 우리가 아무리 애써도 당해낼 수 있는 상대가 아닌데. 뭘 하고 싶었던 거지."

"유우마와 마지마의 상처가 나으면 무슨 일이 일어났는지 내가 사정을 물어보지. 괜찮다. [프리스트] 선생님이라면 이 정도는 바로 치료해줄 거다."

이름을 말해버린 반 친구가 심하게 동요해서 타치기가 괜찮냐며 진정시켰다. 이런 때에도 다른 사람을 배려할 수 있는 타치기는 믿음직하네.

그런데 제2검술부는 우리 반에서 가장 강한 녀석을 알아내서 뭘 하고 싶었던 걸까. 같은 편으로 끌어들이고 싶었다? 그렇다면 실력을 시험해본다고 해도 저 정도로 박살낼 필요는 없을 것이다. 저런 방식의 괴롭힘에서는 화풀이를 한 듯한 악의가 느껴진다. 하지만 그 악의를 품은 이유는 무엇인가…… D반이 E반을 쳐달라고 애원했다? 그 정도로 제2검술부는 움직이지 않을 것이다. 전혀 모르겠다.

(어쨌든 사츠키를 지키지 않으면 안 되겠어)

반 친구들을 지키기 위해서였으니 어쩔 수 없는 일이긴 하지만, 사츠키는 반 대항전에서 실력의 일부분을 보여주고 말았다. 가장 강한 녀석을 찾고 있다는 제2검술부가 그 소문을 들으면 표적이 돼버릴 가능성이 높다. 안 그래도 게임에서 사츠키는 상급생의 표적이 돼서 퇴학에 내몰렸으니 걱정되긴 한다. 그렇게 되지 않도록 빈틈없이 대책을 세워둬야 하나.

주말에 개최 예정인 나루미가 지렁이 사냥 투어에 초대할까 생각하고 있으니, 똑같이 생각하고 있던 타치기가 뭔가를 생각해냈는지 심각한 얼굴로 리사의 이름을 불렀다.

"닛타. 나중에 할 얘기가 있어. **그 건**은 빨리 움직이는 편이 좋을지도 몰라."

"음…… 알았어. 그럼 그렇게 됐으니까 소타도 같이 잘 부탁해~."

그 건으로 움직인다고 하는 타치기와 그게 무엇인지 알아차리고 나에게 잘 부탁한다고 말하는 리사. 날 끌어들인다는 건 전에 영상통화에서 말했던 '차기 학생회장 선거'에 대한 일인 걸까. 다시 말해서 타치기는 이 소동의 원인이 선거와 관련이 있다고 짐작하고 있는 모양이다.

게임에서 차기 학생회장 선거 이벤트는 E반의 표를 두고 몇 개의 파벌이 요청——이라는 이름의 공갈을 치는 형식으로 시작됐을 것이다. 이렇게 걸레짝이 된 아카기와 마지마가 내던져지는 형식이 아니었을 텐데…….

게임 지식이 있는데도 사정을 잘 모르겠다. 타치기가 무슨 생각을 하고 어떻게 움직일 생각인지 알고 싶으니 나도 끼자.

“늦었잖아~. 빨리 줘.”

“좀 혼잡해서. 그래도 살 건 제대로 샀으니까…….”

“모처럼 소타가 사다줬는데. 마지마는 말투를 좀 더 신경 써.”

점심시간이 돼서 나와 타치기, 사츠키, 리사 네 사람은 인적이 없는 곳으로 가서 아카기와 마지마에게 오늘 아침에 일어난 일에 대해 물어보게 되었다. 교실이나 식당에 있으면 또 제2검술부가 시비를 걸 가능성이 있기 때문이다.

점심을 먹으면서 이야기할 생각이었으니, 먹을 것을 사 오는 사람은 가장 눈에 안 띄는 나. 매점에서 인파에 시달리면서 어떻게든 모두가 먹을 빵과 우유를 확보했는데…… 마지마에게 늦었다고 혼나면서 빠르게 모두에게 나눠주고 있는 참이다. 사츠키의 상냥한 변호에 눈물이 난다.

참고로 아카기와 마지마는 [프리스트] 선생님에게 치료를 받아 타박상과 흉터는 거의 사라졌고, 지금은 반창고를 몇 개인가 붙이고 있을 뿐이었다. 교실에 내던져졌을 때는 자력으로 일어서지 못할 정도로 걸레짝이 됐었는데 마법으로 치료하면 순식간에 낫는다. 다시금 이 세계가 검과 마법의 세계라는 걸 인식하게 되었다.

“고마워, 그~ 이름이…… 뭐 됐나. 그래서 등교할 때 갑자기 잡혔어. 실력을 보이라면서.”

“나도야. 반격하려고 노력해봤는데 손도 못 썼지만.”

나한테서 빵을 받은 아카기가 잡혔을 때의 상황을 조금씩 이야기하기 시작했다. 이야기에 따르면 기숙사를 나섰을 때 실력을 보여라는 말을 들었고, 영문도 모른 채 제2검술부의 훈련장까지 끌려가 몰매를 맞았다고 한다. 지기 싫어하는 성질이 강한 마지마는 반격하려고 했지만 자기보다 수준 높은 상대가 여럿 있어서 저항조차 하지 못했다며 주먹으로 땅을 치며 원통해했다.

"실력이라고 해도, 두 사람의 레벨은 알고 있었지~?"

"응. 난 단말기의 화면을 보여주고 몇 번이나 레벨6이라고 했지만, 말이 안 통했어."

"레벨은 속이거나 숨기는 게 아니나…… 그렇게 생각하고 있었지만, 뭐 오오미야의 사례도 있으니."

상대도 두 사람의 레벨은 알고 있을 텐데 왜 시험했는지 리사가 의문을 표했다. 학생에게 배포된 단말기로 각 학생의 레벨 일람을 열람할 수 있기에, 누가 어느 정도의 레벨인지는 일목요연하다. 아카기도 일람에 게재되어 있는 대로 레벨 6이라고 말했는데 믿어주지 않은 모양이다.

한편 마지마는 사츠키를 보면서 수상하게 여겼다. 보통은 자신이 약하게 보이면 학교 안에서의 입지도 안 좋아질 뿐이니 레벨이 오르면 바로 감정 머신을 써서 데이터베이스를 갱신하는 게 상식이다. 그렇게 생각하고 있었지만 사츠키는 갱신하지 않은 그대로였나. 어쩌면 레벨 신고를 하지 않는 학생도 적잖이 있는 건 아닌지 의심하고 있는 것이다.

"그리고 맞고 있을 때 몇 번이나 'E반에서 가장 강한 녀석은 누구냐'고 물었지. 현재 우리 중에서 가장 강하다고 하면 오오미야 잖아. 그 녀석들이 찾고 있는 사람도 오오미야 아냐?"

마지마의 던전 다이브 경험을 토대로 말하자면, 입학 이후로 이렇게까지 짧은 기간에 사츠키 이상으로 레벨을 올리는 것은 거의 불가능. 그러니 E반에서 가장 강한 사람은 사츠키라고 단언할 수 있다는데. 뭐, 그것도 플레이어라는 사기적인 존재를 제외하면 그렇지만.

"근데~ 제2검술부가 사츠키를 무엇 때문에 노리는 걸까."

"'아시카가'의 명령이라고 했었지. 데이터베이스에서 그 이름을 검색해서 나온 결과는 한 명 뿐. 이 인물은 약간 문제가 있어."

타치기가 빵을 베어 먹으면서 단말기를 조작해 화면을 보여줘서 다 같이 들여다봤다. 거기엔 어떤 남학생의 데이터가 표시되어 있었다.

아시카가 케이고. 2학년 A반. 자작가의 적남. **제1**검술부 소속. 교내 검술대회에서는 검술 부문에서 준우승.

눈매는 날카롭고 상당히 단련했다는 걸 알 수 있는 몸매. 턱을 당긴 모습이나 자세 따위로도 상류계급이라는 걸 한 눈에 알 수 있는 인물이다. 학교 안에서도 세력을 떨치고 있을 것이라는 건 쉽게 상상할 수 있지만 내 게임 지식에는 없으며 얼굴을 봐도 정보는 아무것도 떠오르지 않았다. 리사의 모습을 보니 마찬가지로 날 보고 고개를 갸웃거렸으니, 역시 게임에서는 등장하지 않는 인물일 가능성이 높다.

그 데이터를 가만히 바라보고 있던 아카기가 '잠깐 괜찮을까'라고 말하고 사츠키에게 물었다.

"오늘 아침에 본 그 사람들을 움직인 건 제2가 아니라 제1검술부라는 거지. 카오루에게 들은 오오미야의 힘은 레벨10 정도라고 들었어. 실례되는 말일지도 모르지만…… 제1검술부가 경계하고 움직일 정도는 아니라고 생각하는데. 어때."

"……미안해. 내 레벨이나 자세한 정보는 말하지 않도록 하고 있어. 그래도 아시카가라는 사람보다 레벨은 많이 낮고 어느 검술부에도 표적이 될 만한 이유는 짐작이 안 가."

반 대항전에서 사츠키가 싸우는 모습을 보고 카오루는 레벨10 정도라고 판단했다고 한다. 한편 아시카가는 데이터베이스에 따르면 레벨19. 제1검술부에는 그 외에도 레벨15 이상이 우글거려서 굳이 사츠키를 경계할 정도냐며 의문을 제기했다. 사츠키는 그걸 간접적으로 긍정하고 표적이 될 만한 이유도 짐작이 안 간다고 하는데…… 이유도 없는데 그렇게 강경한 수단을 쓸까. 어떠한 이유가 있을 것이다.

"무슨 생각으로 제2검술부를 움직였는지 아시카가를 직접 추궁하고 싶지만, 상대는 귀족. 우리 같은 건 상대하지 않겠지. 중개해줄 귀족이 생각나지 않는 것도 아니지만…… 그건 최후의 수단이라 생각하고 있어."

들어보니 제1마술부에 연줄이 있다고 하는 타치기. 그의 스토리를 진행하던 제1마술부를 움직이는 여자아이의 이야기가 나오는데, 그녀는 빳빳한 귀족주의자였을 것이다. 타치기 본인의 고민이라면 몰라도 E반의 문제를 가져간다고 해서 세심하게 생각해줄 거라는 생각은 도저히 들지 않았다.

"……그럼, 두 사람에게 들을 수 있는 건 이 정도인가. 이후로는 우리 나름대로 움직여보겠다. 뭔가 진전이 있으면 연락할 생각이야."

"그래, 알았어. 그래도 뭐, 반 최강인 오오미야에 참모 타치기, 반 제일의 학력을 가진 닛타가 도와준다면 나도 안심할 수 있어. 믿음직할 따름이야."

"확실히 그래. 닛타랑 나오토라면 오오미야를 지킬 수 있을 것 같아. 그래도 조심해. 아직 뭔가 할 가능성이 있으니까."

교실로 돌아가는 마지마와 아카기에게 싱긋 웃으며 손을 흔드는 리사와 날 곁눈으로 보면서 쓴웃음을 짓고 있는 사츠키. 당연히 '저기, 저도 있는데요……'라는 분위기 파악 못하는 말은 안 한다. 눈에 띄어도 행동하기 어려워질 뿐이기 때문이다. 이번 일은 사츠키와 리사에게 힘써달라 하고 그 그림자에 숨자.

사정 청취도 끝났으니 이제 천천히 빵을 먹을 수 있다. 그렇게 생각하고 입을 딱 벌리고 있으니 나에게 매서운 시선을 보내는 자가 있었다.

"——그런데 나루미. 넌 얼마나 강하고, 무엇을 할 수 있지?"

타치기는 뭔가를 생각하듯이 검지로 안경을 올리고 다시 날카로운 시선으로 바라봤다.

"어? 그~, 아까 한 것 같은 잡일 정도라면——."

“웃기지 마라. 그런 걸 시키려고 닛타가 일부러 부를 리가 없지. 내 멋대로 한 예측이다만…… 너와 닛타는 오오미야와 같은 파티에 있지 않나. 레벨도 오오미야와 똑같은 수준까지는 아니더라도 데이터베이스에 실려있는 수치만큼 낮지는 않을 거다.”

역시 타치기, 예리하네. 게임에서도 기지를 발휘해서 몇 번이나 주인공 파티를 살린 인텔리 캐릭터답다. 하지만 지금은 말할 생각은 없다. 말하면 분명 내 힘을 고려해서 반 운영이나 작전을 생각할 것이기 때문이다. 지금은 철저하게 시치미 떼는 편이 좋을 것이다.

“말하지 않는 건가…… 뭐 됐다. 하지만 앞으로는 널 닛타와 오오미야와 같은 정도로 취급하겠다. 그 이유는 내가 믿는 닛타가 널 믿고 있기 때문이다. 보기에는 오오미야의 신뢰도 두터운 듯하니. 앞으로 위험이 동반될지도 모르지만 거리낌 없이 의지하지.”

“후훗. 믿고 있다고~.”

“그, 그래도. 기본적으로는 앞에 나서지 않고 후방지원을 하는 편이 좋으려나? 그치? 소타.”

사츠키가 자연스럽게 옹호해줬지만, 타치기는 내 위치를 어떻게 할지는 미루겠다고 하고 오늘 아침에 일어난 일을 되돌아보기 시작했다.

“우선 현재 알고 있는 것을 말하자면. 제2검술부가 E반에서 가장 수상한 사람을 찾고 있다는 것. 그 제2검술부를 움직이고 있는 사람은 제1검술부의 아시카가라는 남자. 이 정도인데…… 알아차린 것은 있나?”

그렇다고 해도 이 적은 정보로 상대의 의도를 알아차리는 건 불가능에 가깝다. 엉망진창으로 당한 아카기와 마지마조차 상황을 잘 이해하지 못했을 정도니까. 그래도 사츠키가 알아차린 것을 이야기해 나갔다.

"제1검술부라고 하면 부활동을 몇 개나 산하에 둔 큰 파벌의 대장이지?"

"사실상 이 학교를 움직이고 있는 '팔룡'이라는 8개 파벌 중 하나지~."

"아시카가가 단독으로 움직이고 있을 가능성도 있으니 상대가 제1검술부로 정해진 건 아니지만…… 만약 제1검술부가 움직였다면 심각한 상황이야."

팔룡은 부활동뿐만 아니라 시험과 진로 등 다양한 학교 운영에도 깊이 관여하고 있다. 팔룡과 싸운다는 것은 모험가 학교에 맞선다는 것과 같은 뜻이다. 덤빈다고 해도 승패는 이미 뻔하다며 주인공 파티의 참모답지 않은 나약한 말을 했다.

"보건 선생님이나 무라이 선생님께 오늘 아침에 일어난 일을 말해도 훈련의 일환으로만 봐주고 문제시하지 않았으니…… 이대로 계속 폭력을 당하면서 손가락만 빠는 건, 싫지."

스커트를 잡고 분한 듯이 고개를 숙이는 사츠키. 게임에서는 상급생이나 귀족을 상대로도 정면으로 맞서서 과도한 보복의 대상이 돼버렸다. 눈앞에 있는 사츠키도 똑같이 맞서지 않을까 조금 걱정된다.

"애초에 오늘 아침의 일만이 문제였던 건 아니다. 얼마 전의 반 대항전에서도 불공평한 '조력자 규칙'을 채용하거나 전체 마석량 그룹이 실격당한 것도 그렇다. 아니, 더 이전의 유우마와 카리야의 결투 소동도 계획된 것이겠지. 명백하게 외부생인 E반을 부수려 하고 있다. 난 이 모든 일에 팔룡이 관련되어 있는 건 아닐까 하고 짐작하고 있다."

타치기는 E반이 팔룡의 악의로 인해 부당하게 억압받고 있다고 주장했다. 뭐, 게임에서도 배후는 팔룡이었으니 타치기의 추측은 맞을 것이다. 문제는 그 대책이다.

"그럼 타치기는 E반을 지키려면 어떻게 하는 게 좋다고 생각해~?"

"흠. 이건 이전에 닛타에게 이야기했는데――."

제대로 싸워도 승산이 없다면 종속되어서 공격 대상에서 벗어나면 된다고 한다. 팔룡의 산하에 들어가면 상위 반은 물론이고 아시카가와 같은 상위 귀족이나 제1검술부라고 하더라도 쉽게 건드릴 수 없게 된다.

지금 생각하고 있는 것은 곧 시작될 차기 학생회장 선거를 이용한 책략. 팔룡이 차기 학생회장 자리를 두고 싸우는 건 매년 있는 일이며, 올해도 반드시 E반의 표도 노릴 것이다. 그래서 우리가 먼저 움직여서 표를 선물로 주고 팔룡 중 한 곳에 접근하려는 것이다.

"교섭에 성공하면 불합리한 규칙이나 폭력으로부터 보호받고 E반의 처지도 조금은 나아지겠지. 하지만 실패하면…… 팔룡 전체에게 찍힐 가능성도 있다. 그 경우에는 지금보다 더 열악한 상황에 내몰릴 게 뻔하다."

그 생각은 나도 리사에게 들었고, 게임에서의 타치기도 팔룡 중 한 곳에 종속되려고 움직였으니 놀랍지는 않다. 하지만——.

(이 시기, 이 단계에 접촉하는 건 어떻게 생각해야 하지?)

원래 팔룡과 접촉하는 건 학생회장이 된 세라 씨와 아카기가 좋은 관계를 구축한 후, 시기적으로는 차기 학생회장 선거로부터 몇 달이나 뒤의 일이었다. 세라 씨가 학생회를 움직여 E반에 대한 융화책을 내세워 몇몇 팔룡이 반발. E반의 학생이 차례차례 폭력에 휘말리거나 결투 이벤트가 다발해서 어쩔 수 없이 팔룡과 접촉한다는 흐름이었다. 타치기가 움직이는 타이밍이 게임을 할 때보다 상당히 빠르다.

게다가 E반의 표를 선물로 주고 팔룡을 설득한다는 작전도 우려스럽다. 리사도 똑같이 생각했는지 우려되는 점을 지적했다.

"하지만 표를 준다고 해서 팔룡이 만족할까. 정말로 자기들 산하에 둘 가치가 있는지 분명 시험할 텐데~?"

"가치를 시험한다니…… 역시 결투 같은 걸 요구하려나."

기본적으로 팔룡은 전투 계열 부활동뿐이라 머리를 쓰는 교섭술보다 주먹으로 결정하려고 하는 뇌에 근육이 들어찬 사람이 많다. 그런 상대에게 우리의 가치를 인정하게 하려면 그야말로 결투로 간부들과 싸워서 입 다물게 할 정도의 힘을 보여줄 필요가 생긴다.

물론 반에 그런 일을 할 수 있는 사람이 없다는 건 타치기도 충분히 잘 알고 있을 것이다. 아마 목숨을 걸고 설전을 펼치려는 생각이라도 하고 있을 것이다. 그렇게 한다고 해도 생각해야 할 사안은 아직 있다.

"그리고 어디와 교섭할지도 문제. 팔룡이라 해도 가치관이나 사고방식은 다양할 테니까 정보를 잘 모으고 타깃을 좁히는 편이 좋겠지~."

"그렇네. 팔룡 여기저기에 말을 걸면 신용도 잃을 테니까. 하지만 우리 E반을 이해해주는 곳이 있을까……."

팔룡 중에는 E반을 지극히 혐오하는 곳도 있다. 게임으로 치면 제1검술부, 제1마술부 등이 그랬다. 이 두 파벌은 귀족제일주의이니 피하는 편이 무난할 것이다.

"어느 팔룡과 교섭할 것인가, 현재 내가 생각하고 있는 곳은── 학생회다."

"하, 학생회? 이제 선거로 학생회장이 바뀌는데?"

"음~……."

세라 씨 이전의 학생회장, 즉 현시점의 학생회장은 게임에서 무능의 대명사였다. 이름과 얼굴도 나오지 않는 엑스트라이며 세라 씨의 업적을 돋보이게 하기 위한 소위 발판 캐릭터다. 고위 귀족이라 레벨만큼은 높을지도 모르지만 별다른 실적은 없고 세라 씨와는 달리 팔룡을 이용하려고 하지도 않고 큰 개혁을 한 것도 아니었다. 팔룡의 꼭두각시라는 낮은 평가를 받았을 것이다.

그런 어리석은 학생회장의 산하에 들어간다고 해서 뚜비고 팔룡을 견제할 수 있을까.

(── 아니. 반대로 생각하면 현 학생회장을 잘 구슬려서 마음

대로 조종하는 작전은 괜찮다면 괜찮은가?)

자존심만큼은 센 것 같으니 그 점을 적확하게 자극하는 교섭 스타일로 임하면 의외로 어떻게든 될지도 모른다. 다른 팔룡은 뇌에 근육이 들어찬 사람이 많은 데다가 머리가 비상한 인텔리도 있으니, 그러한 자들을 상대하는 것보다 교섭 난이도는 상당히 낮을 것으로 생각된다.

그리고 아무리 꼭두각시라 해도 학생회다. 권한이 많이 부여된 덕분에 팔룡 안에서는 최대의 권력을 가지고 있다. 팔룡에 맞서는 것에 관해서는 우선 학생회의 비위를 맞춰주고 무엇을 할 수 있는지 자세히 조사한 후에 생각해도 늦지는 않을 것이다. 단, 현 학생회장의 임기는 얼마 안 남았기 때문에 움직일 거라면 빠른 타이밍에 가야만 한다.

"반대는 안 하는데~ 왜 학생회인 걸까~?"

리사도 그런 쪽의 게임 정보는 알고 있을 것이다. 하지만 타치기가 무슨 생각으로 학생회를 선택했는지는 확인해둬야 한다고 생각해서 질문했겠지.

"흠. 그건 간단하다. 현재의 학생회장은 이지적이고 공평하며 실력도 좋고 뛰어난 인물이라고 들었기 때문이다."

"어~?!"

"그래? 그렇다면 기대할 수 있을지도."

현 학생회장이 유능하다면 팔룡에 대한 강력한 견제도 되고, 공평하다면 E반의 진술도 들어줄 가능성이 있다. 그리고 소문대로 뛰어난 인물이라면 설령 교섭에 실패해도 리스크는 적다며 덧

붙이는 타치기.

그 생각지도 못한 이유에 리사도 나도 놀랄 수밖에 없었다. 게임에서 들었던 그대로의 인물이 아닌가, 아니면 타치기가 입수한 정보에 오류가 있는지는 판별할 수 없다.

그런 가운데 내 단말기에 한 통의 메일이 도착했다. 발신인은 학생회다.

'지금 당장 학생회실로 오도록. 이상.'

제23장 ✦ 호출한 이유

── 타치기 나오토 시점 ──

모험가 학교 6층에 있는 학생회 회의실 앞에 네 사람이 줄지어 섰다.

나루미가 학생회에 호출된 이유는 메일에 적혀 있지 않았기 때문에 확실하지 않지만, 학생회장에게 접근할 수 있는 천재일우의 기회를 놓칠 수는 없다. 이번에는 다 같이 나루미를 따라가 학생회를 살펴보는 것으로 정해졌다.

"알겠지. 아까 이야기한 작전대로 진행한다."

"우선은 학생회장의 성품을 보는 거지. 밀어붙일 수 있을 것 같으면 오늘 아침에 있었던 일을 진술한다."

"그리고 학생회랑~, 가능하면 회장 선거에 관한 정보 수집도 하는 거지~."

"……."

오오미야는 양손을 가슴 앞에 두고 꼭 쥐면서 의욕을 보였고, 닛타는 언제나처럼 자연스러운 태도로 미소 짓고 있었다. 교내 최대 권력자가 있는 방을 앞에 두고 겁먹지 않는 모습은 실로 믿음직했다.

한편 나루미는 눈썹을 아래로 축 늘어뜨려서 겁먹은 것처럼 보였다. 상대를 방심하게 만들기 위해 소심한 사람 흉내를 내는 것인가, 아니면 정말 겁먹은 것인가. 그 나약한 눈에서는 무슨 생각을 하고 있는지 짐작할 수 없었다. 하지만 오오미야 일행은 그런 나루미를 전혀 문제시하지 않는 것 같으니 괜찮을 것이다.

"그럼 나루미. 노크를 부탁하지."

"음~…… 안 좋은 예감이……."

나루미는 약간 구부정한 자세로 학생회 회의실의 문을 조심스럽게 노크했다.

"……들어와라."

몇 초 후, 문 너머에서 남자의 목소리가 들렸다. 무거운 목제 문을 밀어서 여니—— 안에는 고급 호텔 같은 응접실이 펼쳐져 있었다. 책상, 의자, 조명 모든 것이 이름 있는 명장의 작품이다. 이 물건들을 모으려면 수천만, 자칫하면 억에 달하는 금액이 들 것이다. 기부금이 얼마나 있어야 이러한 물건을 갖출 수 있는 걸까. 방 제일 안쪽에는 가죽 의자에 앉은 안경을 쓴 남학생이 우리를 살피듯이 날카롭게 노려보고 있었다. 이 학생회 회의실에서 저곳에 앉을 수 있는 사람은 단 한 명. 학생회장밖에 없다. 10년에 한 명 나올까 말까한 수재라고 들었는데, 과연 그 실력은 어느 정도인가.

(그런데 저 여학생은 누구지…….)

학생회장 바로 옆에는 또 한 사람. 긴 청록색 머리칼을 기른 여학생이 검은 부채를 움직여 느긋하게 부치고 있었다. 스카프의 색은 파란색이니 2학년. 같은 학생회 사람일까.

학생회장 외에도 다른 인물이 있다는 걸 알고 계획을 재검토해야 할지 망설여졌다. 하지만 마음을 다지고 고개를 숙인 뒤 '실례합니다'라고 말하면서 학생회실로 들어갔다.

두꺼운 융단 때문에 발소리는 지워졌고, 창문과 벽도 방음이 되고 있는 건지 정적에 휩싸여 있었다.

눈앞에 있는 사람은 신분도 지위도 레벨도 아득히 우위에 있다. 마음만 먹으면 우리를 퇴학으로 몰아가는 것도 가능한 인물이다. 긴장해서인지 벌써 목이 마르기 시작했다.

"——그래서. 난 거기 있는 남자만 불렀을 텐데, 너희는 뭐냐."

"같은 1학년 E반의 타치기라고 합니다. 이 아이들은 같은 반의 오오미야와 닛타——."

"돌아가라."

묻지도 따지지도 않고 압박하며 쫓아내려고 하는 학생회장. 너무나도 큰 박력에 나도 모르게 뒷걸음질 칠 뻔했다. 검으로는 제1마술부 부장, 마법으로는 제1마술부 부장이 최강이라고 하지만, 모험가 학교 최강이라고 하면 학생회장이라는 소문이 자자하다. 그렇게 실력이 대단한 인물이 노려보면 위축되는 건 어쩔 수 없다.

하지만 나뿐만 아니라 반 모두의 미래가 걸려있으니 여기서 돌아갈 수는 없다. 학생회장의 인물상을 살필 유예는 조금도 주지 않을 것 같으니 계획을 변경해서 솔직하게 핵심을 말하기로 했다.

"저희는 진술을 하러 왔습니다."

"……뭐야?"

진술이라는 말을 듣고 눈을 가늘게 뜨는 학생회장. 또 이쪽의 발언을 기각할 것 같아서 곧바로 기세를 몰아 오늘 아침에 일어난 일로 이야기를 이어나갔다. 제2검술부의 폭력. 배후에 있는 제1검술부의 아시카가라는 남자. 그뿐만 아니라 E반은 지금까지 몇 번이나 부당한 폭력과 규칙에 노출되어 있었다는 이야기 등.

만약 소문대로 공평한 인물이라면 이 이야기들을 듣고 뭔가 생각할 것이다. 그런데 이어서 학생회장이 한 말은 기대에서 크게 벗어나 있었다.

"너희 따위를 신경 쓸 시간은 없다. 알 바 아니다."

너무나도 무정하다. 우리 문제에는 눈곱만큼도 신경 쓸 생각이 없다는 건가. 그 차가운 대답에 오오미야가 참지 못하고 한 걸음 앞으로 나왔다.

"학생회장은 공평한 사람이라고 들었는데 전혀 공평하지 않네. 전에 상담하러 왔을 때도 우리를 문전박대했고."

"사츠키. 진정해, 응?"

흥분한 오오미야가 덤벼들었지만 바로 닛타가 말렸다. 상대는 대귀족이자 모험가 학교 운영진에 영향을 줄 정도의 거물. 자극하기에는 리스크가 너무 크다. 냉정하게 생각해야 할 것이다.

(말을 잘못하면 안 된다. 다음 기회는 더 이상 얻을 수 없을지도 모른다. 하지만 뭐라 말하면 좋지…… 어떻게 하면 대화를 계속할 수 있지…….)

아까 전에 제1검술부의 아시카가의 이름을 언급했을 때 옆에 서 있는 여학생이 딱 한순간 눈을 크게 뜨고 생각하는 듯한 동작을 보였다. 짐작 가는 데가 있었다는 뜻이다. 그건 제1검술부에 대해서인가, 아니면 아시카가인가. 아니, 어쩌면——.

"저희 반을 공격하게 한 아시카가라는 인물. 학생회 관계자가 아닙니까? 아니면 차기 학생회장 선거와 관련이 있다거나."

"너희에게 말할 필요는 없다."

"외람되지만 이렇게 반 친구가 폭력을 당하고 있는 입장으로서는 당연히 들어야 하는 정당한 이유가 있다고 생각합니다. 뿐만 아니라——."

갑자기 탕 하는 소리가 났다. 옆에 있던 여학생이 책상을 손으로 친 소리다. 그녀가 팔을 내리고 이쪽을 돌아보자 가슴에 반짝이는 금배지가 엿보였다. 역시 귀족이었나.

"쨍알쨍알 귀찮은 열등생들이네요. 빨리 **그분**을 두고 나가세요. 그렇지 않으면."

말이 끝남과 동시에 방대한 마력이 방출되었다. 그로 인해 소름이 끼칠 정도의 공포에 휩싸여 몸이 굳고 본능적으로 무릎을 꿇을 뻔했다. 저 여학생도 학생회의 멤버라면 나름 높은 레벨일 거라 생각했지만, 상상 이상의 실력자다.

"……어라~? 이거 의외네요."

무릎을 꿇을 것 같은 걸 버티고 있으니 마력의 바람이 조금 부드러워졌다. 오오미야와 닛타가 앞으로 나와 방패가 되어 휘몰아치는 [오라]를 막아준 것이다. 학생회장은 그 모습을 조용히 바라봤고, 여학생은 흥미진진하다는 듯이 진한 웃음을 지었다.

"가볍게 오라를 내보내면 바로 꼬리를 말고 도망갈 줄 알았는데…… 평범한 열등생이 아닌가. 너희, 이름은?"

“오오미야 사츠키! 도망칠 생각도 숨을 생각도 없어.”

“닛타 리사입니다~~. 평범한 여자아이입니다~.”

가슴 앞에 팔을 교차시켜 자세를 취하는 오오미야와 이런 상황에도 ‘평범함’을 어필하는 침착하고 여유로운 닛타. 학생회 회의실이라는 특이한 곳에서 학교 최상위 권력자와 대치해도 한 걸음도 물러서지 않는 담력에 감탄할 수밖에 없었다. 하지만——.

“오랜만에 보는 건방진 아이들이네. 무심코 괴롭히고 싶어져.”

청록색 머리칼을 가진 여학생은 입술을 할짝 핥더니 한층 더 마력을 벼렸다. 바닥이 살짝 흔들리나 싶더니 공기가 어수선하게 진동하고, 시야를 온통 검붉게 칠하는 듯한 농밀한 마력이 천천히 움직이기 시작했다. 설마…… 맨 처음 발한 [오라]는 봐준 거였나.

지금부터는 명백하게 비정상의 영역이다. 상당히 난처한 인물을 상대하고 있는 건 아닌지 엄청난 불안이 스쳐 지나갔다.

“거기까지만 해, 쿠스노키.”

“……알겠습니다, 사가라 님. 심심풀이가 조금 지나쳤습니다.”

학생회장의 한마디에 여학생은 마력 방출을 급정지했고 세계가 일상으로 회귀했다.

잠깐의 시간이었는데 식은땀이 멈추지를 않는다. 이 정도로 높은 경지에 도달한 학생이 같은 모험가 학교에 있다는 걸 알고 온갖 자신감이 흔들렸다. 우리는 앞으로 이런 괴물과 싸워나가야만 하는 것인가. 뒤에 있던 나루미를 곁눈질로 보니까 똑같이 식은땀을 흘리고 있으니 나와 똑같은 기분을 느끼고 있는 걸지도 모른다.

학생회장은 눈을 감고 깊은 숨을 한 번 내뱉은 후에 타이르듯이 이야기하기 시작했다.

"우선. 나에겐 너희를 신경 쓸 여유가 없다. 설령 여유가 있다고 해도 너희가 아니라 제1검술부 쪽을 신경 쓰겠지."

"어째서야. 잘못은 제1검술부가 했어. 우리는 어려움을 겪고 있는데."

방금 그 《오라》를 본 후에도 물고 늘어지려고 앞에 나서는 오오미야에게 놀랐다. 그 강한 마음은 어디에서 오는 것인가. 그에 비해 눈앞에 앉아있는 학생회장은 감정을 겉으로 드러내지 않고 담담하게 설명을 계속했다.

"이 학교는 가치 있는 모험가를 배출하는 육성기관이다. 국가와 기업은 그들을 원해서 고액의 혈세와 헌금을 내고 있다. 따라서 그 가치는 무엇보다도 우선된다. 너희가 말하는 선악보다 더."

……무슨 말을 하는지는 이해된다. 하지만 이 학교가 가치를 창출해내는 육성기관이라 주장한다면, 가치가 생기기 전에 부숴서 어떻게 하겠다는 것인가. 학생이 자유롭게 경쟁하고 절차탁마해야 국가와 기업이 최대의 이익을 누릴 수 있는 게 아닌가.

나도 자신과 소중한 동료들의 미래를 걸고 이 자리에 서 있다. 후들거릴 것 같은 다리에 힘을 넣고 오오미야에게 밀리지 않게 물고 늘어지자.

"저도 성장해서 제1검술부를 능가할지도 모릅니다. 그 가능성을 확인하기 전에 불합리한 규칙으로 부수려고 하는 건 가치를 추구하는 사람들에게도 손해가 아닙니까?"

"최근 10년 동안 너희 E반은 이놈이고 저놈이고 썩거나 어딘가에 종속되기만 했다. 그런데 제1검술부보다 더 큰 가치가 나올 가능성이라고? 그걸 누가 믿지. 큰소리만 치는 게 아니라면 지금 당장 어떠한 가치를 보여라. 할 수 없다면 물러가라. 난 바쁘다."

가치가 없는 자는 지킬 가치가 없다는 건가. 확실히 눈앞에 있는 비할 데 없는 [오라]를 뿜은 여학생은…… 거대한 보석이다. 앞으로 국가와 조직에 얼마나 많은 가치를 가져올지 짐작할 수 없다. 그에 비하면 지금의 우리는 무가치한 돌멩이에 불과하다.

그렇다고 해서 스스로의 가능성을 포기할 생각은 추호도 없다. 머리를 풀가동해서 반론할 말을 연결한다. 당장이라도 응수하려고 하자——.

전조도 없이 방 중앙에 보라색으로 빛나는 세로 2m 정도의 빛이 나타났다. 갑자기 일어난 일이라 모두가 눈을 휘둥그레 뜨고 빛을 주목했다. 하지만 난 이게 무엇인지 알고 있다. 그리고 이걸 쓸 수 있는 인물도.

"——실례합니다. 여기서 거대한 마력원을 탐지하여 급히 달려왔습니다."

빛 속에서 나타난 사람은 큰 지팡이를 들고 검은 벨벳 망토를 두른 잇시키 오토하 님이었다. 그녀는 긴 빨간 머리를 휘날리며 주위의 상황을 대강 확인했다.

"사가라 님과 쿠스노키 님은 그렇다 치고…… 왜 나오가 이 방에 있죠? 그리고…… 혹시 사가라 님이 마음을 둔 아이가 이 중에 있는 걸까요."

오토하 님이 갑자기 나타나 당황한 오오미야와 닛타. 그리고 존재감을 지우듯이 벽 옆에 서 있던 나루미를 거리낌 없이 빤히 관찰하기 시작한 오토하 님. 그녀는 바로 왼팔을 들어 팔 단말기로 스탯을 읽었다.

"역시 모두 1학년 E반. 나오, 이 중에서 사가라 님이 불렀거나 마음에 둔 사람이 누구인지 가르쳐주세요. 이름은 이미 기록했으니 나중에 똑바로 조사할 거고, 놓칠 생각은 없어요."

"착각하지 마시죠, 잇시키 님. 그자들은 반에 대한 불만을 진술하러 왔을 뿐이에요. 방해돼서 방금까지 돌려보내려고 했어요."

누가 불려왔는가…… 인가. 그러고 보니 왜 나루미가 불려왔는지는 아직 모르지만, 팔룡인 학생회장과 오토하 님의 관심을 받는 건 신경 쓰이는군. 하지만 그걸 청록색 머리카락을 가진 여학생――쿠스노키라고 했던가――이 부정했다. 어째 오토하 님에게는 사정이 알려지지 않기를 원하는 것처럼 보인다.

"진술…… 혹시 그건 '제1검술부가 집적거렸다'는 내용이 아니었나요? 과연. 아무래도 차기 학생회장 선거 건으로 초조해하고 있군요."

"잇시키. 회의 내용은 말하지 마라."

우리가 아무런 대답을 하지 않아도 표정과 반응으로 답을 도출해내는 오토하 님. 여러 가지 새로운 정보가 나왔지만, 학생회장이 그 이상은 알게 하지 말라며 끼어들었다. 그리고 다시 깊은 숨을 내쉬고 우리에게 충고하듯이 말했다.

"너희들. 오늘은 일단 돌아가라."

"……네. 실례했습니다."

학생회장과 청록색 머리칼을 가진 여학생, 오토하 님이 각자 몇 번이나 시선을 교차시켰다. 그 주고받는 시선에 어떤 의도가 있는지는 모르겠지만, 결코 좋은 관계로는 보이지 않았다. 이 이상 오래 있는 건 위험하다 느껴졌다.

그리고 '오늘은 일단'이라고 말했다는 건 다음 약속이 잡혔다고 해석해도 될 것이다. 시간을 두고 차분하게 대책을 생각하면서 다음에 접촉할 기회를 살피자.

◤//////////////////////////

"그 빛에서 나온 사람은 제1마술부의 부장님이구나. 눈이 엄청 무서웠는데……."

"꼭~ 실험쥐를 관찰하는 과학자 같은 눈이었지~."

도망치듯이 학생회 회의실에서 나온 뒤 도중에 마법으로 나타난 오토하 님의 이야기를 했다. 말하는 목소리는 부드러웠지만, 우리를 보는 눈은 너무나도 무기질적이고 차가워서 그 간극이 대단했다. 옛날에는 나긋한 웃음을 짓는 소녀였는데 이 모험가 학교에 입학한 이후로 꽤나 변해버리신 것 같다.

"그래도 진범은 제1검술부라는 거랑 회장 선거 관련으로 공격했다는 건 알아냈네."

"소타를 불러낸 게 학생회랑 시프 연구부라는 것도~."

그 [오라]를 뿜은 여학생은 시프 연구부 부장이자 팔룡 중 한 사람인 쿠스노키 키라라라는 것이 판명되었다. 나루미는 과거에 쿠스노키 키라라의 상사와 친해져 식사에 초대된 적이 있었다며, 그와 관련된 호출이 아닌가 하고 설명했다.

(하지만 그건 이상해.)

상급 귀족이 평민을 식사에 초대한다는 건 어지간한 일이 아니면 있을 수 없는 일이다. 게다가 이번에 호출된 곳은 학생회 회의실이고 학생회장도 동석하고 있었다. 팔룡이 두 명이나 모여 불러냈다면 더 중요한 이유가 있었을 것이다. 그 이유는 대체 무엇인가.

(……혹시, 이것도 학생회장 선거가 관련되어 있는 건가?)

예를 들어 이런 줄거리라면 어떨까.

①학생회와 시프 연구부가 나루미를 '차기 학생회장'으로 추천하려고 했다.

②그게 '1학년 E반의 누군가가 입후보할지도 모른다'는 정도의 단편적이면서 불확실한 정보로 아시카가의 귀에 들어갔다.

③경계한 아시카가는 제2검술부를 이용해 그 인물을 찾아내려고 했고, 오늘 아침의 폭력 사태가 일어났다——.

그렇다면 모든 사건이 연결된다. 하지만 이는 **가장 큰 문제**를 무시하고 억지로 이야기를 이어 붙였을 뿐이다. 과연 E반의 학생을 차기 학생회장으로 삼는 일이 있을 수 있는 일인가.

만약 그런 일을 하면 신귀족의 대두를 저지하는 목적으로 만든 '팔룡 시스템'에 균열이 갈지도 모르고, 자칫 잘못하면 고귀족들이 정치적 권한과 자금을 써서 배제하기 위해 움직일 가능성도 있다. 자신의 지위와 모험가 학교의 질서를 희생하면서까지 그런 행동을 할 것이라 보긴 어렵다.

하지만 이 시기에 학생회장과 시프 연구부 부장이 나루미와 접촉하려고 한 건 틀림없는 사실이고, 같은 팔룡인 오토하 님도 경계심을 드러내고 학생회 회의실에 불려온 인물을 찾으려고 했다. 그렇다면 그럴 가능성을 의심해야…… 하는 건가?

(넌 어떤 사람이냐.)

오오미야와 닛타가 말을 걸어서 등을 구부리고 대답하고 있는 살찐 남자, 나루미 소타. 신통치 않은 표정은 여전하고 패기 따위는 눈곱만큼도 보이지 않는다. 역시 그 태도는 위장일 뿐인 건가.

앞으로 우리가 올라가기 위한 열쇠가 될 수 있는지, 단순히 오인하고 있을 뿐인지를 판단하고 싶지만 정보가 너무 부족하다. 나 혼자만으로는 정보를 수집할 수단에 한계가 있으니, 나루미와 가까운 카오루를 끌어들여 조사해봐야 할까.

제24장 ✦ 수상한 직접 만든 도시락

학생회 회의실에 호출당하고 말았다.

사실은 혼자 가고 싶었지만 타치기까지 따라와 버려서 무슨 말을 들을지 몰라 안절부절못했다. 그래도 별일 없이(?) 무사히 교실의 내 자리에 돌아온 건 불행 중 다행이라 해야 할까. 최근 내 이상인 '조용하고 소소한 학교생활'에서 차차 멀어지고 있는 것 같아서 위기감이 느껴졌다.

(하아, 이런 메일도 와버렸고…….)

키라라한테서 '아까 전의 일로 이야기가 하고 싶습니다. 편한 날을 가르쳐주세요'라는 메일이 와 있었다. 학생회장도 그렇고 나한테 무슨 이야기를 하고 싶은 건지 전혀 짐작이 안 되지만, 이런 귀찮은 일은 빨리 끝내는 편이 좋을 것이다. 그래도 오늘은 아침부터 사건이 몇 개나 일어나서 지쳤고 이래저래 예정도 있다. 나중에 약속을 잡고 싶다.

아무튼. 이로써 아침부터 이어진 어수선한 시간이 끝나 겨우 한숨 돌릴 수 있다. 그렇게 생각하고 힘이 빠져 내 자리에 있는데 눈앞에 소리도 없이 여학생이 스윽 나타났다.

"왜 안 온 거야……?"

올려다보니, 쿠가가 졸린 건지 째려보는 건지 판단하기 어려운 반쯤 눈을 뜬 상태로 빤히 보고 있었다. 안 왔다는 게 무슨 말이냐고 슬며시 물어보니 메일을 체크해보라고 한다. 바로 단말기의 화면을 조작해 메일 소프트를 켜보니…… 본 적 있는 메일을 발견했다. 아무래도 이걸 얘기하는 것 같다.

♡↣↣↣↣♡↣↣↣↣♡↣↣↣↣♡↣↣↣↣♡↣↣↣↣♡

♥나의 소타쿵에게♥

오늘은 맛있는 도시락을🍱만들어 왔어😊

괜찮으면★ 같이…… 안 먹을래?(꺅)

옥상에서 기다릴게요~😉♥

♡↣↣↣↣♡↣↣↣↣♡↣↣↣↣♡↣↣↣↣♡↣↣↣↣♡

무슨 광고나 장난인줄 알고 바로 스팸메일로 버린 건 기억하고 있는데, 보낸 사람을 잘 보니 '쿠가 코토네' 라고 적혀있는 게 아닌가. 이런 괴문서를 보내다니, 목적이 뭐지…… 암호 같은 건가. 알고리즘이 짐작이 안 돼서 해독은 어려울 것 같은데. 그리고 하트는 뭐냐.

"저기, 이게 뭐야?"

"보이는 그대로…… 모처럼 도시락을 만들어 왔는데 **소타**가 안 와서……."

그녀는 가슴 앞으로 천에 감싸인 상자 형태의 물건을 안고 있는데, 이건 직접 만든 도시락이라고 한다. 나랑 같이 먹고 싶었다고 하면서 얼굴을 옆으로 돌리고 입을 삐쭉 내밀었나. 그 신선한 모습에 나도 모르게 마음도 쿵♪

——할 리가 없다.

평소에는 교실 구석에서 혼자 컵라면을 먹거나 빵을 뜯는 외톨이에 눈에 띄지 않는 여자아이인데 오늘만 직접 도시락을 만들어 오다니, 분명 뭔가 꾸미고 있다. 게다가…….

반 대항전 때는 노련한 형사가 도둑을 심문하는 듯한 눈으로 날 봤는데, 무슨 여자 캐릭터라도 연구했는지 곳곳을 구불구불하게 움직여 이상한 몸짓을 하고 있었다. 미국에서는 이런 특수훈련도 받는 걸까.

"……혹시 할 얘기가 있었어?"

"맞아. 앞으로에 대해 상의하고 싶었어…… 시간이 맞으면 같이 사냥 갈 약속도 하고 싶었어."

상의인가. 나와 쿠가는 '비밀 협정'을 맺고 있다. 수업에서 우리의 레벨을 낮게 보이도록 가장하거나 연습에 제대로 열중하고 있는 것처럼 서로 말을 맞추자고 한 약속이다. 그리고 나는 그게 주된 이유지만, 쿠가의 주목적은 따로 있다.

학교에서 그녀는 지각 상습범이며 의욕도 없고 게으름 피우기만 한다는 이미지가 있으나, 그건 매일 밤 늦게까지 정보를 수집하거나 상사에게 보고하거나 공작을 하기 위해 나가는 등 격무를 처리하고 있기 때문이다. 사실은 엄청 바쁜 사람이다. 본업(스파이 업무)도 있으니 학교 이벤트에 맞춰서 스케줄 조정이나 상담을 해두고 싶을 것이다.

그리고 사냥 권유. 레벨이 이미 25까지 올라서 이제 솔로로 레벨업은 불가능하니 가능하면 나와 같이 사냥을 하고 싶다고 말했다. 아마 이게 진짜로 하고 싶은 상담—— 다시 말해서 목적일 것

이다.

주의해야만 하는 점은 이 시점의 쿠가는 일본에 별다른 애착 같은 게 없으며, 아카기를 포함한 반 친구들에게 호의적인 감정을 전혀 가지고 있지 않다는 것. 그런 상황에 플레이어 지식이 알려지면 빨려 들어가듯이 논스톱으로 미국에 정보가 흘러가게 된다.

만약 같이 사냥하러 가게 되더라도 앞으로 일어날 그녀의 고유 이벤트 복선과 그 진행 상황을 정확하게 파악하면서 정보를 적당히 억제해야만 한다.

……뭐, 내가 경계하고 있다는 건 그녀도 충분히 알고 있을 것이다. 그러니 도시락을 만들거나 그런 괴문장을 보내는 등 꼼수를 썼겠지. 쿠가도 틀림없는 던익 히로인이라 외모는 엄청 예쁜 아이지만, 현재로서는 목석처럼 무뚝뚝한 캐릭터인 그대로라서 그 정도의 꼼수로는 별다른 효과가 없다. 덕분에 살았다고도 할 수 있다.

"미안, 오늘은 볼일이 있어. 천천히 이야기할 수 있는 시간이 되면 그때 하자."

"……그래. 사실은 빨리 이야기하고 싶었는데…… 그럼 다음에 또 만들어 올게……."

그렇게 말하고는 닌자처럼 소리도 없이 자리로 돌아가는 쿠가. 대체 어떤 도시락을 만들어 왔는지 보고 싶은 마음은 있지만, 자백제 같은 게 들어있지는 않은지 불안하니 도시락은 필요없다고 말해두자.

난 이후에도 이것저것 생각할 게 있단 말이다. 잘 되면 좋겠는데.

"어, 엄청난 마력 농도. 여기가…… 20층……."

"그럼~ 불 켤게~."

어둑어둑한 20층 게이트 방. 주위에 떠도는 진한 마력에 사츠키가 커다란 눈을 깜빡이며 놀랐다. 리사가 마도구의 불을 켜고 땅에 내리자 7평 정도 넓이의 작은 방이 아련히 밝혀졌고, 세 사람의 큰 그림자가 석재로 덮인 벽에 비쳤다.

"그, 여기서 그 사람이랑 만나는 거지. 왠지 긴장된다……."

"아까까지 아라크네가 되어서 이 근처를 탐색하고 있었던 것 같은데, 메일에는 곧 온다고 적혀 있었으니까 준비하고 기다릴까."

"아, 아라크네?"

오늘은 아서를 포함해서 넷이서 앞으로에 대해 상의를 할 예정이다. 참고로 아서가 두 사람과 만나는 건 이번이 처음. 사츠키는 어떤 사람인지 신경 쓰이는 모양인지 차분히 있지 못했지만, 그 녀석은 엉성한 녀석이니 아무것도 걱정할 필요 없다. 오히려 실례되는 일을 저지르지는 않을지 걱정된다.

"소환 마법으로 거미 같은 몬스터를 불러내고, 거기에 빙의해서 이 근처를 모험하고 있대."

"그런 마법도 있구나."

"계속 같은 곳에 있으면 질리니까~, 움직일 수 있게 돼서 다행이지~."

마인의 제약으로 인해 아서는 계층 이동을 자유롭게 할 수 없는 상태였지만, 소환 몬스터에 빙의하면 마음대로 이동할 수 있다는 걸 알아냈다. 그래서 요 며칠은 아라크네의 몸으로 여러 층을 탐색하고 있었다고 한다.

소환 마법은 강력한 몬스터를 불러내 사역하기 때문에 제어불능이 되었을 경우, 위험이 굉장히 크다…… 고 생각했지만, 위험한 퀘스트나 정찰 등 여러 용도로 쓸 수 있다면 큰 메리트로 작용할 수 있다. 하나 정도는 배워둬도 좋을지도 모르겠네.

자 그럼. 의논을 위한 사전 준비를 해둘까.

"그럼 테이블이랑 의자 꺼낸다."

"맛있는 홍차 가져왔어."

"과자는~ 이거. 입에 맞으면 좋겠는데~."

개량형 매직 백에서 우리 가게에서 팔다 남은 접이식 테이블과 둥근 의자 네 개를 꺼내 방 중앙에 늘어놓았다. 집이 모험가용 잡화점을 하는 만큼 캠프용품이라면 산더미처럼 있다. 하지만 사츠키는 테이블보다 이 개량형 매직 백이 신경 쓰이는 모양이다.

"그건 전에 말했던 중량도 가벼워진다는 특별한 매직 백이야?"

"나도 빨리 갖고 싶네~. 다음에 카노랑 갈 때 잔뜩 잡으면 좋겠다~."

그렇게 말하면서 사츠키는 물통에서 뜨거운 홍차를 종이컵에 따라줬고, 리사는 좋아하는 가게에서 샀다는 쿠키 세트를 꺼내 종이 접시 위에 올려놨다. 그러자 플로럴한 홍차의 향과 달콤한

버터의 향이 아련하게 퍼졌다.

여긴 어두컴컴하고 차가운 느낌이 드는 공간이지만, 귀여운 여자애들이랑 이야기하면서 있으니 이렇게나 화사하게 보이는구나. 그럼 사양하지 말고 먹자.

기분 좋게 쿠키를 집어먹고 있으니 묘하게 음정이 어긋난 콧노래와 함께 탕탕 하고 사다리를 내려오는 소리가 들려왔다. 이제야 왔나.

"이런이런이런. 나랑 만나게 해주고 싶은 사람이 있다고 들었는데…… 설마 여자애…… 아?! 아니, 넌 오오미야 사츠키잖아아!"

"어어? 저기. 처음 뵙겠습니다……."

"오오, 진짜 사츠키다! 동그란 눈에 땋은 머리! 그리고 살짝 작은 듯한 가슴이 또 예쁘—— 아얏!"

사다리에서 내려오자마자 사츠키를 여러 각도에서 관찰하기 시작하는 아서. 게임 속의 여자애가 이렇게 눈앞에 실제로 있으면 기쁜 마음이 드는 건 이해하지만, 잔뜩 기겁했잖아. 너무 실례돼서 꿀밤을 먹여뒀다.

"참, 아프네…… 그래서 다른 미인 누나는은, 누구일까~? 에헤헤."

"오랜만이야. 여전하네~ **섬광** 군은."

"아니. 내 별명을 알고 있다니, 누구냐."

꿀밤을 먹여도 전혀 질리지 않았는지, 다음으로 리사를 발견하자 헤벌쭉거리면서 말을 거는 아서. 하지만 던익을 할 때의 별명을 맞히자 순식간에 뒤로 뛰어서 경계했다.

"원활하게 상의하기 위해서라도 우선은 자기소개부터 할까."

"후훗, 그렇네~. 앞으로 오래 봐야 할지도 모르니까. 후훗."

이를 갈며 위협하는 아서가 재밌는지, 리사가 웃음을 참지 못하고 동의했다. 뭐, 던익에서 누구였는지를 알면 더 놀라겠지만.

"그럼 나부터 할까. 나루미 소타, 플레이어다. 앞으로 우리는 힘을 합쳐서 여러 문제에 임하게 될 거다. 할 수 있는 일은 협력해나갈 생각이니 잘 부탁한다."

"응? 사츠키한테 '던익'에 대해서 설명한 거야?"

"평행세계에서 왔다고 설명했지~."

"그렇게 들었어."

플레이어에 대한 설명을 어떻게 했냐며 물어보는 아서. 리사의 말에 의하면 '평행세계에서 의식만 날아왔다'고 말해둔 모양이다. 그 설명으로 사츠키가 정말로 납득해줬는지는 알 수 없다. 하지만 의문을 품거나 납득이 안 된다고 말하지 않는 건 리사에 대한 탄탄한 신뢰가 있기 때문이라 생각한다.

그렇긴 하지만 나도 이 세계가 무엇인지 모른다. 정보가 모이지 않은 현 단계에는 '이 세계가 게임이다' 보다는 '우리가 비슷한 세계에서 왔다'고 말하는 편이 사츠키가 이해하기 쉬울 것이고 우리도 편하다.

언젠가 가족을 포함해서 모든 것을 밝힐 생각이긴 하지만 시기상조일 것이다.

"흠~, 그럼 다음. 난 아서. 영문도 모르고 이 세계로 날려 보내져서 엄청 심심했지만, 겨우 아는 사람이 늘어서 안심하고 있어."

"……그 뿔은, 진짜야?"

"진짜야, 난 마인이니까. 원래 이 몸에 들어있던 애의 의식은 잠들어 있는 것 같아. 요즘엔 말을 걸어도 조금도 반응하지 않게 됐어."

쿠키를 우적우적 먹으면서 '살살 만져'라고 하면서 뿔을 내미는 아서를 보고 사츠키가 다시 기겁했다.

근데 '원래 들어있던 아이'라. 나의 뚱땡이 마음처럼 원래 몸의 의식이 있었던 것 같지만, 뚱땡이 같은 경우에는 항상 활동하고 있고 내 의식과 융합이 진행되고 있는 것 같다. 이제는 '나'인지 '뚱땡이'인지 알 수 없게 되는 때가 있을 정도다. 아서 같은 경우에는 마인과 인간의 정신 구조가 너무 달라서 융합이 진행되지 않는 걸지도 모른다.

"그럼 다음은 나네. 닛타 리사. 플레이어야~. 리사라고 불러줘♪"

"리사 말이야. 아까 나에 대해 알고 있다고 했는데, 저쪽에선 누구였어?"

"아서 군은 유명인이었으니까 알고 있는 사람 많을걸~? 그런 의미에서 보면 소타도 그렇지만. 저쪽에선 음~…… [검은 집행자]라는 별명으로 불렸으려나~?"

"읏차!"

테이블 위로 몸을 내밀면서 놀라서 소리치는 아서. 참고로 리사는 저쪽 세계에서도 이런 외모를 가진 여자애라고 말하자 넋

놓고 머리끝에서 발끝까지 몇 번이나 시선을 왕복시키더니 급기야 떨기 시작했다.

"그 광신자들을 이끌던 '흑기사'가 이런 글래머러스 누님이었다니! 분명 고릴라 같은 여자일 거라 생각했다고!"

"……뭔가 실례되는 단어가 들렸는데. 혼내준다~♪"

똑같이 고릴라 같은 여자라 생각했다는 건 비밀이다. 하지만 그렇게 생각하는 것도 당연하다. 던익에서의 리사는 집단을 이끌고 PK집단과 대규모 클랜과 정면으로 항쟁을 반복했던 역전의 강자. 그 별명을 들으면 어지간한 PK는 맨발로 도망칠 정도였다. 그런 사람이 설마 이런 차분한 누님일 거라고는 생각하지 못할 것이다.

나도 처음엔 의심했지만 연습하면서 검을 맞대는 사이에 리사가 그 '흑기사'라고 확신할 수 있게 되었다. 거리를 두는 방식이나 파고드는 방식이 몇 번이나 죽이고 죽임 당했던 그 시절을 떠올리게 했기 때문이다. 그건 그렇고 혼내준다는데 어떻게 혼내는지 궁금하네…….

"마지막은 나네. 오오미야 사츠키야. 평범한…… 특별할 것 없는 일반인이지만, 걸림돌이 될지도 모르지만, 그래도 함께 모험하면서 즐거웠으니까. 그러니까 같이 있게 해주세요."

"나도 부탁할게~."

우리에게 '같이 있고 싶다'면서 머리를 숙이는 사츠키에게 맞춰서 리사도 머리를 숙였다. 같이 있으면서 즐거웠다는 건 나도 마찬가지고 학교에서는 맨 처음 그녀가 신경 써줘서 엄청 감사하고 있다. 하지만 플레이어들의 분란에 사츠키를 끌어들이는 것에 저항감이 느껴졌다는 건 분명하다.

학교 관련 이벤트라면, 설령 폭력을 쓰는 난폭한 녀석들이 상대라도 사츠키의 힘을 빌릴 생각이었고 싸움이 나면 함께 맞서는 것도 상정하고 있었다. 그게 그녀의 행복한 학교생활로 이어질 거라고 믿고 있었기 때문이다.

하지만 상대가 살인을 마다하지 않는 대규모 조직이거나 다채로운 공격 수단을 가진 플레이어인 경우에는 위험도가 비교가 안 될 정도로 확 뛴다. 나나 리사는 미래를 아는 플레이어이기 때문에 그런 녀석들이더라도 대처할 책부가 있지만, 사츠키는 평범한 여자아이다. 그런 위험한 녀석들로부터는 멀리 떼어놓고 싶었다.

그래도 리사의 의견으로는, 사츠키는 숙식을 함께 하며 매일 밤 생각을 교환하고 던전에서도 등을 맡기고 싸우는 운명을 함께 하는 파트너다. 한편 사츠키도 우리가 위험한 미래에 맞선다면 반드시 힘이 되어주고 싶다고 말해줬다. 그렇다면 나도 머리를 숙이고 힘을 빌리자고 생각을 바꾼 것이다.

"나야말로 잘 부탁해. 믿을 수 있는 사람의 도움이 절실해. 정말 귀중해."

"나도 물론 이의는 없어. 화사해지는 건 좋은 일이니까~."

"고마워, 소타, 아서 군!"

눈물을 글썽이며 기뻐하는 사츠키의 머리를 쓰다듬는 리사. 아서는 깊이 생각하지 않는 것 같지만, 지금은 그래도 괜찮다. 동료 의식과 유대감 같은 건 천천히 시간을 들여서 키워나가면 되니까.

“그럼 본론에 들어가자. 대략적으로 봐도 모험가 학교의 이벤트, 외부 클랜에 대한 대처, 이후의 레벨업 방침 등이 있는데 문제는 산더미처럼 많아.”

“전부 아주 중요하네.”

“모험가 학교라. 하지만 난 마인이라 제대로 움직일 수 없으니까 분명 아무것도 못 할 거야…… 밖에 나가고 싶다…….”

‘마인의 제약’ 때문에 던전 바깥의 일에는 참가할 수 없다며 힘없이 테이블에 엎어지는 아서. 설사 거미가 된다고 해도 매직 필드 밖으로 나가면 소환 몬스터는 멋대로 돌아올 것이고, 던전 안에서도 거미의 몸으로는 레벨을 살린 서포트를 충분히 할 수 없다며 주눅 든 것처럼 말했다.

하지만. 반대로 이 문제만 어떻게 해결하면 레벨이 40에 가까운 아서의 힘을 100% 빌릴 수 있게 되는 것이다. 그렇게 되면 내가 언급한 여러 문제가 해결되고 큰 어드밴티지를 얻을 수 있을 뿐만 아니라, 무구 소재 수집이나 이벤트 처리 등의 문제가 한 번에 해결될 가능성까지 생긴다.

우리 모드에게 큰 영향을 주는 이 제약. 지금까지 아서가 아무리 조사해도 해결의 실마리조차 찾지 못했지만…… 진전이 전혀 없었던 건 아니다.

“그럼 먼저 그것에 대해 이야기할까.”

제25장 ✦ 플레이어 회의

어둑어둑한 20층 게이트 방 중앙에서 테이블 너머로 마주 보는 네 사람. 이 멤버로 이야기하고 싶은 것은 여러 가지 있다. 학교 내부의 이벤트에서는 어떻게 움직여야 하는가. 소렐 등의 외부 클랜에는 어떻게 대처할 것인가. 레벨을 올릴 때는 어떻게 협력해 나갈 것인가, 등이다.

이 문제들은 현재 중대한 문제인 것은 아니지만, 전부 피해갈 수 없는 중요한 과제다. 원래는 나와 리사, 사안에 따라서는 사츠키를 포함한 세 명만으로 문제에 임할 예정이었다. 하지만 아서의 힘도 빌릴 수 있다면 이 문제들에 대처하는 난이도를 크게 낮출 수 있다. 그러기 위해서라도 특정 층만 움직일 수 있는 '마인의 제약'을 어떻게든 해야만 한다.

"마인의 제약에 대한 정보를 모은다면 같은 마인인 푸르푸르에게 물어보는 게 제일이겠지. 그렇게 생각해서 물어봤는데——."

"혹시 어떻게 할 방법을 찾았다던가?"

힘차게 테이블 위로 몸을 내밀며 눈을 반짝이는 아서. 관자놀이에서 자라난 커다란 말린 뿔을 기대감에 떨었다.

마인이라는 존재는 던익에서도 몇 명인가 등장하는데, 실로 기묘하면서 특이한 종속이다. 외모는 커다란 말린 뿔이 자라나 있다는 것 외에는 인간과 거의 다르지 않아서 동료 의식을 가지게 될 것 같지만, 행동 패턴이나 사고방식은 인간과 큰 차이가 있다.

예를 들면 모험가에게 우호적인 마인이 있는 한편, 의사소통이 전혀 안 되거나 악마를 거느리고 던전 안을 활보하며 만난 사람 모두를 쓰러뜨리는 재해 같은 녀석까지 있어서 다양하다. 우호적인 푸르푸르도 무슨 생각으로 아무도 오지 않는 가게를 하고 있는 건지 불명하다. 그보다 언제부터 하고 있는지조차 알 수 없다.

요컨대 마인은 인간과 전혀 다른 가치관과 알고리즘으로 움직이고 있으니 이해하려고 해봤자 헛수고다. 그리고 육체 능력 면에서도 인간과 크게 다르다.

능력적으로는 같은 레벨의 모험가와 비교하면 배 이상의 INT와 VIT, MP를 가지고 있어서 근접전, 마법전 가리지 않고 전투 능력이 굉장히 높다. 게다가 정신 구조가 특이해서 정신 공격 등이 전혀 효과가 없다는 특징까지 갖추고 있다.

그렇게 이해할 수 없고 만능 치트키 같은 마인이지만 좋은 점만 있는 게 아니며, 이동 제한이라는 엄청난 제약이 걸려있다. 같은 마인인 푸르푸르도 할머니의 가게 외에는 몇 개의 층밖에 이동이 허가되지 않아 퀘스트라는 이름으로 모험가에게 일을 부탁하는 건 그런 이유 때문이다. 플레이어 지식을 가지고 있는 아서에게도 이 이동 제한은 어떻게 할 수 없는 치명적인 족쇄로 작용하고 있다.

그 족쇄를 풀 방법을 찾았으면 당장 가르쳐달라며 재촉하듯이 말했지만, 세상에 그렇게 형편 좋은 이야기는 굴러다니지 않는다.

"안타깝지만 마인인 이상 이동 제한은 해제할 수 없대."

"어? ……설마, 그게 끝은 아니지?"

기대하게 만들어놓고 실망시키는 짓은 안 하겠지 라고 말하며 째려봤지만, 외모가 어린이라서 전혀 무섭지 않다. 하지만 딱히 기대하게 만들기 위해서만 이야기한 게 아니니 신정해줬으면 한다.

"마인인 이상은, 말이야. 그렇다면 마인을 그만두면 돼. 하지만 그렇게 하는 경우에는 여러 폐해도 생기는 것 같아."

던익에서 마인은 던전의 수호자 같은 존재였다. 움직일 수 없다는 제약도 그런 점이 관련되어 있을 것이라 생각된다. 만약 아서가 마인을 그만두면 담당하고 있는 38층이 어떻게 될지 알 수 없고 마인의 혜택인 높은 스탯과 고유 스킬도 전부 잃게 된다고 한다.

"38층? 던전에서 나갈 수 있으면 그런 집은 어떻게 되든 상관없어. 잡동사니밖에 없었으니까. 스탯이 낮아지는 건 아프지만 참아야지. 근데 그런 일이 정말로 가능해?"

"푸르푸르한테 몇 번이나 물어봤는데, 기억이 애매해서 생각이 안 난다고 했어."

마인뿐만 아니라 다른 종족으로 전행하는 마법 같은 건 게임을 할 때는 한 번도 들은 적이 없었다. 정말로 있는지, 전례가 있는지, 그 점이 중요하다면서 푸르푸르에게 캐물어도 '있었던 것 같기도 하고~ 없었던 것 같기도 하고~. 하지만 그것을 1000개 가져오면 기억날지도 모르지~'라고 말했다.

"'그것'이라면 푸르푸르 씨의 퀘스트를 말하는 거지? 그치만…… 1000개는 무리라고 생각하는데."

"꽤 비싸게 부르네~"

1000개나 모으려면 매일 한다고 쳐도 반년 가까이 걸리지 않느냐며 걱정하는 사츠키. 그렇다고 해도 아서가 밖으로 나갈 수 있다면 우리에게 돌아오는 혜택은 헤아릴 수 없으니 해볼 가치는 있을 것이다.

"그래도 다행이야! 이대로 평생 던전에서 살아가야 하나 싶었다고. 밖에 나가면 나도 모험가 학교에 다니고 싶네에."

"아직 확정된 건 아니라고. 그리고 학교에 입학한다고 해도 내년부터 다니게 되겠지."

"내년이라…… 카노도 입학할지도 모르니까 같은 반이 될지도 모르겠네. 근데 그렇게 되면 E반이 굉장해질 것 같아."

던익을 진탕 한 플레이어라면 모험가 학교에 다니고 싶다는 바람은 당연히 있을 것이다. 나도 그런 망상을 하면서 플레이했다.

만약 아서가 다니려면 내년에 있는 입학시험에 합격하면 가능한가, 아니 그 전에 호적을 어떻게 할까── 그런 생각을 했는데, 그렇게 되면 카노와 같은 E반이 되니 파란만장한 미래밖에 떠오르지 않았다. 나, 불안해지기 시작했다고.

"그때까지는 아라크네가 되어서 같이 행동하게 되는 걸까. 힘내자."

"음~…… 아라크네의 몸은 작고 빨라서 편리하고 좋지만, 말을 할 수 없으니 말이야. 그리고 겉모습은 몬스터니까 탐색했을 때도 고생했어."

일반 모험가가 아서를 발견했을 때는 몬스터로 착각해서 공격했으니, 가능하면 인간형 소환 몬스터가 좋다고 한다. 그 몸으로 대체 어디까지 탐색하러 갔던 거냐.

"인간형 소환 마법이라면 '엘리멘탈'이나 '천사'이려나. 어쨌든 스킬 습득은 어렵겠네~."

인간형 소환 몬스터는 나름대로 종류가 있지만 전부 최상급 직업이 있어야 습득할 수 있는 강력한 스킬뿐이다. 그렇긴 하지만 아서가 쓰고 있는 아라크네도 노말 타입이 아니라 몬스터 레벨 70인 아라크네 모나크…… 인데 어째서인지 약체, 소형화되었다. 불편하겠지만 당분간은 그 거미로 힘내는 수밖에 없다.

마인의 제약에 대한 이야기가 일단락되었고, 사츠키가 끓여준 홍차를 마시고 한숨 돌렸다. 종이접시 위에 있던 쿠키를 다 먹자 리사가 짙은 녹색의 롤케이크를 새로 꺼냈다. 종이접시에 잘라줘서 기꺼이 입에 넣으니 말차 특유의 좋은 향이 코를 감쌌다.

"음, 이거 맛있네. 더 줘! 그래서 말이야, 학교는 지금 어떤 느낌이야?"

입 주위에 말차 크림을 잔뜩 묻힌 아서가 기분 좋게 더 달라고 부탁하면서 학교의 상황을 물었다.

"반 대항전이 끝나고 차기 학생회장 선거가 시작되는 시기야. 아마 세라 씨가 당선될 거라 생각하지만, 예상 밖의 움직임도 있어서 나는 당황스러워."

"소타는 학생회에 찍혔었지~. 시프 연구부 쪽인가."

"아마 시프 연구부 쪽일 거야. 구노이치 레드 관련이겠지."

구노이치 레드에 수상한 움직임은 있지만 적대시당하고 있지는 않다고 생각한다. 키라라도 무리하게 접근하거나 학생회 회의실에서 내 정보를 뿌리는 짓은 하지 않았다. 호출당한 이유는 아직 불명해서 신경 쓰이긴 하지만.

"팔룡이랑 쿠노이치 레드가 벌써 움직이고 있나. 왠지 재밌을 것 같아! 아아~, 내가 입학했으면 학생회장에 입후보 했을 텐데~."

아서는 다리를 파닥거리면서 빨리 입학시켜달라고 한다. 학교 안에서 일어나는 이벤트에는 관여할 수 없어서 답답한 모양이다.

하지만 이 시점에 쿠노이치 레드가 엮이거나 제2검술부가 공격하는 등 게임 스토리와 차이가 발생하고 있다. 앞으로도 게임 지식이 통할지에 대한 불안을 떨쳐낼 수 없다.

"반 친구들이 생각대로 레벨을 올리지 못하고 있는 것도~ 좋은 상황은 아니지~. 아카기 일행만이라도 레벨이 오르면 좋겠는데."

"쩔로 후딱 올려버리면 될 건데…… 아니지, 게이트는 가르쳐주지 않았다고 했던가."

"맞아. 그래서 쩔을 한다고 해도 주말에만 할 수 있단 말이지."

게이트를 쓰지 못하면 사냥터까지 가는 것만으로도 한나절이 걸려서 수업이 있는 평일에는 레벨업 같은 건 불가능하다. 만약 이대로 아카기 일행의 레벨이 충분히 오르지 않으면 앞으로 일어날 다양한 학교 이벤트에 실패하고 말 것이다. 게임으로 치면 2학년으로 진급조차 하지 못하고 배드 엔딩 일직선이다.

"그렇다는 건 E반이 붕괴할지도 모른다는 건가. 큰일이네."

"부, 붕괴하는 거야?"

"반 친구 몇 명이 학교에 안 오게 되거나 자퇴에 내몰릴지도 모르지~.”

새로 받은 롤케이크를 베어 먹으면서 'E반 붕괴'라는 강렬한 말을 선뜻 말하는 아서. 배드 엔딩이라 해도 반이 붕괴되기만 할 뿐이지 누군가가 죽는 건 아니다. 하지만 반 친구들에게 애착이 있어서 함께 분발해 나가고 싶다고 생각하고 있는 사츠키는 붕괴만큼은 어떻게 안 되냐며 곤란한 표정을 지었다.

나도 한결같이 노력하고 있는 카오루의 퇴학은 저지하고 싶고, 내년에 카노와 아서가 입학하면 선배 노릇을 하거나 같이 학교생활을 즐겨보고 싶다. 가능하다면 반 붕괴는 피할 수 있게 움직일 생각이다.

“반 붕괴를 막는 분기점은 몇 개 있는데, 던전에 오랜 시간 있을 수 있는 여름방학이 승부처가 되겠지.”

“레벨 10 정도까지 올릴 수 있으면 겨울까지는 괜찮을 것 같은데~.”

“나도 열심히 도와줘야겠어.”

E반의 상황은 순조롭다고 하긴 어렵지만, 현 단계에 치명적이라 할 수 있는 것은 없으며 여름 방학의 레벨업 상태에 따라서는 충분히 만회 가능하다고 생각한다. 제2검술부에게 공격당한 일이나 학생회 회의실에 불려간 일은 문제이긴 하지만, 내가 대놓고 이래저래 할 수 있는 일이 아니다. 이후의 상황을 지켜보면서 계속 서포트해 나가는 수밖에 없을 것이다.

“그렇구나~. 그리고 말이야, 물어보고 싶은데 플레이어는 또 누가 있어?"

"현재 알고 있는 사람은 츠키시마뿐이야."

"츠키시마? 그게 누구야."

"이 사람이야. 그래서 리사, 그 이후로 뭔가 알아냈어?"

이외에도 플레이어가 있는지 궁금해하는 아서에게 팔 단말기의 데이터베이스로 불러낸 얼굴 사진과 데이터를 세트로 보여줬다. 가끔 리사가 츠키시마와 함께 행동하는 모습을 보는데, 그건 내가 무리하게 부탁해서 정보를 캐주고 있기 때문이다. 츠키시마도 플레이어라는 걸 알고 있는 리사에게는 편하게 말을 걸고 같이 놀러 가자고 하거나 밥을 먹으러 가자고 하는 모양인데, 가장 중요한 자신의 정보에 대해서는 거의 누설하지 않는다.

"여전히 던전에는 안 가고 있는 것 같아~. 항상 바깥의 번화가에서 놀고 있어. 그런데도 레벨업은 순조로운 것 같아."

"던전에 가지 않고 레벨업이라~. 그거 소환 마법을 쓰고 있는 거 아냐?"

"소환 마법은 그런 것까지 할 수 있어?"

리사의 이야기를 듣고 소환 몬스터를 홀로 돌격시켜서 레벨을 올리고 있다고 추측하는 아서. 그렇게 편하게 레벨을 올릴 수 있냐며 사츠키가 눈을 깜빡이며 놀랐다. 이전에 나도 똑같이 소환 마법설을 생각한 적이 있었지만, 그게 정말로 가능한지 의심하고 있다.

"아서. 소환 몬스터만 던전에 보내서 레벨을 올린다고 해도 소환자가 가까이에 없으면 사라져 버리는 거 아냐? 설령 사라지지 않는다고 해도 레벨이 낮은 상태로 몇 시간이나 계속 소환하고 있으면 MP도 못 버티잖아."

던익의 소환 몬스터는 소환자로부터 일정 거리 이상 떨어지면 멋대로 돌아와 버려서 다른 층에 홀로 돌격시키는 건 불가능했다. 그리고 레전더리 장비로 MP부스트를 하고 있다면 몰라도 별다른 장비도 없는 저렙이라면 MP가 금방 고갈돼버린다. 이 두 가지 문제를 어떻게 해결하지 않는 한 소환 마법설은 성립되지 않는다.

"그, 이쪽에서는 멀리 떨어져도 소환자에 대한 충성심이 있으면 사라지지 않는 것 같아. 내가 소환하는 채피도 나를 엄청 잘 따르니까 명령만 해두면 다른 층에 보내도 사라지지 않아. 그리고 레벨이 부족한 상태로 부르면 '약체화'돼있을 거라서 소환MP 코스트도 크게 감소됐을 거야."

이쪽 세계의 소환 몬스터에는 충성심 파라미터 같은 것이 있으며, 그게 높은 상태가 아니면 《빙의》조차 시켜주지 않는다나. 그리고 레벨이 부족한 상태로 소환 마법을 쓰면 전투 능력이 크게 떨어진 '약체화'라는 디버프에 걸린 상태로 소환되지만 MP코스트도 마찬가지로 떨어진다고 한다.

이러한 정보는 게임과는 사정이 다른 것 같으니 실제로 스스로 소환 마법을 써서 체험해보지 않으면 알 수 없는 것이다. 하지만 만약 아서가 말한 게 사실이라면 소환 마법설의 신빙성이 높아진다

그리고 문제가 있다면 .

"그치만 소환 몬스터 혼자 보냈는데 목격 정보는 안 올라왔잖아. 사람에게 들키지 않거나 투명해질 수 있는 소환 몬스터가 있는 걸까?"

"주위의 인지 능력을 저하시키는 소환 몬스터는 있지만~, 1층 플로어처럼 모험가가 가득한 곳을 아무에게도 들키지 않고 지나가는 건 아마 무리지~."

"인간형이라면 갑옷을 입히면 알 수 없게 되는 거 아냐? 츠키시마라는 녀석도 그런 위장은 할 거라 생각하는데~."

사츠키가 소환 몬스터가 던전 1층에서 걸어 다니고 있으면 큰 소동이 일어날 것이라고 지적했다. 개중에는 드래곤이나 신수 등의 거대한 소환 몬스터도 있으니, 인파 속에 있으면 혼란스러워질 것이라는 건 쉽게 상상할 수 있었다. 하지만 아서의 말대로 인간형이라면 갑옷을 입고 지나가는 건 가능할 것이다.

"뭐~, 그래도 솔로로 사냥을 시켰다고 해도 레벨20 정도까지 올렸겠지. 소환 몬스터는 기본적으로 소환자보다 약하니까. 근데 말이야, 츠키시마는 어떤 녀석이야? 여기에 부를 만한 녀석이 아니야?"

원래라면 레벨 20에 도달하는 것조차 어려울 것이라 생각하지만…… 슬슬 파티라도 짤 생각인 걸까. 그렇다고 해서 반 친구 중에서 누군가를 키우고 있는 기미는 안 보이는데, 그 부분은 어떻게 할 생각인지 신경 쓰이긴 하네.

"세상의 모든 것을 지배하겠다는 말을 할 것 같은 남자야~. 협조성은…… 없을 것 같은데~ 집단 행동 같은 건 싫어하는 것 같고."

"야심가에 팀플레이 같은 건 못할 것 같은 녀석인가. 난 그런 타입은 싫진 않지만 동료로 보는 건 어려우려나?"

게임 지식을 가지고 이 세계에 온 이상, 그 지식들을 이용하지 않고 평온하게 살아간다는 건 보통은 있을 수 없는 일이다. 있다고 하면 그 극대의 가능성을 깨닫지 못하는 엄청나게 무능한 녀석이거나 원래 세계에서 모든 것이 소진된 사람뿐이지 않을까. 따라서 야심을 가지고 있다는 건 지극히 당연하고 건전한 정신을 가지고 있다는 증거라고 해도 좋다.

그러니 야심가이기만 할 뿐이라면 동료로 삼지 않을 이유가 없다. 협력해서 대처하고 싶은 일은 산더미처럼 있으니 내가 먼저 부르고 싶을 정도다.

내가 츠키시마를 문제시하고 있는 점은 주위 사람을 'NPC'로만 보고 있다는 것. 그런 인물에게 소중한 가족을 접촉시킬 수는 없고, 한패가 된다고 해도 내가 바라는 미래를 잡을 수 있을 것 같지는 않다. 츠키시마가 그 생각을 바꾸도록 리사가 손을 써주고 있지만, 개선될 조짐이 전혀 보이지 않는 것 또한 고민스러운 문제다.

"슬슬 학교에서도 활동할 거라고 했어. 어떻게 움직일 생각인지 모르니까 내 나름대로 주시할 생각이지만…… 안다고 해도 막는 건 어렵겠지~."

"E반은 아직 싸울 준비도 안 돼있는데……."

"지금 상위 반에 찍히면 싸울 수 있는 사람이 없지."

여기저기에 싸움을 걸어서 상위 반과 전면 전쟁 같은 걸 하게 되면 레벨이 20에 가까운 귀족들까지 튀어나오게 된다. 자칫 잘못하면 팔룡도 움직일지도 모른다. 설령 츠키시마가 그 녀석들과 맞설 수 있다고 해도 현 시점의 반 친구들은 《오라》에 닿기만 해도 마음이 꺾여버릴 것이다. 대체 무슨 생각을 하고 있는 것인가.

움직일 거라면 적어도 내년부터 움직여줬으면 좋겠지만, 리사는 말한다고 해서 들을 사람이 아닐지도 모른다. 현재도 이것저것 잘 안 되고 있는데 새로운 문제까지 생기려 하고 있다니. 오늘은 서로 얼굴을 볼 목적으로 만난 거라서 그렇게까지 깊이 이야기할 생각은 없었는데…… 이거 참. 어떻게 할까.

'나와라~~아! 썩을 꼬맹이이!!'

'지난번의 빚을 갚아주마! 나와라!'

한숨을 쉬면서 홍차로 목을 축이고 있으니 멀리서 나오라고 외치는 굵은 목소리가 들려왔다. 썩을 꼬맹이라는 말을 듣고 맨 먼저 눈앞에서 행복하게 롤케이크를 입 안 가득 넣고 먹고 있는 마인이 떠올랐는데, 차차 험악해진 표정을 보니 그 목소리에 짚이는 구석이 있는 모양이다.

"……목소리는, 위쪽에서 들려왔네."

"저 녀석들, 질리지도 않고 또 왔나. 이번에야말로 혼내줘야겠어."

위쪽, 다시 말해서 큰 방에서 소리가 들렸다고 사츠키가 말하자 아서는 짜증이 난 기색으로 입에 들어있는 것을 홍차로 넘기고 일어섰다. 거친 소동이 벌어질 것 같은 느낌이 들어서 말리려고 했지만, '빠르게 정리하고 올 테니까 기다려'라고 말하고 그 자리에서 직통 게이트를 열어 들어가 버렸다.

제26장 ✦ 불청객들

남겨진 우리 세 사람은 눈을 깜빡이면서 상황을 정리했다.

"저런 상태면 역시 싸움이 일어나려나."

"그렇겠지. 하지만 이상해."

"음~ 뭔가 알아차린 게 있는 거야~?"

우호적인 것과는 거리가 먼 부르는 소리. 그리고 아서가 짜증 내는 걸 보면 상대는 십중팔구 판다 브라더스라는 판다 같은 모습을 한 클랜일 것이다. 지으려고 하는 집을 파괴하거나 아서 본인을 잡아서 팔아 치우려고 한 나쁜 녀석들이다.

하지만 전에 쫓아 보냈을 때는 압도적인 힘의 차이를 보여줬을 것이다. 그래도 질리지도 않고 덤비는 건 뭔가 있는 걸까.

"어쩌면 이길 방법을 생각해 온 걸지도 모르지. 좀 걱정되는데……."

"괜찮을 거라 생각하지만~ 만일의 사태가 터지면 곤란하니까 살짝 상황을 보러 가는 편이 좋을지도 모르겠어~."

설령 판다 녀석들에게 이길 방법이 있다고 해도 대인전의 스페셜리스트인 아서에게 떼로 덤벼들어도 이길 수 있을 것 같지는 않다. 그래도 우리가 예상치 못한 수단을 준비해왔을 가능성도 부정할 수 없으니 리사의 말대로 살짝 상황을 보러 가는 편이 좋을지도 모르겠다.

"만일을 위해서 가면이랑 로브를 쓰고 가자. 우리도 샀어."

"그래도~ 외관이 좀 심심해서 형태를 바꾸고 데코레이션도 했지~."

그렇게 말하면서 들뜬 기색으로 꺼낸 것은 가면과 로브. 사츠키는 노란색 계통, 리사는 청록색 계통이었다. 감정 저해 효과가 있는 가면과 인식 저해 효과가 있는 로브일 거라 생각하는데, 곳곳에 비즈가 달려있거나 꽃무늬 자수가 수놓여 있는 등 화려하게 예뻐져 있었고 가면은 얼굴 전체를 덮는 타입에서 눈가만 가리는 타입으로 바뀌어 있었다.

던익에서는 단순한 착색만 하는 거라면 몰라도 저렇게 형태를 크게 바꾸거나 데코레이션을 하는 건 불가능했다. 하지만 효과는 그대로인지 가면과 로브를 장착하자 두 사람의 기척이 슥 작아지고 눈가 이외의 크게 노출된 얼굴도 판별하기 어려워졌다.

"저 사다리를 타고 올라가면 되겠지."

"소리 내지 말고 얼굴을 살짝 내밀고 엿볼까~. 로브를 입고 있으면 안 들킬 거라 생각하니까."

그렇게 말하고 리사가 먼저 사다리를 타고 올라갔다. 세 명이서 저 작은 구멍으로 얼굴을 내밀기에는 상당히 좁을 것 같지만, 뭐, 한번 해볼까.

(좀 비습지만~ 어떻게든 됐네~.)

(아, 정말로 판다 같은 모습을 하고 있어.)

사츠키와 리사 사이에 끼듯이 밀착해서 돌바닥을 들어 올려 방의 상황을 살폈다. 전방에서는 아서와 흑백 얼룩무늬 방어구를 입은 판다들이 대치하고 있는 게 보이…… 는데, 팔이랑 등에 뭔가 부드러운 게 닿아서 전혀 집중할 수가 없다. 진정해라, 진정하는 거다, 나.

잡념을 배제하고 귀를 기울이니 의외로 큰 소리로 이야기하고 있어서 대화 내용은 잘 들렸다.

"너희들! 다음에 또 여기에 오면 안 봐준다고 했잖아."

"흥. 전에는 이상한 기술에 당했지만 말이다, 이번에는 **비장의 수단**을 준비했다고. 각오하라고! 이걸 봐라!"

판다들의 선두에 서 있는 사람은 근육질에 키가 2m는 될까 싶은 몸집 큰 남자. 그 두꺼운 양팔로 투명한 용기를 의기양양하게 들어 올리는 게 아닌가. 안에는 뭔가 하얀 안개가 떠올랐다 사라졌다 하고 있는데, 저게 비장의 수단인 걸까.

(저 용기 안에 있는 게 해골 형태를 가진 안개라면《마인드 쇼크》매직 아이템일 건데~, 안경이 없으면 시력이 좀 낮아서.)

(……해골이네. 입이 뻐끔뻐끔 움직이고 있어. 아서 군, 괜찮을까…….)

상태 이상을 부여하는 아이템은 여럿 있지만 그중에서도 비교적 인기 있는 게《마인드 쇼크》마법이 담긴 매직 아이템이다. 대상의 MP를 크게 줄여 기력마저도 빼앗아 가서 한번 맞으면 효과는 절대적이다. 물론 흔히 보이는 싸구려는 MND가 높은 상대에게는 효과가 없어서 초급 모험가용 아이템으로 자리 잡고 있다.

그 매직 아이템을 아서에게 겨누면서 몸집 큰 남자가 우쭐거리며 말했다.

"헹, 어차피 싸구려일 거라 생각하면서 여유 부리고 있군?! 하지만 말이다, 이게 있으면 너 따위는 한 방이라고! **천만**이나 하는 매직 아이템의 위력을 맛봐라!"

"처, 천만이라고?! 잠깐만. 너희들 서두르지 마!"

"히하핫, 받아라아아!"

천만 엔이라는 말을 듣고 눈에 띄게 동요하기 시작한 아서. 양 손의 손바닥을 앞으로 내밀고 지금 바로 아이템 사용을 멈춰달라며 애원했지만, 판다 리더는 그 모습을 보자마자 세디스틱한 웃음을 더욱 진하게 지었다. 더는 말할 필요가 없다는 듯이 용기를 와자작 쥐어서 으스러뜨리자 하얀 안개가 아서를 향해 방출되었다.

아서는 **흐린** 목소리를 내고는 힘없이 돌바닥에 무릎을 꿇었고, 몸을 웅크리고 움직이지 않게 되었다…….

매직 아이템의 너무나도 강력한 효력에 조용해져 있던 판다들은 승리의 포즈를 잡거나 보너스를 받을 수 있다며 환호성을 질렀다. 마치 고생해서 레이드 보스를 쓰러뜨린 느낌이었다. 한편 바로 옆에서 보고 있던 사츠키는 숨을 죽이고 충격을 받았다.

(아서 군이…… 빨리, 지금 바로 나가서 도와줘야지.)

(기다려, 사츠키. 또 누가 있어. 좀 더 상황을 보자.)

앞으로 함께 싸워나갈 소중한 동료가 될 건데 버릴 수는 없다. 사츠키는 그렇게 말하고 구멍에서 나가려고 했지만 리사가 바로 말렸다. 아서에게 매직 아이템이 먹힌 걸 보자마자 새로운 침입자가 나타났기 때문이다.

방 입구에서 소리도 없이 천천히 걸어온 사람은 전신에 검은 옷을 입은 남자. 두 눈 외에는 검은 천으로 덮여있어서 표정은 짐작할 수 없다. 허리 좌우에는 단도를 늘어뜨리고 있으니 닌자인 것 같다.

"형님! 해냈습니다! 보세요!"

"잘했다…… 인간의 말을 한다는 건 사실인 것 같군. 분명 신종 몬스터일 거다. 움직이지 못하게 와이어로 묶어둬라……."

"이제 저도 '어비스 오브 그리즐리즈'로 승격할 수 있을까요?"

"……그건 이 녀석의 가격에 달려있지……."

돌바닥에 손을 짚고 엎드려 있는 아서를 내려다보며 차분하게 평가하는 검은 옷을 입은 남자. 인간의 말이 통하면 미지의 던전 정보를 캐물을 수 있을지도 모른다. 설령 그렇게 하지 못한다고 하더라도 죽여버리면 강력한 드랍 아이템을 얻을 수 있을지도 모른다. 어쨌든 이 몬스터의 가치는 현 시점에는 정할 수 없다고 한다.

담담하고 냉철하게 이야기하는 그 모습은 어딘가 코미디 느낌이 나는 판다들과는 성질이 정반대인 암부 출신자 특유의 차가운 분위기가 있었다. 그보다 지금 말한 클랜은 분명——.

(어비스 오브 그리즐리즈. 유괴와 인신매매, 암살과 공작까지 폭넓게 활동하는 범죄 클랜이네~. 일반인에게도 많은 피해를 끼치는 악당 집단이야)

(그랬지. 판다 놈들은 저 녀석의 부하 같은데—— 아니, 사츠

키, 기다려!)

던익에서도 등장했던 범죄 클랜이라 떠올리고 있는데 악당 집단이라는 말을 들은 사츠키가 조건반사처럼 구멍에서 튀어나가 아서가 있는 곳까지 달려가 버렸다. 리사도 당황해서 쫓아갔다. 좀 더 상황을 보고 싶었지만 어쩔 수 없다. 나도 가자.

"거기까지야! 우리의 소중한 동료한테 손대지 마!"

"에헤헤, 안녕하세요~."

허리에 손을 대고 딱 버티고 서는 사츠키. 그 뒤에서는 리사가 조심스럽게 얼굴을 쏙 내밀고 인사했다.

"너희는 뭐냐. 어디서 튀어나온 거냐!"

할당금이 얼마가 될지 예상하고 들떠있던 판다들은 갑자기 정체불명의 외부자가 등장해 허둥거렸고, 검은 옷을 입은 남자는 말없이 거리를 두고 상황을 살폈다. 뒤에 있던 부하들이 바로 《간이감정》 마도구를 무례하게 들이댔지만 우리는 다 같이 가면과 로브를 착용하고 있으니 정체를 들킬 일은 없다. 전부 가짜 수치로 보일 것이다.

"형님. 레벨 18 전후라고 나오는 것 같은데, 어떻게 할까요."

'이 몸의 모습을 본 놈은 살려서 보낼 순 없다…… 한 놈도 남기지 말고 처리해라.'

"너희들 늘었냐, 방해사는 전부 죽여라!"

판다 녀석들은 허리에 차고 있던 도검을 금속이 스치는 듯한 소리와 함께 난폭하게 뽑았다. 역시 이렇게 되는구나. 아서의 모습을 보니…… **어째서인지** 바닥에 손을 짚고 엎드린 채로 움직이지 않았다. 중요할 때 쓸모없는 녀석.

"빨리 저기 웅크리고 있는 멍청이의 엉덩이를 차주자. 그러면 바로 낫겠지."

"후훗, 그렇네. 사츠키, 내가 전위를 할 테니까 뒤는 부탁할게~."

"응, 맡겨줘."

나도 허리에 두른 파우치 형태의 매직 백에서 곡검을 뽑아서 앞에 나섰다. 바로 뒤에서는 리사가 장검을 들고 자세를 잡았고, 사츠키는 목제 완드를 꺼내 삼각형으로 포진했다. 상대는 레벨 20 전후가 20명 정도. 닌자는 좀 더 레벨이 높을 것 같다. 저 녀석들 모두와 싸운다면 플레이어 스킬에 기대야 하겠지만, 전부 죽여서 입을 막을 순 없으니 가능하면 사용은 삼가고 싶다.

"이런 곳에서 뭘 하고 있었는지는 모르겠지만 형님의 명령이다. 죽어라. 뒤에 있는 여자 둘은…… 재미 보고 죽일까."

"헤헤헷……."

그들은 지금부터 목숨을 건 싸움이 벌어지는데도 전혀 긴장감 없이 히죽거리면서 포위하기 위해 걸어왔다. 사츠키와 리사는 로브 너머로도 여성의 몸매가 드러나서 놈들의 시선이 고정되었다. 바로 근처에 있는 나는 그다지 경계도 주목도 하지 않는 상태. 그렇다면 그에 맞는 대가를 치르게 할 따름이다.

상스러운 웃음을 지은 판다 중 한 명이 내가 공격할 수 있는 거리에 들어온 순간── 한 번에 날아서 왼팔을 베고 여세를 몰아 옆에 있는 판다의 손목을 손목방어구째로 날려버렸다. 베인 두 사람은 절규하며 그 자리에서 괴로움에 기절했고, 느슨했던 판다 녀석들의 분위기가 급변했다.

“이 자식! 먼저 이 녀석부터——.”

“그렇게는 안 되지! 작열하는 불꽃이여, 나에게 힘을 빌려줘! 《파이어볼》!!!”

나에게 모두의 주의가 끌린 순간, 뒤에서 새빨갛게 빛나는 불덩이가 던져져 판다 놈들의 발치에 착탄했다. 열풍과 부서져 흩어진 돌바닥으로 인해 몇 명이 비틀거리자 리사가 아서가 있는 방향으로 돌격해 진행방향에 있는 판다들을 베었다. 사츠키도 달리면서 단검으로 바꿔 들고 리사의 뒤를 지키듯이 근접전을 벌였다. 한번에 처리할 생각인 것 같다.

“이, 이 녀석들 싸움에 익숙해! 너희들, 거리를 벌려라!”

“하게 두겠냐—— 어이쿠…….”

당황한 판다들이 재정비하려고 했지만, 그걸 내가 가만히 보고 있을 리가 없다. 무너져가는 곳에 추가타를 가하려고 한 발 내디뎠——지만, 사각에서 고속으로 뭔가가 발사되어 아슬아슬하게 피했다. 리사에게도 똑같이 발사되었는지 장검으로 튕겨내고 있었다.

“팔놀림과 행동 속도, 동체시력을 보면 레벨은 20정도…… 뒤에 있는 여자는 약간 낮은 16 전후인가. 하지만 대인전 경험은 풍부해 보이는군. 같은 암부 사람인가……?”

새까만 천으로 몸을 감싼 닌자 같은 남자가 흐린 목소리로 혼잣말을 중얼거리며 앞으로 나왔다. 처음부터 싸우지 않은 건 우리가 싸우는 모습을 보고 실력이 어느 정도인지 분석했기 때문일 것이다. 하지만 판다들이 예상과 달리 빠르게 무너져버려서 앞에 나서지 않을 수 없게 된 것이다.

(아서를 넘겨주면 무리하게 싸울 필요는 없는데…… 어떻게 할까.)

게임에서의 암부 사람은 의심이 많고 신중하며 이길 수 있는 싸움만 하는 타입이 많았다. 이 녀석도 무모한 싸움은 바라지 않을 것이다. 나도 가능하면 싸움을 피하고 싶으니 교섭해볼 가치는 있을 것이다.

"그 녀석은 건드리지 말아줄래? 그렇게 해주면 우리는 물러날 생각이야."

'……순순히 넘겨줄 것 같나? 여기까지 오는 데 시간도 돈도 들었다. 그리고…… 이 몸의 모습을 본 녀석은 누구도 살려둘 생각은 없다…….'

"형니임! 해치워주십시오!"

'너희도 싸워라…… 빨리 포위해라.'

내 제안을 바로 거절하고 판다들에게 전투 재개 명령을 내리는 썩을 닌자. 마스크 틈으로 살의가 담긴 번쩍이는 눈을 보이면서 두 자루의 단도를 거꾸로 쥐고 자세를 잡았다. 우리가 싸우는 모습을 보고도 충분히 이길 수 있다고 예상한 모양이다. 한편 판다들은 아까와는 전혀 다르게 신중하게 무기를 들고 좌우로 산개했다.

그건 그렇고 이도류 사용자인가…… 처음 보네. 이도류는 무기 스킬 발동에 제약을 받아서 이쪽 세계에서는 평가가 굉장히 낮으며 쓰는 사람을 본 적이 없었다. 공격에 자유도가 생겨서 난 좋아하지만. 왠지 멋있기도 하고.

(그럼 나도 이도류 스타일로 대항할까)

매직 백에서 또 한 자루의 검── 전에 뼈다귀를 쓰러뜨리고 손에 넣은 [소드 오브 볼게무트]를 꺼내 좌우의 검의 중량 밸런스를 확인하고자 몇 번 휘둘러 봤다. 흠, 상태는 나쁘지 않아.

"임시방편…… 은 아닌 것 같지만 이 몸에게 이도류로 덤비다니, 얕보고 있구나. 누가 위인지 격의 차이를 보여주마…… 남길 말은 있는가."

"……살살 해주세요."

내 이도류를 보고 알 수 없는 투지를 불태우는데, 내 주목적은 아서 탈환이며 지금 하고 있는 건 무자비한 살육전이다. 게임이 아니니까 누가 위인지는 아무래도 상관없다. 그래도 이쪽 세계의 이도류 사용자가 어느 정도인지 관심은 있다. 나도 죽일 생각으로 시험해보자.

"(닌자놈은 내가 처리할게. 여차하면 플레이어 스킬을 쓸 거야.)"

"(고마워. 그 대신 아서 군은 맡겨줘. 사츠키 가자~.)"

"(오케이 리사. 준비됐어.)"

우리도 재정비하고 다시 무기를 들고 자세를 잡았다. 곁눈질로 아서를 살짝 보니 어째 매직 아이템의 파편을 모아서 조립하려하고 있는데, 뭘 하고 있는 거지…… 뭐, 상관없다. 곧 리사가 엉덩이를 차주러 갈 거니까 거기서 얌전히 기다리라고.

서로 두 자루 칼을 들고 살의를 담아 노려봤다. 고통스러울 정도로 고요한 그 침묵은 중얼거리는 듯한 목소리로 인해 깨졌다.

'……그럼, 간다.'

닌자는 그 말을 끝내더니 돌바닥에 금이 갈 정도로 발을 세게 내딛고, 기어가는 듯한 낮은 자세로 순식간에 거리를 좁혔다. 아주 가까이까지 육박하자 거꾸로 든 단도로 찔렀지만——.

"——《슬래시》."

난 그 낮은 자세에 맞추듯이 한손검 스킬 《슬래시》——의 모션**만** 발동. 당연히 마력은 담지 않아서 스킬은 발동하지 않지만, 그걸 본 닌자는 《슬래시》의 범위에서 빠져나가듯이 바로 위로 날아올랐다. 내 스킬 경직을 노릴 생각이었을 것이다.

닌자는 지금의 《슬래시》가 예비동작만 한 페이크라는 걸 금방 알아차리고, 내 추격을 막기 위해 가슴팍에서 쿠나이를 몇 개 던져 견제했다. 하지만 다 보인다. 앞으로 나가면서 오른손의 검으로 순식간에 쿠나이를 쳐냈다. 그리고 무방비하게 공중에 떠있는 닌자를 향해 가차 없이 마력을 가다듬으면서 다시 스킬 모션을 취했다.

"하아아앗! 베어내주마아!! 《슬래시》."

"——애송이!!"

아까보다 더 세게 발을 디디며 왼손만 써서 고속 《슬래시》. 닌자는 당황해서 좌우의 단도를 교차시켜 불꽃을 튀기면서 가드에 성공했지만, 그래도 상관없다. 균형이 크게 무너져 있어서 빈틈투성이다. 이걸로 끝내주마── 그렇게 생각한 것도 잠깐, 뒤늦게 판다 녀석들 몇 명이 덤벼들어서 추격을 포기하고 거리를 뒀다.

(하아…… 지금 걸로 결판을 내고 싶었는데…….)

검을 맞대보고 알았는데 육체 능력을 보면 나보다 몇 레벨 높은 건 틀림없는 것 같다. 이런 우위에 있는 상대는 초장에 죽여서 한 번에 결판을 내고 싶었는데, 그렇게 쉽게는 안 되나.

"……쳐죽인다! ……너희들, 쳐라."

자존심이 상한 닌자는 격성에 휩싸여 단조로운 공격을 할 줄 알았는데, '너무 파고들지 말고 칼끝을 써서 견제해라. 움식여서 표적을 좁히게 하지 마라'라며 세세하게 지시하기 시작했다. 생각보다 신중한 녀석이다. 덕분에 각개격파나 카운터를 노리려고 해도 하기 어려워서 어쩔 방법이 없다.

게다가 판다들 뒤에 숨어서 요소에서 쿠나이를 던져서 안이하게 추격도 할 수 없다. 이거 서서히 말라죽을 것 같은데…… 난처하네.

"소타, 내가 해볼게. 잠깐만 **시간을 끌어줄 수 있을까.**"

쿠나이를 튕겨내면서 포위되지 않도록 움직이고 있으니 리사가 검을 빙빙 휘두르면서 말을 걸어왔다. 대체 왜 그러는 건지 생각했다가, 손에 들고 있는 검의 움직임을 보고 하려는 것을 짐작했다. 아무래도 플레이어 스킬을 쓸 생각인 것 같다.

원래라면 인지되지 않은 스킬 정보는 누설하고 싶지 않지만, 지금부터 리사가 하려는 것은 《이도류》처럼 얼핏 보면 스킬로는 보이지 않는 특수한 스킬이다. 일말의 불안은 있어도 이 괴로운 상황을 타파하기에는 최선의 방법일지도 모른다.

"사츠키. 내가 돌격하면 소타랑 같이 뒤에 따라와~."

"으, 응."

사츠키가 승낙한 것을 확인한 리사는 처음에는 검을 흔들흔들 흔들었고, 머지않아 검을 회전시키는 춤을 선보이기 시작했다. 쌍절곤처럼 검을 휘두르면서 때로는 세로로 회전. 속도가 붙자 양팔로 크게 휘둘렀고, 몸 전체가 돌아가며 춤동작이 격해졌다. 그 움직임은 화려함과 동시에 검술의 극에 달한 달인의 분위기도 자아내서 보고 있는 제삼자의 분위기도 서서히 긴장되어 갔다.

"뭐, 뭐냐, 저 검술은."

"……단순한 검무는 아니군. 당장 저 녀석을 막아라."

갑자기 시작된 이 자리에 안 맞는 검무에 판다놈들은 상황을 이해하지 못해 보기만 했지만, 리사의 검이 회전을 거듭하면서 속도와 마력을 높인다는 것을 깨달은 닌자는 바로 막으라며 소리쳤다. 곧바로 리사를 향해 쿠나이가 수없이 던져졌지만 내가 사이에 들어가 전부 쳐냈다.

(아직 춤이 부족해. 앞으로 30초 정도는 시간을 더 벌고 싶은데…….)

움직임을 보면 검속은 이미 나름대로 높아져 있지만, 상대는 리사보다 레벨이 4~5 정도 높고 수도 많아서 좀 더 춤을 이어나

가고 싶다. 그러기 위해서는 시간을 벌 필요가 있다.

"사츠키. 리사의 춤이 완성될 때까지 버티자!"

"응, 저 검무에는 뭔가 있구나!"

리사를 감싸듯이 나와 사츠키가 앞으로 나와 경계했다. 닌자의 지시에 판다들이 서둘러서 무질서하게 달려들었다. 사츠키가 파이어볼을 쏘았고, 나도 가까이 온 판다 몇 명을 견제하면서 검을 휘둘렀다. 그리고 몇 번 검으로 치고 받고 있으니 리사가 생각보다 빨리 앞으로 나왔다. 아직 충분하지 않을 것 같은데 괜찮은가.

"후훗, 오랜만이지만~ 살살 해줘~ 《소드 댄스》!"

리사가 빙글 돌면서 느슨한 목소리로 기술의 이름을 외쳤다. [소드 댄서]의 엑스트라 스킬, 《소드 댄스》다.

취하면 취할수록 강해지는 취권처럼 춤을 출수록 강하고 빨라지는 소드 스킬. 상당히 강력하긴 하지만 검의 회전을 멈춰서는 안 된다는 커다란 제약이 있어서 던익에서도 구사할 수 있는 플레이어는 리사를 포함해서 극소수밖에 없었다. 과연 저 레벨로 구사할 수 있을까?

리사는 눈앞까지 다가와 있던 판다의 검을 옆으로 후려쳐 내더니 복수하듯이 회전하면서 뛰어올라 검을 내려쳤다.

"크아아악!!"

"큭. 이, 이 녀석 너무 빨라! 위험하다고!"

이미 속도 버프를 크게 받았기 때문에 참격 속도는 상당히 빨라져 있다. 하지만 검무는 아직 끝나지 않았고, 마력과 속도는 공방전을 벌이면서도 계속 상승하고 있다.

"쳐라~!"

""우오오오오오오!!""

판다놈들이 쏟아지듯이 덮쳐왔지만 리사는 상반신을 젖혀 피하며 반격하면서 베었다. 거기에 더해 배턴을 돌리듯이 칼자루를 손목으로 돌려 바꿔 잡고 세로 베기. 덤벼든 상대를 차서 날아올라 대공기로 쓴 판다의 무기 스킬을 검으로 교묘하게 흘려보내고, 원심력을 잔뜩 실어 돌려차기를 날렸다.

지상, 공중을 가리지 않고 《소드 댄스》는 계속해서 이어졌다. 리사는 무기 스킬의 빗속을 춤추듯이 빠져나오고 받아넘기며 제어불능 수준까지 가속한 검을 종횡무진 계속 휘둘렀다. 검과 메이스가 격렬하게 부딪쳐 불꽃을 튀기면서도 길은 확실하게 열리기 시작했다. 나와 사츠키도 뒤따라서 후방을 지키듯이 판다들과의 칼싸움에 참가했다.

"대, 대단해. 리사가 강하다는 건 알고 있었지만 이렇게 대단했구나!"

폭풍 같은 리사의 회전 검무를 보고 사츠키가 눈을 반짝였다. 확실히 대단하다. 이미 곡예의 영역이다. 몇 레벨 높은 상대에게 둘러싸이면서도 물러나기는커녕 밀어붙일 정도의 검무. 공격 리듬이 읽히기 쉽다는 디메리트도 뛰어오르면서 가슴팍이나 등으로 변칙적으로 회전을 가해 읽히기 어렵게 했고, 지금도 여전히 가속하고 있다. 저 정도까지 검속이 오르면 판다들은 더 이상 손댈 수 없을 것이다.

금속음과 외치는 소리와 비명이 메아리치는 가운데, 리사가 드디어 목표 지점에 도달했다.

“아서 군, 일어나!”

“아얏. 뭐 하는 거야.”

로브를 휘날리면서 마지막으로 막아서는 판다를 쓰러뜨린 뒤, 이쪽을 향하고 있던 아서의 작은 엉덩이를 걷어차는 리사. 잘했어!

“……주위를 봐. 하아하아…… 지금 큰일 났거든?”

“우왓, 누구인가 했는데 리사인가…… 아니. 언제 싸움이 난 거야. 매직 아이템에 열중하고 있었어.”

깨진 매직 아이템이 천만 엔이나 한다는 말을 들은 아서는 무아지경으로 그걸 고치려던 아서. 아서는 가면으로 얼굴을 가린 리사가 아주 가까이에 있어서 놀라 눈을 크게 떴고, 바로 뒤에서 칼싸움이 벌어지고 있어서 두 번 놀랐다.

“죽어라아아아—— 으억?! 놔, 놔라!”

“너희들! 방해만 하는 게 아니라 내 동료도 건드렸겠다. 더는 용서 안 해!”

사츠키를 노리고 메이스를 치켜든 판다의 팔을 잡는 아서. 판다는 놓으라고 말하면서 잡히지 않은 다른 한쪽 팔로 펀치를 날렸지만 전부 빗나갔고, 오히려 벽까지 내던져져버렸다.

“이 꼬맹이가! 매직 아이템을 맞고 못 움직이는 게 아니었나?!”

“하아, 아서 군, 나은 거야? 정말 다행이다…….”

한 번밖에 못 쓰는 비싼 매직 아이템을 아끼지 않고 썼는데 왜 아무렇지도 않게 서 있을 수 있냐며 놀라는 판다 리더. 원래《마인드 쇼크》같은 저급한 정신 공격이 마인에게 통할 리가 없는데 똑같은 증상이 나타나서 내가 놀랐을 정도다. 사츠키는 회복한 아서를 보고 기뻐하고 있지만 돈에 눈에 돌아가 있었을 뿐이라 쓸데없는 걱정이었다.

어쨌든. 다시 일어섰으면 빨리 이 녀석들도 물리쳐줄 수 없을까. 나도 슬슬 체력적으로 힘들다.

“어엉? 재악, 설마 이런 녀석들한테 고전하고 있었냐. 이거 좋은 구경 했네. 케케켁.”

“하아하아…… 됐으니까 빨리 도와달라고!”

허를 찌르듯이 날아오는 쿠나이를 튕겨내면서 쉴 틈도 주지 않는 파상공격을 버티느라 계속 숨이 차는 상태다. 되도록 사츠키를 지키면서 움직이고는 있었지만, 그녀도 어깨로 크게 숨을 쉬고 있는 걸 보아 체력의 한계가 가까운 듯했다. 원래도 역량이 더 뛰어난 상대와의 집단전인데, 이번이 처음이면 당연한 일이다.

아서는 ‘어쩔 수 없네, 빚 하나 생긴 거다’라고 말하며 느긋하게 이쪽으로 걸어왔다. 따지고 보면 이 싸움은 너 때문에 일어난 거라면서 걷어차 주고 싶다.

목으로 우득우득 소리를 내며 다가오는 마인. 생긴 건 초등학교 고학년 아이로밖에 안 보이지만, 한번 당한 적 있는 판다들은 이미 자세가 엉거주춤했다.

“겁먹지 마라…… 도망치는 놈에게는 제재를 가하겠다……

가라.”

“힉…… 지금이라면 그 하얀 거미가 없어, 어떻게든 될 거다! 가, 가자 애들아!”

판다놈들은 하찮은 느낌이 가득하긴 하지만, 그래도 레벨은 20 전후다. 공략 클랜에 소속되어 있어도 이상할 것이 없고 마음만 먹으면 어지간한 언데드를 홀로 섬멸할 수 있을 정도의 힘은 가지고 있다. 그런 녀석들이 아서를 반원형으로 둘러싸고 일제히 덮쳤지만── 한순간에 결판이 났다. 둔탁한 타격음과 함께 고함이 순식간에 신음 소리로 바뀌고, 그들은 괴로워하는 표정으로 쓰러졌다.

저 녀석한테는 내가 플레이어 스킬을 최대한으로 써서 공격해도 겨우 맞을까 말까 한데, 아무런 버프도 안 걸려있는 공격으로는 떼로 덤벼도 맞을 리가 없다.

“포기했어? 너희 수준으로 나한테 대적할 수 있을 리가 없잖아. 그럼 이제 너만 남았네.”

“……예상 밖의 힘이다. 설마 이 정도일 줄은…….”

부하인 판다가 전부 쓰러져 궁지에 몰린 상황임에도 불구하고 닌자 녀석의 표정에는 여유가 있었다. 그도 그럴게 가슴팍에서 꺼낸 것은 귀환석. 주변에 쓰러져 있는 판다들을 버리고 혼자서만 돌아갈 생각인 것 같다.

“……가면을 쓴 너희들…… 어느 조직인지는 모르겠지만 반드시 정체를 밝히고 일족을 전부 죽여주겠다. 이 몸의 이름을 걸고.”

“어라라~ 혹시 여기서 나갈 수 있을 거라 생각하는 거야? 넌 이제 안 놓쳐. 따끔하게 벌을 줘야 하거든."

눈앞에서 귀환석을 보여줘도 자신만만하게 '놓치지 않겠다'고 말하는 아서를 보고 한순간 눈살을 찌푸렸지만, 금방 참지 못한 것처럼 실소했다.

"크큭…… 그렇군, 이 아이템이 무엇인지 모르는 건가. 결국엔 몬스터, 지능도 지식도 원숭이 수준인가. 그럼 잘 있어라…… 다음에 만날 때를 기대해라……."

"다음 같은 건 없어. 이 · 제 · 는 아~무도 못 나가. 《디멘션 아이솔레이터》."

닌자가 귀환석에 마력을 통하게 하고 말을 내뱉으면서 희미한 빛에 휩싸였지만……, 아서가 하늘을 붙잡듯이 손을 위로 뻗어 움켜쥐자 공간이 기하학적으로 뒤틀리기 시작하고 귀환석의 마력이 무산되어 버렸다. 그 후 방에는 뭔가가 부서져 흩어진 듯한 날카로운 소리만이 울렸다.

"……뭐냐? 어째서, 귀환석이 발동하지 않지…… 큭, 문도 안 열린다고? 네놈, 뭘 한 거냐!"

"그러니까 안 놓친다고 했잖아. 그보다 말이야, 네 클랜은 인신매매라던가 유괴라던가 파괴공작이라던가 나쁜 일만 하는 완전 악독한 조직이잖아. 나, 이래 봬도 정의의 편이거든. 악은 용서하지 않는 주의란 말이지~."

닌자는 귀환석이 발동하지 않는다는 걸 확인하자마자 순식간에 뒤로 물러나 출구를 통해 나가려고 했지만, 아서의 공간 봉인 스킬로 인해 공간이 통째로 잠겨있기 때문에 당연히 열리지 않았다.

"해치워라~ 아서 군~."

"힘내~. 그래도 조심해~~!"

어느샌가 내 옆에 와서 손을 흔들며 응원하는 리사와 사츠키. 기절하거나 고통스러워 움직이지 못하게 된 판다들을 모두 묶어준 모양이다. 모처럼 데코레이션 한 로브에 구멍이 몇 군데 뚫려 너덜너덜해졌지만…… 동료로서 정말 믿음직했다고. 둘 다 수고했어.

아서는 그런 성원에 기분 좋게 손을 들고 일그러진 웃음으로 응했다. 저렇게 나빠 보이는 얼굴로 정의의 편이라 해도 설득력은 전혀 없지만. 그러고 보니 던익에서도 정의를 주창하면서 선량한 나를 몇 번이나 궁지에 몰아넣은 적이 있었던가.

입구의 문을 힘으로 열려고 하던 닌자 녀석은 문을 여는 걸 포기하고 싸울 각오를—— 한 줄 알았는데 우리가 있는 쪽으로 질주했다. 하지만 그걸 예상하고 있었는지 아서는 진행 방향에 마법탄을 쏴서 제지했다. 분명 우리를 인질로 삼으려고 했을 것이다.

"그럼, 간당~."

"……으…… 우…… 오오오오오오오오오오옷!!!"

이미 퇴로는 없고 잔꾀를 부리는 것도 불가능. 이 절망적인 상황에서 살아남으려면 눈앞에 있는 소년의 모습을 가진 정체불명의 몬스터를 멸하는 수밖에 없다. 비장한 각오를 한 남자는 첫발을 내딛고 영혼의 포효와 함께 두 자루 칼을 휘두르며 달려 나갔다.

자신의 존망을 건 혼신의 참격이 공기를 가르며 아서의 목에 닥쳤다——.

“아! 여기 있어~! 여기 여기!”

“소타~ 오늘도 지렁이의 밥을 잔뜩 가져왔어~.”

“읏차. 이만큼 있으니 아서 군이랑 아가씨들도 같이 어때?”

묶인 판다들을 쓰레기통이라는 이름의 게이트에 집어던지고 있으니 사다리가 있는 구멍에서 카노가 기세 좋게 뛰어나왔고, 이어서 큰 가죽부대를 짊어진 부모님이 나왔다. 한없이 밝은 나루미가의 등장으로 인해 무거워져 있던 분위기가 한번에 가벼워졌다.

참고로 어머니가 말하는 ‘지렁이의 밥’은 언데드가 떨어뜨리는 썩은 고기를 말한다. 아무튼 지렁이는 썩은 고기를 잘 문다. 요즘 나루미가는 가게를 일찍 마치고 매일 지렁이 사냥에 나서고 있다. 덕분에 레벨도 쑥쑥 올라 부모님의 레벨도 20 직전이다. 슬슬 두 사람의 상급 직업도 생각해야 하는 시기다.

“카노~! 혹시 날 보러——.”

“사츠키 언니! 리사 언니! 보고 싶었어~!”

아서는 카노의 모습을 보고 희희낙락해서 안기려고 했지만, 한 발 먼저 사츠키와 리사에게 안긴 카노가 피해서 아무도 없는 방향으로 힘차게 날아가 굴렀다. 리사와 사츠키가 귀여운 리본이 달린 머리를 쓰다듬어주자 카노는 미소를 지었다. 요즘 자주 놀아서 그런지 굉장히 사이가 좋다.

"그래서 오빠. 이…… 쓰러져 있는 사람은 누구야? 아까 내던지던 흑백 사람들이랑은 다른 느낌이 드는데."

"이 녀석은 극악인이야. 방금 때려눕혔는데 위험하니까 너무 가까이 가지 마."

대강 인사가 끝난 카노는 낯선── 그것도 전신이 걸레짝처럼 돼서 땅바닥에 쓰러져 있는 남자의 존재를 알아차렸다. 아서에게 철저하게 인정사정없이 얻어맞은 닌자의 말로다.

던익에서도 기교파로 알려져 수많은 톱 플레이어들과 격전을 벌여온 아서. 레벨도 저기 쓰러져 있는 닌자 비슷한 것보다 10 이상 높다. 그런 상대에게 암부에서 기른 암살술이 있다고 해도 통할 리가 없다.

예상대로 닌자는 온갖 참격이 간파당하고 빗나가고 흘려보내져 전의를 완전히 상실했고, 반격의 머신건 펀치로 일방적으로 쓰러졌는데…… 문제는 이 녀석을 어떻게 처단할지다.

"나쁜 짓을 많이 했다고 하니까 그냥 돌려보내는 건 무섭지."

"역시 여기서 처단해 둬야 할까."

이 닌자가 속한 클랜은 목적을 위해서라면 일반 시민을 끌어들이는 것도 마다하지 않는 악당 집단이다. 게임대로라면 앞으로도 많은 피해자가 나올 것이고, 우리에게 복수를 시도하려고 한 위

험인물이기도 하다. 파다와 똑같이 쫓아보낼 순 없다.

"뭐~ 그렇다고 해서 이 자리에서 죽이는 것도 뭔~가 개운치 않고. 이 녀석은 '40층'에 던져둘까."

"에엑, 그렇게 깊은 층에 갈 수 있구나?!"

"지금 내가 갈 수 있는 가장 깊은 곳이지. 빨리 레벨을 올려서 다 같이 가자. 나 혼자서는 무서우니까~."

40층이라는 말을 듣고 깜짝 놀라 양손의 손가락으로 수를 세기 시작하는 카노. 아서는 '위험하니까 들어가지 마'라고 말하고 게이트를 만들더니 너덜너덜해진 닌자를 한 손으로 잡아 휙 던졌다. 저 너머는 강대한 무기 스킬과 광역 마법을 쓰는 위험한 몬스터들의 소굴이다. 현재의 내가 전력을 다해도 한 마리도 잡을 자신이 없다.

그런 곳에 빨리 가고 싶다면서 웃는 얼굴로 권유하는데, 어머니와 아버지는 의외로 의욕적이었다. 카노도 어떤 몬스터가 있는지 흥미가 있는 듯 아서와 이야기꽃을 피우고 있었다.

"잘하면 내년쯤에 갈 수 있지 않을까~."

"그, 그래도 40층이면 레벨 40 정도가 필요하잖아. 그건 일본 최고의 모험가도 뛰어넘는다는 건데……."

"……물론 뛰어넘을 수 있어. 우리라면."

리사가 먼 곳을 보면서 앞으로의 레벨업에 대해 생각했다. 레벨 40까지 도달해서 아서와 진정한 의미로 어깨를 나란히 하고 몬스터를 사냥할 수 있게 되면, '최강의 일각'이라 칭해도 괜찮을 시기일 것이다. 그런 일이 가능하냐며 사츠키가 약간 자신이 없는 듯이 보길래, 나는 자신만만하게 고개를 끄덕여 긍정했다.

던전 공략 난이도는 게임과 달라서 상당히 높을 것이다. 학교에서도 몇 가지 문제가 발생했을 것은 확실하고, 아서도 마인의 제약 때문에 만전의 상태가 아니다. 상의해서 해결해야만 하는 일은 산더미다. 하지만——.

분위기를 잘 타고 이해심이 있는 가족들. 항상 신경 써주는 현명하고 상냥한 반 친구. 그리고 게임에서도 등장한 악당을 콧노래를 부르면서 날려버리는 태평한 마인.

이 믿음직한 동료들과 손잡고 가면 어떤 문제라도 극복할 수 있고 40층에도 갈 수 있을 것이다.

다행히 우리의 레벨업은 순조로움 그 자체. 팔룡인지 플로어 보스인지 모르겠지만 이대로 달려가 주겠어.

후기

오랜만입니다. 나루사와 아키토입니다. 1권이 세상에 나온 지 벌써 1년 조금 지났고, 시리즈도 드디어 4권을 맞이했습니다. 타이틀 로고도 장난기를 담아 세로로 되어있습니다.

생각해보면 처음에는 게임 세계에 들어가고 싶다는 소원이 뒤틀려서 집필을 시작했는데, 쓰는 사이에 점점 윤곽이 잡히고 어느샌가 '재악의 아발론'이 되어 4권도 책이 되어 발매돼서 나루사와도 깜짝 놀랐습니다. 게임 용어의 TIPS풍 표기의 재현과 그 외의 부분도 솔직히 책으로 표현하기에는 어려운 부분도 있는 작품입니다만 HJ노벨스님이 용케도 책으로 만들어줬다며 감탄하는 것과 동시에 너무나도 고마운 요즘입니다. 하지만 하나부터 열까지 전부 응원해주신 여러분이 있기에 가능한 일이죠.

그래서 이번 이야기는 전권부터 이어진 반 대항전과 그 뒤에서 일어난 말할 수 없는 싸움부터 시작됩니다. 새 캐릭터인 아서 군과 다양한 히로인들이 활약하고 클랜 파티에서는 새로운 세력도 등장. 미카미 하루카가 이끄는 쿠노이치 레드를 중심으로 귀족사회와 세계 정세, 소타 군을 둘러싼 상황이 살짝 엿보입니다.

마지막으로 web판에서는 활약이 적은 편이라 강한 모습을 묘사할 기회가 적었던 닛타 리사도 종횡무진 대활약하는 등 내용이 알찹니다. 그녀의 전투신은 어땠나요.

소타 군은 조용한 생활을 바라고 있지만 이벤트에 농락당하기만 해서 아주 바쁘네요.

그리고 소설 4권의 발매와 같은 시기쯤에는 만화책 2권도 발매될 거라 생각합니다.

사토 제로 선생님의 손에 탄생한 '재악의 아발론'의 세계를 그림으로 볼 수 있고 캐릭터들이 새롭게 만화책용으로 재구축되어 농후한 드라마가 그려져 있습니다. 클라이맥스 신의 약동감이 또 대단하니 소설을 보고 계신 여러분도 꼭 보세요.

만화책 2권에는 특전으로 한정SS도 썼으니 그것도 봐주셨으면 좋겠습니다.

뭐, 만화책 선전을 했습니다만, 원작을 쓴 나루사와도 만화책을 보면 깨닫는 점이 아주 많고 그림으로 그리면 이렇게 되는구나, 이런 세계가 되는구나 라며 놀라고 있습니다. 어느 신에도 표정과 움직임이 있고 정경 묘사가 들어가서 소설과는 다른 점에서 정보량이 많단 말이죠.

사토 제로 선생님의 표현력과 구성력이 있기에 가능한 일입니다만, 그렇다고 해도 한눈에 호소하는 만화의 힘은 대단합니다. 매번 너무 기대돼요!

여기서부터는 감사 인사를 하겠습니다. KeG선생님, 항상 제 주문에 최고의 일러스트로 답해주서서 감사합니다. 특히 아서 군의 일러스트는 최고에요. 몇 번이나 다시 보고 히죽거리고 있습니다! 사토 제로 선생님, 만화책을 그려주셔서 감사와 감격이 빗발칩니다. 그 전투신은 불타올랐어요!

커버, 띠지를 디자인해주신 디자이너님, 인쇄소 여러분, 덕분에 4권도 눈길을 끄는 예쁘고 멋진 책이 되었습니다. 자료까지 만들어주신 교열자님, 정말 친절하고 알기 쉬웠습니다. 이번에도 이래저래 힘써주신 담당편집자님, 이번 전개와 집필 상담에도 응해주셔서 든든했습니다.

그리고 무엇보다 책을 사주신 여러분께 깊이 감사드립니다.

마지막으로 다음 권에서는 모험가 학교가 흔들리고 본작의 핵심을 다루는 이야기가 들어갈 예정입니다. 기합을 넣고 쓰고 있으니 기다려주세요. 앞으로도 이 '재악의 아발론'을 힘과 인기가 이어지는 한 써나가고 싶으니 부디 성원 잘 부탁드립니다.

그럼 다시 여러분을 만날 날을 기대하고 있겠습니다.

2023년 11월 나루사와 아키토

SAIAKU NO AVALON 4

재악의 아발론 4

2026년 2월 15일 1판 1쇄 발행

저　　자 나루사와 아키토
일러스트 KeG
옮 긴 이 박정철
발 행 인 유재옥
이　　사 조병권
편 집 부 정영길 조찬희 박치우 이소의 정지원 최유정 김혜주
디자인랩팀 김보라 전세연
디지털사업팀 김지연 윤희진 장혜원
라이츠사업팀 김정미 유아현
영업마케팅팀 최연욱 김민
물 류 팀 백철기 이새롬
경영지원팀 최정연
인쇄제작처 ㈜코리아피엔피
발 행 처 ㈜소미미디어
등　　록 제2015-000008호
주　　소 서울시 마포구 토정로222, 502호 (신수동, 한국출판콘텐츠센터)
판매 및 마케팅 (070) 8822-2301

ISBN 979-11-384-8947-8
ISBN 979-11-384-8205-9 (세트)